Un prince charmant, s'il vous plaît !

JILL SHALVIS

Un prince charmant, s'il vous plaît !

Roman

Titres originaux :
Première partie : BLIND DATE DISASTERS
Deuxième partie : EAT YOUR HEART OUT

Traduction de l'américain par CAROLE PAUWELS

Illustration de couverture : BARBARA SPOETTEL

83-85 boulevard Vincent-Auriol, 75646 PARIS CEDEX 13.
Service Lectrices — Tél. : 01 45 82 47 47
www.harlequin.fr
ISBN 978-2-2803-1510-4

PREMIÈRE PARTIE

CAMI

Chapitre 1

Que dire à propos d'un lundi, surtout d'un lundi matin ? Pas grand-chose, à part peut-être qu'il ne restait plus que cinq jours à attendre avant que ne revienne la période bénie du week-end.

Cami Anderson détestait les lundis avec la même ferveur qu'elle employait à aimer les samedis et, lorsque l'alarme de son réveil déchira le silence pour la troisième fois, elle repoussa mollement l'assourdissant appareil.

Peut-être pas si mollement que ça, à en juger par le gracieux vol plané de la pendulette. Mais au moins, maintenant, elle avait la paix !

Avec un soupir, elle se blottit un peu plus dans la tiédeur confortable du lit et tenta d'ignorer le soleil éblouissant qui inondait sa chambre de lumière. Pendant quelques minutes délicieuses, il lui sembla qu'elle flottait à la limite du monde réel et du rêve, où tout est possible. Là où on peut se gorger de nourriture sans jamais grossir, où les hommes sont beaux, intelligents et attentionnés, là où les comptes en banque ne sont jamais dans le rouge, et où les mères ne sont pas perpétuellement insatisfaites.

Et puis, quelque chose vint détruire cette belle harmonie,

la sensation d'un poids sur sa tête, lourd, suffocant, aveuglant.

— Annabel ! protesta Cami, en repoussant sans ménagement la boule de poils qui venait de s'enrouler autour de sa tête.

Vexée d'être repoussée avec une telle inélégance, la chatte tigrée poussa un miaulement réprobateur, tout en battant l'air de sa queue. Puis, après un moment d'intense réflexion, elle sauta sur le lit et, de sa tête ronde et dure, vint pousser la joue de Cami.

— Non, ce n'est pas l'heure du repas, trancha cette dernière, avant d'enfouir la tête sous l'oreiller.

Il fallait déclarer hors-la-loi les matins, fixer par décret le début de la journée à une heure plus décente. Disons, midi.

Bon, c'est vrai, ce n'est pas en traînant au lit toute la journée qu'elle allait rencontrer un homme. Pour une fois, sa mère avait raison…

Bien décidée à obtenir gain de cause, Annabel escalada la forme allongée et, toutes griffes dehors, se mit à pétrir la couverture en ronronnant de toutes ses forces.

— Aïe ! s'écria la jeune femme. Fiche le camp !

Puis elle replongea dans son rêve éveillé. Plus de banquier réprobateur, plus de leçons de morale maternelles… Rien qu'une plage. Une plage tropicale, gorgée de soleil, avec des palmiers, une mer couleur émeraude… et une multitude de beaux garçons. Bronzés, musclés, avec des maillots de bain qui… Non ! Nus. Oui, c'était mieux, nus ! Le corps luisant d'huile solaire…

La sonnette de l'entrée arracha la jeune femme à sa rêverie. Elle grommela et décida qu'elle n'avait rien entendu. Les sonnettes aussi devraient être illégales. Finalement, elle allait peut-être changer ses projets d'avenir et se lancer dans la politique. Comme ça, elle pourrait inventer tout un tas de lois merveilleuses. Sur les hommes nus, et l'huile solaire, pour commencer…

On sonna de nouveau, avec insistance, et Cami revint enfin à la réalité.

— Oui, ça va ! Je ne suis pas sourde.

Quelle barbe ! Ce n'était quand même pas sa faute si elle n'était pas du matin. C'était une caractéristique parmi tant d'autres de sa personnalité, et personne ne pouvait l'en blâmer.

— J'arrive ! cria-t-elle, en jaillissant du lit.

Soudain, elle prit conscience qu'elle était nue. Ce qui n'avait rien d'étonnant puisque, une fois de plus, elle avait totalement négligé de faire une lessive. Dans le même temps, elle s'aperçut avec horreur que sa pendulette indiquait 11 heures.

— Oh non, murmura-t-elle, en tournant un regard contrit vers Annabel, dont les yeux verts exprimaient une suprême indignation. Tu avais raison, il est largement l'heure du repas.

Comme elle se baissait pour ramasser le réveil, Cami sentit la tête lui tourner, tandis qu'un spasme tordait son estomac. Ironique, elle adressa un remerciement muet à sa jumelle, Dimi, qui, Dieu merci, avait décidé d'aller vivre de son côté. N'était-ce pas Dimi qui avait insisté pour lui faire boire deux minuscules flûtes de champagne, tout en sachant très bien qu'elle n'avait jamais supporté l'alcool ?

La sonnette retentit encore une fois, et Cami sentit comme un poignard lui transpercer la tête.

— Oui, je viens, grommela-t-elle.

La couverture enroulée autour d'elle, elle marcha vers la porte, prête à mettre en pièces son indésirable visiteur. A supposer que ce fût Dimi. Mais, de qui d'autre pouvait-il s'agir ? En dehors de sa sœur jumelle de vingt-six ans, Cami n'avait guère de vie. Et la réciproque était vraie. Triste constat pour deux anciennes reines de beauté.

Pourtant, ce n'était pas faute d'essayer. Depuis le lycée, elles en avaient rencontré des candidats au rôle d'homme idéal. Cami, le clown de la famille, avait un faible pour les gravures de mode au sourire étincelant. Dimi, l'intellectuelle, ne jurait que par les hommes brillants et ambitieux.

Hélas, la population masculine souffrait d'un grave déficit en princes charmants. Il y avait toujours quelque chose qui clochait chez les hommes avec qui elles étaient sorties. Quelque chose n'allait pas dans cette société. Cette époque était désastreuse.

Car c'étaient bien les autres, les seuls responsables. Ça ne pouvait pas venir d'elles, n'est-ce pas ?

Après avoir longuement réfléchi, les deux sœurs en étaient arrivées à la conclusion qu'elles pouvaient peut-être faire un petit effort pour changer.

En ayant des vies séparées, par exemple.

Dimi avait donc quitté la petite maison située dans un quartier résidentiel, pour s'installer… de l'autre côté de la rue. Soit à une distance d'environ cinquante pas ! Ça pouvait sembler ridicule, mais Cami n'avait plus à partager sa cire à épiler, et il y avait toujours des chips dans le placard lorsque lui prenait l'envie d'en grignoter. C'est-à-dire, à peu près tous les jours.

— Merci pour le réveil en fanfare ! remarqua Cami, tandis qu'elle ouvrait la porte à la volée.

Çà, alors ! Ce n'était pas Dimi. Et ce n'était pas une femme. Là, il n'y avait aucun doute. Incontestablement masculin. Et définitivement splendide.

— Je… vous… euh… Avalant sa salive, Cami fit une petite grimace qui pouvait passer pour un sourire. Hmm… Bonjour.

— Bonjour, répondit l'homme, avec une intonation chaleureuse et pleine d'entrain.

Apercevant Annabel au pied de la jeune femme, il se pencha et tendit la main vers l'animal.

— Hé, salut, toi, murmura-t-il, d'une voix à faire fondre un iceberg.

Annabel, qui ne supportait aucun être humain en dehors de Cami, abandonna sans regret sa maîtresse adorée, et vint se frotter contre les jambes du visiteur. Des jambes plutôt intéressantes, à vrai dire, moulées dans un jean blanchi jusqu'à l'usure. Au-dessus de ces jambes, il y avait des hanches étroites, ceintes d'une large sangle de cuir garnie d'outils, et surmontées du plus beau torse de la création. Un torse à la musculature puissante, qu'épousait un T-shirt blanc, porté sous une chemise de flanelle à carreaux déboutonnée. Et l'époustouflant spectacle ne s'arrêtait pas là. Il fallait parler aussi des épaules, larges, puissantes. Du visage à la peau mate, aux traits anguleux, résolument virils et… perplexes.

— Je me suis trompé de jour ? demanda-t-il, vaguement inquiet. Je pensais que vous aviez dit lundi.

— Lundi ?

Le regard de Cami flottait, hagard, tandis qu'elle essayait de comprendre de quoi l'inconnu pouvait bien parler. Sa migraine devenait accablante, et elle porta une main à son front. Penser était décidément une prouesse incompatible avec l'absorption de champagne. Il lui fallut quelques secondes pour se rappeler ce qui s'était passé la veille, ce que Dimi et elle avaient fêté.

— Vous… Vous êtes ?

— Tanner James, dit l'homme, en tendant une large main, à la paume calleuse.

Seigneur ! Comment avait-elle pu oublier que sa nouvelle vie commençait aujourd'hui même ?

Quelque part entre le dîner d'hier soir et l'horrible mal de tête de ce matin, s'était diluée l'exaltante impression que tous ses rêves étaient sur le point de se réaliser. Elle y était finalement arrivée. Elle avait obtenu son diplôme de décoratrice d'intérieur.

Cette pensée la fit sourire. Celle que tout le monde dans la famille traitait de bonne à rien, de rêveuse, celle qui ne pensait jusqu'alors qu'à s'amuser, voyait enfin une carrière se dessiner devant ses yeux. Un avenir dans lequel elle allait se jeter à corps perdu.

Tout ce qu'il lui fallait, c'était quelques clients. Et, puisque l'habit faisait le moine, elle allait commencer par sa propre maison. Située dans le quartier historique de Truckee, la bâtisse datait du XIXe siècle, et présentait un intérêt architectural certain, en dépit des transformations apportées dans les années 1970 par ses derniers propriétaires. Depuis le classement du quartier, Cami ne pouvait plus rien faire sans en référer aux Monuments historiques, mais s'attaquer à l'affreuse palette de verts criards, de marrons éteints et d'oranges psychédéliques lui semblait un défi autrement plus sévère.

Pour le gros œuvre, elle avait décidé de faire appel à

une entreprise de la région. Seulement, elle s'attendait à quelqu'un d'assez âgé. Ou, pour le moins, expérimenté.

Ce qui n'était pas le cas de Tanner James. Enfin, s'il était expérimenté, c'était surtout dans l'art de réduire les jeunes femmes à l'état de chiffe molle.

— Vous êtes bien Cami Anderson ? demanda l'homme, d'une voix impatiente.

— Oui, mais…

— Donc, je suis au bon endroit.

— C'est-à-dire…

— Parfait. Montrez-moi ça.

— Quoi ?

Cami resserra la couverture plus étroitement autour d'elle. Son corps avait toujours été une source de complexes. Trop grand, trop rond. Trop… tout. Le tout consistant en trois kilos excédentaires. Kilos qui n'étaient pas sans rapport avec les chips. Ni avec le chocolat. Ni avec la crème glacée. Bon, d'accord, il s'agissait plutôt de cinq kilos, mais qui pouvait bien s'intéresser à son poids exact ?

— Votre maison. Le travail pour lequel vous m'avez engagé.

Une expression inquiète se dessina sur le visage de l'homme, tandis qu'il la dévisageait avec attention.

— Vous êtes toujours d'accord pour le faire ?

— Euh… oui.

Il parlait de la maison. Pauvre folle ! Qu'était-elle allée s'imaginer ? Il n'avait sans doute même pas remarqué qu'elle était une femme.

— Parfait.

Il semblait s'obliger à garder l'attitude la plus calme, la plus rassurante possible, comme s'il craignait de provoquer une réaction hystérique. Pas de doute, il la prenait pour une cinglée.

— Si on s'y mettait ? J'ai horreur de commencer à travailler aussi tard.

Quelque part dans la tête de Cami déjà suffisamment éprouvée par la migraine, une sonnette d'alarme retentit.

— Juste par curiosité, quelle serait votre heure idéale ?

« 9 heures » essaya-t-elle de lui transmettre par télépathie. S'il donnait la bonne réponse, elle se sentait capable de se pendre à son cou et de l'embrasser sur les deux joues.

— 6 heures.

De surprise, Cami faillit en lâcher sa couverture.

— 6 heures du matin ?

— Ouais.

Oh, Seigneur ! Non seulement, il était beaucoup trop agréable à regarder avec toute cette peau hâlée, ces cheveux châtains qui prenaient par endroits les nuances du miel, et ces yeux d'ambre. Et en plus, il fallait qu'il soit du genre matinal.

Ça ne pouvait pas marcher ! D'un autre côté, elle n'avait pas encore avalé sa dose rituelle de caféine, et n'était pas en état de raisonner.

Elle guida donc Tanner vers le salon, tapissé d'un horrible papier peint marron à motifs géométriques jaune pâle et argent, et dont le sol s'ornait d'une épouvantable moquette orange. Les fenêtres étaient dans un triste état, d'autant plus visible qu'elle avait décroché, le jour même de son emménagement, les monstruosités de velours vert bouteille qui servaient de rideaux. Pour une raison inexpliquée, deux demi-cloisons morcelaient ce qui aurait pu être une vaste et lumineuse pièce de séjour en deux petites zones aussi peu fonctionnelles que possible.

— Berk ! s'exclama Tanner, derrière elle.

— Je sais. J'ai emménagé l'année dernière, et je n'ai pas eu une minute à moi avec les cours, et tout ça…

Tout en parlant, Cami venait d'intercepter son reflet dans le miroir placé au-dessus de la cheminée, et elle faillit pousser un cri d'effroi.

Ses cheveux étaient atrocement emmêlés, sa joue rougie et fripée gardait les traces de l'oreiller et ses yeux, qu'elle avait oublié de démaquiller, étaient bouffis et cernés de mascara.

Pour une ancienne reine de beauté, c'était une réussite !

— Je reviens dans une minute, dit-elle, surprise que son visiteur ne se soit pas enfui en poussant des cris d'horreur.

— Prenez votre temps, dit ce dernier d'un air absent, tandis qu'il jetait un œil sur les plans que Cami lui avait envoyés. C'est pire que ce à quoi je m'attendais.

— Pardon ?

— Votre maison. C'est une catastrophe.

— Allons donc ! rétorqua la jeune femme. Quelques petites réparations par-ci, par-là…

Indifférent, Tanner lui avait déjà tourné le dos et commençait à prendre des notes.

— Au moins, vous êtes franc…

Il ne parut pas l'entendre. Ou, si ce fut le cas, il ne jugea pas utile de lui répondre. Un genou au sol, il étala les plans sur la moquette, et se pencha pour les étudier. Son jean délavé collait à ses cuisses musclées comme une seconde peau, et Cami se surprit de l'indécence soudaine de ses pensées. Réaction d'autant plus inutile qu'il semblait se moquer d'elle comme d'une guigne.

N'était-ce pas un enterrement de première classe pour un ego déjà passablement malmené ?

Avec un soupir, Cami quitta la pièce, et tenta de se persuader que le célibat avait du bon. D'abord, elle pouvait choisir le côté du lit qui lui plaisait. Elle pouvait aussi dormir en travers si cela lui chantait. Et elle n'avait pas d'efforts vestimentaires à faire. Elle pouvait même remettre indéfiniment les corvées de lessive et porter des vêtements tachés. Et elle pouvait se permettre quelques petits kilos en trop.

De toute façon, l'homme idéal n'existait pas. En tout cas, ce n'était sûrement pas monsieur je-ne-t'ai-même-pas-remarquée.

Même s'il était furieusement sexy avec son ceinturon de charpentier.

Chapitre 2

Cami avait besoin d'une aspirine, d'un café et d'une douche, et pas nécessairement dans cet ordre. Peut-être alors aurait-elle assez d'entrain pour considérer d'un œil extatique les merveilleuses possibilités que lui offrait son avenir.

L'ennui, c'est qu'elle n'avait pas le temps. Il y avait un homme qui l'attendait, et ce n'était pas si fréquent. D'accord, c'était un artisan qu'elle avait engagé. Mais il n'empêche qu'il l'attendait.

Elle venait juste d'enfiler une paire de chaussettes et d'attraper un chemisier, quand le téléphone sonna. Affectant de ne pas l'entendre, elle se mit à chercher son pantalon. La dernière fois qu'elle l'avait aperçu, il traînait sur le sol. Bizarre ! Mais ça faisait partie des petits mystères de la vie, comme les clés qui ne restent jamais à l'endroit où on les a posées.

— Miaou.

— Je sais, dit Cami, en s'agenouillant pour regarder sous le lit. Tu as faim. Va donc demander à ton nouvel ami.

Annabel lui lança un regard outré, tandis que le téléphone continuait à sonner inlassablement.

— Allô ? cria Cami dans le combiné, tandis qu'elle mettait enfin la main sur son pantalon.

Taché, comme il fallait s'y attendre !

Une injure bien sentie lui échappa.

— Quel est donc ce langage, jeune personne ?

Parfait ! Il ne manquait plus que sa mère. Mi-italienne, mi-irlandaise, Sara-Lynn Anderson était probablement la femme la plus têtue et la plus autoritaire de cette planète. Ses deux passe-temps favoris consistaient à se mêler de la vie de Cami, et à prier pour le salut de son âme.

— Désolée, maman. Je ne savais pas que c'était toi.

Si elle l'avait su, jamais elle n'aurait décroché.

— Ce n'est pas grave, chérie. Ecoute, j'ai quelque chose à te dire.

Pas grave ? Cami venait d'employer une expression que sa mère réprouvait et, au lieu d'en faire tout un drame, cette dernière affirmait que cela n'avait pas d'importance. Soudain inquiète, Cami se laissa tomber sur le lit, les doigts serrés autour du combiné.

Quelqu'un devait être malade. Ou mourant. Ou déjà mort.

— Que se passe-t-il ?

— Mais… rien de spécial.

— Dis-moi, cria-t-elle, soudain aussi têtue et autoritaire que sa mère. Je serai forte.

— Qu'est-ce que tu racontes ? Je voulais juste te demander un service. Une mère peut bien appeler sa fille de temps en temps pour lui demander une petite faveur, non ?

Cami se sentit tellement soulagée qu'elle baissa aussitôt sa garde. Une grave erreur avec sa mère !

— Evidemment.

— Je voudrais que tu sortes…

— Oh, non !

Pas besoin d'avoir fait des études de physique nucléaire pour comprendre où elle voulait en venir.

— Il n'est pas question que j'aille à un de ces rendez-vous arrangés.

Lorsque Cami et Dimi avaient eu vingt et un ans, Sara-Lynn s'était sentie investie d'une mission divine : marier ses filles. Depuis, elle n'avait pas faibli un seul instant.

— Ce n'est qu'un tout petit rendez-vous, Cami. Un petit service que je te demande. Une toute petite soirée dans toute une vie.

— Beaucoup de petits peu font un grand tout.

Peut-être que, au fond d'elle-même, mais alors, tout au fond, Cami poursuivait le même rêve que sa mère : se marier, fonder une famille… Mais jamais elle ne l'admettrait devant la plus grande marieuse que la terre ait portée. Peut-être aussi avait-elle une peur bleue de tomber sur l'homme idéal. Faux ! Elle ne croyait pas à ces fadaises d'homme idéal.

— Ce n'est pas parce que tu viens d'obtenir ton diplôme que ton avenir est désormais tout tracé.

— Ne t'inquiète pas pour mon avenir.

— Tu as fait ta lessive ?

Cami jeta un regard fautif vers la pile de linge qui s'entassait dans l'angle derrière la porte.

— Quel est le rapport ?

— J'en conclus que tu ne l'as pas faite.

— Non. Et, je réponds non aussi pour le rendez-vous.

— C'est bien, ma fille.

La voix de Sara-Lynn changea de registre, se fit vulnérable, lourde de tristesse.

— Quand je pense aux vingt-quatre heures de souffrances atroces que j'ai endurées pour vous mettre au monde, toi et ta sœur…

— Et tu as failli en mourir, récita Cami en même temps que sa mère. Je sais, maman, tu me l'as répété des centaines de fois.

— Je ne suis plus toute jeune, tu sais. Qui sait combien de temps il me reste à vivre, gémit Sara-Lynn.

— Maman, arrête ! Tu nous enterreras tous.

— On dit ça, et puis…

— Maman, ça suffit, maintenant.

— Je ne demande pas grand-chose, pourtant. Un petit-fils ou une petite-fille. Je n'en exige pas cinq, comme tes tantes Bev et Cici, qui ont la chance d'être grands-mères, elles. Non, un seul me suffirait. Un petit poupon d'amour pour illuminer mes vieux jours. Mais, apparemment, c'est au-dessus de tes forces.

D'un geste las, Cami se massa les tempes. Un étau lui broyait le cerveau, et un bataillon de marteaux-piqueurs avait entrepris de lui perforer la boîte crânienne.

— Ecoute, maman, tu sais que je t'aime, mais…

— Et en plus, il est très beau. Tu peux me croire.

— Qui ça ? demanda Cami, consciente soudain qu'elle avait raté une partie de la conversation.

— Ton rendez-vous ! Tu n'écoutes jamais rien, quand je te parle. C'est le neveu d'une de mes amies. Lucy, tu la connais, je crois ? Bref, il est très bien. Et il a merveilleusement réussi dans l'informatique. Il est… Comment appelez-vous ça ? Web-quelque chose.

— Web master.

Cami laissa échapper un soupir presque imperceptible,

et leva les yeux au ciel. Comme si une intervention divine pouvait être de quelque utilité quand sa mère s'était mis quelque chose en tête !

— Tu sembles occupée, dit Sara-Lynn, de ce ton que savent si bien employer toutes les mères pour culpabiliser leurs filles. Sans doute trop occupée pour moi.

— Mais non, maman ! Seulement…

— Tant mieux. C'est vraiment un bon parti, tu sais. Je dirais même, le meilleur parti de l'année. Et…

Un bruit dans le salon attira l'attention de Cami, et la voix de sa mère se fondit dans un murmure qui n'atteignait même plus son cerveau. Elle avait failli oublier l'entrepreneur. Son sublime entrepreneur.

L'homme qui ne lui avait même pas accordé un regard !

A vingt-six ans, avait-elle perdu tout pouvoir de séduction ? Bien sûr, elle avait peut-être quelques petits kilos de trop, mais elle n'avait pas eu le temps de faire de sport depuis… depuis… A vrai dire, elle détestait le sport.

De toute façon, à supposer qu'elle ait le temps, et qu'elle se tue à faire de l'aérobic ou une autre torture du même genre, elle n'aurait jamais une silhouette de sylphide.

Ses cheveux n'étaient pas trop mal. Et ses dents non plus. Quelqu'un finirait bien par le remarquer.

— Lucy dit qu'il adore la région de Tahoe, et qu'il songe à s'y installer définitivement…

Cami n'était pas sortie avec un homme depuis… Depuis la nuit des temps. Triste constat, vraiment !

Mais le plus accablant dans cette histoire, c'était peut-être de se retrouver assise sur son lit, en chaussettes et petite culotte, à se demander s'il ne valait pas mieux accepter.

Après tout, il ne s'agissait que d'un rendez-vous. Avec

un obsédé de l'informatique, ce qui supposait un minimum d'intelligence.

— Maman…

— Il paraît qu'il possède un portefeuille d'actions estimé à…

— Maman, tais-toi ! J'accepte.

— Quoi ? C'est vrai ? Tu es d'accord ?

— Oui, mais c'est la dernière fois. La toute dernière fois. Tu as bien compris ?

— Mais bien sûr ! Pour qui me prends-tu ?

Tanner étudiait les plans avec attention quand la propriétaire des lieux poussa la porte qui donnait sur le jardin et fit irruption dans la cuisine. Etrange ! Il aurait pourtant juré qu'elle n'avait pas quitté la maison. Plus étrange encore, son chat se mit à cracher, en faisant le dos rond.

Elle était déjà habillée, d'un tailleur vert amande, dont la sobriété évoquait la femme d'affaires. A ceci près que la jupe, courte et moulante, révélait des jambes époustouflantes. Elle était maquillée avec soin, et ses magnifiques cheveux blonds étaient disciplinés en un chignon sophistiqué, qui mettait en valeur l'ovale de son visage.

Elle avait fait incroyablement vite. D'habitude, il fallait des heures à une femme pour obtenir ce genre de résultat faussement naturel. Tanner en parlait d'expérience. Blonde, éthérée, un rien diva, sa mère semblait ne pas avoir assez d'une vie entière quand elle se préparait pour aller quelque part. Plus tard, dans ses années d'insouciance, Tanner avait papillonné de juvéniles évaporées en jeunes écervelées.

A trente-deux ans, il était désormais un peu plus exigeant dans ses relations sentimentales.

La plupart du temps.

Marquant une pause entre la cuisine et la salle à manger, la jeune femme ouvrit de grands yeux, visiblement surprise de le trouver là.

— Oh !

— Eh oui ! Toujours fidèle au poste.

Elle semblait complètement différente, dans son maintien, dans sa façon de le dévisager. Même ses yeux avaient changé de couleur, passant du noisette pailleté d'or à un marron presque noir. Est-ce qu'un peu de maquillage pouvait modifier à ce point un visage ?

— Oh, répéta-t-elle, ignorant le chat qui battait l'air de sa queue, visiblement mécontent.

De plus en plus bizarre ! Décidément, sa première impression était la bonne : cette pauvre fille n'avait pas toute sa tête.

— Vous aviez oublié que j'étais là ?

— Euh… oui. Je suppose que j'ai dû oublier.

Elle se mordilla la lèvre inférieure, pencha légèrement la tête de côté, et l'examina attentivement. Puis un sourire approbateur se dessina sur son visage. Non seulement elle semblait le découvrir pour la première fois, mais, à n'en pas douter, elle le trouvait à son goût. Et quelque chose disait à Tanner qu'elle avait l'habitude d'obtenir tout ce qu'elle voulait. Cela tenait sans doute à son expression confiante, et à quelque chose de résolument sensuel qui émanait de sa personne, comme si elle mesurait avec exactitude l'effet que produisaient sur les hommes sa silhouette tout en courbes et en rondeurs.

Sa maturité nouvellement acquise, celle qui lui faisait préférer un revenu stable à une aventure sans lendemain, enjoignit à Tanner de ne pas s'engager sur un terrain manifestement miné.

Pour commencer, il exerçait de nouveau le métier qu'il adorait, après une année épouvantable, émaillée de drames familiaux.

Et puis, la maison de Cami Anderson était une vraie merveille. Il en salivait presque à l'idée de restaurer cette vieille bâtisse plus que centenaire. Malgré les outrages du temps, le climat violent des Sierras, et le goût désastreux de ses propriétaires successifs, la maison offrait un vrai potentiel.

Et Tanner brûlait de se mettre au travail. En dépit de mademoiselle folle-à-lier.

— Hum…, reprit la jeune femme, en continuant à se mordiller la lèvre. Rappelez-moi ce que vous venez faire ici.

Tanner éclata de rire, puis sa bonne humeur s'évanouit en voyant que Cami gardait son sérieux.

Bon sang ! Elle était vraiment cinglée.

— Travailler, articula-t-il, d'un ton prudent.

— Travailler, répéta la jeune femme, comme si ce mot n'évoquait rien de connu. Vous voulez bien m'excuser un instant ?

Avant que Tanner ait eu le temps d'esquisser un mouvement, elle disparut dans le couloir. Vers ce qu'il supposait être la chambre.

Existait-il une autre sortie que ne mentionnaient pas les croquis ? Ou était-elle tout simplement passée par la fenêtre ?

— Complètement désaxée, grommela-t-il, avant de reporter son attention sur le plan.

Dimi fit irruption dans la chambre de Cami, comme une tornade.

— D'abord, dit-elle à sa sœur, qui était toujours occupée à s'habiller, tu vas me rendre mon rouge à lèvres. J'en ai marre que tu me voles toujours mes affaires.

Cami ignora superbement sa jumelle, et tenta de remonter la fermeture à glissière de son pantalon. Bon sang, il fallait vraiment qu'elle arrête de manger des beignets au petit déjeuner !

Vacillante, elle se laissa tomber à plat sur le lit et retint sa respiration. Ça y est, ce fichu pantalon était enfin fermé. Mais pour combien de temps ?

— Et deuxièmement... Dimi eut un petit sourire narquois. Qui est cet apollon dans la salle à manger ?

— Quoi ?

Dimi eut un geste vers le couloir.

— Je ne sais pas si tu es au courant, mais il y a là un type absolument fabuleux, avec un sourire à tomber par terre.

— Oh, lui ! Je l'avais complètement oublié.

— Menteuse ! Tu sais qu'il m'a prise pour toi ?

— Tu l'as détrompé ?

— Tu plaisantes ! Pourquoi voudrais-tu que je renonce à une si belle occasion de m'amuser ?

— Tu n'as pas du travail ?

— Si.

Dimi s'empara du sac de sa sœur, posé à côté de la commode, en renversa le contenu sur le lit, et récupéra son rouge à lèvres.

— Et toi, tu n'as rien à faire ?

— J'aimerais bien, mais les clients ne se bousculent pas.

— J'essaie de convaincre mon boss de redécorer le plateau.

— C'est vrai ? Oh, merci !

Surexcitée à l'idée de travailler sur le décor de l'émission culinaire animée par Dimi, Cami se jeta sur sa sœur jumelle et l'étreignit de toutes ses forces.

— Hé, du calme ! Tu me remercieras quand tu auras le job.

Après avoir remis un peu d'ordre dans sa tenue, Dimi se dirigea vers la porte.

— Au fait, j'allais oublier. Ça te dirait de sortir à quatre, ce week-end ? Le garçon que j'ai rencontré à la boulangerie a justement un frère célibataire.

— J'ai déjà accepté de sortir avec le neveu d'une amie de maman, avoua Cami, avec un gros soupir.

— Tu t'es encore fait avoir ?

Dimi lui semblait tout à coup incroyablement supérieure. Et pas uniquement parce qu'elle portait un coûteux tailleur, alors qu'elle-même n'avait rien trouvé d'autre à mettre qu'un pantalon taché et un chemisier chiffonné.

— Combien de fois t'ai-je dit de filtrer tes appels ?

— Il paraît qu'il n'est pas si mal que ça, protesta Cami, pour sa défense.

Dimi l'enveloppa d'un regard plein de commisération.

— A ta place, je me méfierais. Tu sais bien que maman possède un goût plus que douteux quand il s'agit des hommes.

— Tu exagères !

— Tu crois ? Tu as déjà oublié Ed ? La seule chose qui le différenciait d'un gorille, c'est qu'il était capable de parler. Et encore…

La liste de ses rendez-vous, plus pathétiques les uns que

les autres, défila dans l'esprit de Cami, qui se laissa tomber sur son lit, dépitée.

— Quel est notre problème, à ton avis ?

— En ce qui me concerne, je n'en ai aucun. Mais toi, tu es vraiment un cas.

— Je te remercie.

D'un geste de la main, Dimi désigna la salle à manger.

— Et monsieur muscles ? Pourquoi tu ne sortirais pas avec lui ?

Pour toute réponse, Cami arbora une grimace frustrée.

— Que s'est-il passé ? insista Dimi, pressentant le scoop. Et ne réponds pas « rien », parce que je vois sur ton visage qu'il s'est passé quelque chose.

— Bon, d'accord ! Tu veux vraiment savoir ? J'ai ouvert la porte nue, et monsieur muscles ne m'a même pas regardée.

— Il ne t'a pas regardée, ou il s'est montré poli ?

— Dimi, je te dis que j'étais nue. Il n'est pas question de politesse dans ce cas-là.

— Tu peux me donner ta définition du mot « nue » ?

— J'étais enroulée dans une couverture, mais elle n'arrêtait pas de glisser.

Dimi hocha la tête.

— Pourquoi faut-il que tous les beaux garçons soient gays ?

— Je n'en sais rien, dit Cami, accablée à l'idée de voir lui échapper ce pur concentré de masculinité. C'est pour ça que j'ai accepté le rendez-vous organisé par maman. Je n'ai personne d'autre en vue.

— Tu ferais mieux de refuser, Cami. Ces derniers temps, tu ne fais qu'accumuler les rencontres arrangées. Ça ne peut pas marcher. On dirait que tu cherches à tout prix l'échec.

— Pas du tout.

— Mais si ! Tu es terrorisée à l'idée de t'engager.

— C'est curieux, la dernière fois que je t'ai vue, tu présentais une émission culinaire à la télévision. Je ne savais pas que tu t'étais reconvertie dans la psychanalyse.

— Ta peur est alimentée par les sept mariages de papa, continua Dimi, imperturbable. Et par l'incapacité de maman à se trouver un homme. N'importe qui peut s'en rendre compte, sauf toi. Je t'en prie, arrête les rencontres arrangées.

— Je te signale que tu viens juste de me demander d'accompagner le frère d'un ami.

— C'était pour me rendre service, pas pour essayer de te caser avec quelqu'un. Maintenant, écoute-moi : il est temps que tu surmontes tes peurs, et que tu cherches toi-même l'homme de ta vie.

— Ecoutez la déesse de l'amour, qui n'est pas sortie avec un homme depuis deux ans !

— Un an, corrigea Dimi, quelque peu vexée. Et ce n'est pas une question de peur. Je n'ai tout simplement pas trouvé celui qu'il me faut.

— Mais tu m'agaces, à la fin. Puisque je te dis que je n'ai pas peur.

— Ah bon ? Alors, pourquoi acceptes-tu de rencontrer tous ces hommes, dont tu sais très bien que pas un ne correspond à tes goûts ?

Parce qu'elle était tout bonnement navrante. Mais ce n'était quand même pas sa faute si elle avait peur de renoncer à sa bienheureuse liberté.

— C'est le dernier, je te promets.

— Oui, c'est ça !

— Vraiment, je t'assure.

— Appelle maman, et annule le rendez-vous.

— Tu es folle ? Je tiens à la vie, moi.

— Parfait, déclara Dimi, avec une moue dégoûtée. Agis à ta guise. Mais, s'il a des dents de cheval, une haleine assortie, et une perruque ridicule, ne viens pas te plaindre.

— D'accord.

— Bien. Et tu n'auras qu'à t'acheter ton propre rouge à lèvres, conclut Dimi, avant de sortir en claquant la porte.

Chapitre 3

Ils signèrent le contrat et, par précaution, Tanner exigea de Cami qu'elle paie d'avance la première tranche des travaux. Il fut convenu qu'il s'attaquerait d'abord à la chambre et à la salle de bains attenante, ainsi qu'à la minuscule chambre d'amis. Puis, viendrait le tour du salon, de la salle à manger, de la cuisine, et de la salle d'eau. Enfin, il referait complètement la vieille terrasse de bois qui donnait sur le lac. Bancale, rongée d'humidité, toute la structure était à reprendre avant que sa cliente ne puisse y prendre des bains de soleil en toute sécurité.

Quelque chose lui disait qu'elle adorait sentir la caresse du soleil sur sa peau, et il ne pouvait s'empêcher de l'imaginer en maillot de bain. Un minuscule Bikini rouge dévoilant ses courbes voluptueuses…

Pourquoi avait-il fallu qu'il pense à ça ? Cette image allait alimenter ses rêveries sensuelles pour le reste de la journée. Ou pour les deux mois qu'il avait à passer dans cette maison…

La première tranche lui prendrait au moins deux semaines. Ce qui allait obliger Cami à dormir sur le canapé. Elle prétendait ne pas s'en soucier, pas plus qu'elle ne s'inquiétait à l'idée de vivre au beau milieu d'un chantier de démolition. Mais il aurait pu jurer qu'elle n'avait pas la plus petite idée de ce qui l'attendait. Bien qu'elle fît, en quelque sorte, partie du métier, elle était comme tout le monde. Ce qu'elle voulait, c'est que le travail soit fait le plus vite possible. Si seulement elle avait pu prendre quelques vacances ! Mais non, elle avait décidé de s'investir totalement dans cette rénovation, de suivre chaque étape avec un soin jaloux.

Quelle chance !

C'est donc quelque peu inquiet qu'il se présenta mercredi matin au domicile de sa cliente, accompagné de quatre ouvriers.

Cami lui ayant bien fait comprendre qu'elle n'était pas particulièrement matinale, il abandonna son équipe dans la cuisine et jeta un œil dans la chambre, ainsi que dans la salle de bains principale. Comme convenu, la jeune femme avait mis en cartons toutes ses affaires, ne laissant dans la pièce que les meubles les plus lourds, à charge pour eux de les déplacer. La maison semblait déserte, et il en conclut qu'elle avait fini par se ranger à son avis. Vaguement soulagé, il appela ses hommes, et ils se mirent à la tâche sans plus tarder.

Le bruit était assourdissant, tandis qu'ils faisaient tomber les plâtres qui recouvraient la charpente, mais Cami avait probablement averti ses voisins. Et, dans la mesure où personne n'était venu se plaindre, Tanner et son équipe continuèrent de plus belle.

Retrouver le goût familier du travail, le poids des outils dans ses mains, imaginer le parti qu'il pourrait tirer de cette bâtisse, lui procurait un incroyable sentiment d'euphorie. Il en avait été privé depuis bien trop longtemps. Non qu'il regrettât d'avoir pris une année sabbatique pour s'occuper de son père durant sa maladie. Il trouvait ça normal. C'était son devoir. Mais son job lui avait manqué, mentalement et physiquement.

Après deux heures d'efforts, dans un air saturé de poussière, Tanner se dirigea vers la cuisine, la gorge sèche comme du carton. Tandis qu'il buvait un verre d'eau, appuyé contre le comptoir, il remarqua le chat de sa cliente qui mâchonnait quelque chose avec délectation. Quelque chose qui ressemblait étrangement à une des pochettes du ceinturon de cuir qui lui servait à transporter ses outils les plus courants.

— Espèce de sale bête, tu vas…

Avant qu'il ait eu le temps d'ajouter autre chose, la porte arrière de la maison s'ouvrit et sa cliente se rua dans la cuisine, l'air préoccupé. Sans même lui accorder un regard, elle passa devant lui et se dirigea vers sa chambre en marmonnant :

— Je suis en retard, je suis en retard. Ce n'est pas le bon rouge à lèvres. Je vais rater mon rendez-vous.

— Nous avons commencé la démo…

Un cri strident interrompit Tanner.

— Zut ! J'avais complètement oublié.

Sur ces mots, la jeune femme rebroussa chemin et s'en fut comme elle était venue.

Sans même lui avoir adressé la parole.

— Charmante maîtresse que tu as là, dit-il à Annabel. Vraiment aimable. Et arrête de tourner autour de mes sandwichs, je ne nourris pas les méchants chats qui déchirent des ceintures hors de prix.

Souriant à l'idée qu'il se mettait à parler aux animaux

comme une vieille dame en mal d'affection, Tanner quitta la pièce, décidé à se remettre au travail.

Annabel lui emboîta aussitôt le pas, puis se mit à zigzaguer entre ses jambes, manquant lui faire perdre l'équilibre.

— Fiche le camp ! Pas d'animaux sur les chantiers.

Avec un air de profond dédain, l'animal sauta sur les cartons empilés dans le couloir et entreprit de faire sa toilette.

Au même moment, un cri horrifié retentit à travers toute la maison. Ça ne pouvait venir que de la salle d'eau, et Tanner se précipita vers la porte. Il l'avait à peine entrouverte, qu'on la repoussa avec force.

— Je suis nue, protesta Cami, d'un ton outré.

Il ne manquait plus que ça, songea Tanner, en reculant d'un pas. La dernière fois qu'il avait vu des clients nus, il s'agissait d'un couple qui faisait l'amour dans leur lingerie. Ils étaient plutôt âgés, blancs comme des endives, et passablement laids. Aujourd'hui encore, il en faisait des cauchemars.

Que Cami soit seule, du moins l'espérait-il, qu'elle soit jeune et incroyablement séduisante ne le consolait pas davantage.

C'était insupportable cette manie qu'avaient les clients de se promener nus chez eux.

— Je n'ai pas de serviette.

— Quoi ?

— Je dis : je suis nue, je sors de la douche, et je n'ai pas de serviette.

Il n'en fallut pas davantage à Tanner pour imaginer la salle d'eau emplie de vapeur, le corps ferme de Cami constellé de milliers de gouttelettes étincelantes, ses cheveux ruisselants d'eau…

Finalement, il pouvait peut-être faire une entorse à son principe de non-nudité chez les clients.

— Vous pourriez me donner une serviette ? s'impatienta Cami.

— D'accord. Où sont-elles ?

— Dans les cartons.

Tanner jeta un regard inquiet vers la pile amoncelée dans le couloir.

— Vous avez quelque chose contre le séchage à l'air libre ?

Un bruit mat lui parvint, et il devina qu'elle appuyait la tête contre la porte.

— Dites, on ne pourrait pas renégocier les horaires ? Disons midi. Vous pourriez commencer à travailler à midi.

— A ce rythme-là, nous n'aurons jamais fini. Et puis, je ne comprends pas. Vous étiez habillée, vous parliez d'un rouge à lèvres et d'un rendez-vous. Pourquoi prenez-vous une douche maintenant ?

— Quel… Aucune importance ! Apportez-moi cette fichue serviette.

Tanner fouilla pendant quelques minutes dans les cartons, et revint frapper à la porte, qui s'entrebâilla.

— Fermez les yeux !

Tanner eut juste le temps de passer la serviette dans l'ouverture, et faillit recevoir le battant sur le nez.

— Fichez le camp, maintenant !

Le lendemain de l'incident avec la serviette, qui était aussi le soir du rendez-vous — merci, maman —, Cami déposa ses dossiers sur la table de cuisine, avec l'intention d'appeler deux de ses futurs clients. Il régnait dans toute la maison un désordre indescriptible. De la poussière, des outils dans tous les coins…

— Penser à nettoyer avant le rendez-vous, murmura Cami pour elle-même, avant d'émigrer vers le seul endroit encore acceptable : la salle d'eau.

Le téléphone dans une main, son ordinateur portable et ses dossiers sous le bras, elle s'installa sur la cuvette des toilettes.

Ce travail tombait à point pour lui changer les idées. Au moins, elle ne penserait pas à son découvert à la banque, ni à sa monstrueuse facture de téléphone, ni à son rendez-vous de ce soir.

Et encore moins au fait que Tanner ne lui accordait toujours pas la moindre attention.

A la réflexion, ce rendez-vous ne tombait pas si mal. C'était peut-être pitoyable, mais elle avait besoin de vérifier son pouvoir de séduction sur les hommes. Et n'importe qui ferait l'affaire.

En attendant, elle devait se mettre au travail. Avec un soupir, elle commença à composer un numéro, tout en jetant machinalement un regard vers le couloir.

Tanner se tenait à l'autre extrémité, son lecteur de CD à la ceinture, le casque vissé sur ses oreilles. Les vociférations d'un chanteur de hard rock lui parvenaient, vaguement assourdies, mais ce n'était pas cela qui la captivait.

Il était à genoux, penché en avant, lui offrant une vue imprenable sur son admirable fessier. Le cuir de ses bottes était usé, fendillé, l'ourlet de son jean s'effilochait et l'étoffe était devenue si fine, qu'elle ne laissait rien ignorer de sa puissante musculature. Il avait des jambes extraordinaires, longues, puissantes. Et des bras qui donnaient envie de s'y blottir. Mais que dire de ses fesses ? Et de la bande de peau hâlée qui dépassait au-dessus de sa ceinture ?

Elle avait des picotements dans les doigts, tant elle mourait d'envie de le toucher.

Pathétique ! N'avait-elle rien de mieux à faire que de loucher sur les fesses de son entrepreneur, comme une femme qui n'avait pas fait l'amour depuis des mois ?

Elle n'avait pas fait l'amour depuis des mois !

Comme s'il avait conscience de l'intérêt qu'il suscitait, Tanner tourna brusquement la tête.

Cami s'empressa de détourner le regard. Il n'aurait plus manqué qu'elle se laisse surprendre en train de saliver comme un chien devant un os.

Tanner se leva et rabattit les écouteurs autour de son cou. Son T-shirt bleu ciel moulait ses pectoraux comme une seconde peau, et Cami se demanda s'il y avait la moindre chance qu'il éprouve le besoin de l'ôter.

— Drôle d'endroit pour travailler, remarqua-t-il.

— Je n'ai pas le choix. Il me reste encore une montagne de choses à faire avant ce soir.

— Pourquoi ce soir ?

Cami n'avait pas eu l'intention de parler de son rendez-vous, mais si Tanner travaillait tard, ainsi qu'il l'avait fait la veille, il découvrirait de toute façon la vérité.

— Je sors.

— Ah !

L'étincelle ironique qui brillait dans ses yeux d'ambre fit aussitôt réagir la jeune femme.

— Eh bien, quoi ? Les rencontres arrangées sont monnaie courante.

Un sourire ouvertement moqueur accueillit cette information.

— Parce que c'est une rencontre arrangée ? Vous avez un problème avec les hommes ?

— Moi ? Sûrement pas !

— C'est sans doute à cause de votre manque d'humour.

— Pour votre information, sachez que j'ai un sens de l'humour particulièrement développé.

— Hum hum !

— J'étais le boute-en-train de mon lycée, lui apprit-elle, d'un air hautain qui ne fit que renforcer l'hilarité de Tanner.

— Qui s'est occupé de votre rendez-vous ?

— Ma mère, admit-elle à regret.

Et, tandis que Tanner riait à gorge déployée, elle ajouta entre ses dents :

— C'est un service que je lui rends.

— Donc, vous n'avez pas envie d'y aller ?

— Pas vraiment.

— Vous n'avez qu'à annuler, remarqua-t-il, avec un haussement d'épaules.

— On voit bien que vous ne connaissez pas ma mère.

— Ce n'est pas le problème. La question est de savoir ce que vous voulez ou non. Personne n'a jamais décidé quoi que ce soit à ma place.

Oh, très bien ! Parfait ! C'était un homme fort, déterminé, capable d'affronter la vie sans jamais reculer devant l'adversité. Admirables traits de caractère, sans doute. Surtout comparés à sa propre faiblesse.

— Même pas votre mère ?

Une ombre passa dans les yeux de Tanner, à l'instant si rieurs, trahissant une peine secrète.

— Ma mère est morte quand j'avais dix ans.

Quelle idiote ! Elle se serait giflée.

— Je suis vraiment désolée.

— Pas autant que moi.

— Il vous reste de la famille ?

— Uniquement mon père.

— Vous êtes proches ?

Il haussa les épaules, trop fier pour laisser transparaître ses émotions.

— Plus ou moins. Davantage depuis qu'il a eu sa crise cardiaque.

Décidément, elle s'enferrait de plus en plus. Mais les questions se bousculaient dans sa tête. Soudain, elle aurait voulu tout connaître de cet homme assez sûr de lui pour imposer son opinion sans se soucier des conséquences.

— Excusez-moi. Je suis décidément indiscrète.

— Bah… Il va beaucoup mieux. Ça nous a pris une année, mais il a retrouvé sa forme et son autonomie.

— Vous voulez dire que… vous vous êtes occupé de lui ?

— Vous semblez choquée. Je peux me rendre très utile dans une maison, vous savez.

Elle n'en doutait pas un instant.

— Quoi qu'il en soit, mes parents n'ont jamais rien décidé à ma place. Ils ont voulu très vite me rendre autonome.

Vexée, Cami se rembrunit.

— Mais je le suis aussi. Je suis très capable de prendre seule mes décisions.

— Très bien.

— Très bien, répéta-t-elle.

Puis, sans s'occuper davantage de Tanner, elle composa

le numéro de son client. De son futur client, serait-il plus juste de dire, mais elle avait bien le droit d'espérer.

— Madame Brown ? Cami Anderson à l'appareil. Je voulais faire le point avec vous. Avez-vous eu le temps d'étudier mes ébauches ?

— Oh, désolée, ma chère petite, mais notre fils vient d'arriver de Seattle, et vous savez ce que c'est…

Non, elle ne savait pas. Mais sa courte expérience en matière de clientèle lui avait appris que plus l'attente se prolongeait, plus les chances de signer le contrat étaient compromises.

— J'avais espéré que vous pourriez y jeter un œil avant…

— Je suppose que je pourrais, susurra Mme Brown, d'un ton lourd de duplicité. En échange d'un petit service.

Oh oh !

— Mon fils vient juste d'avoir trente ans, et il se sent un peu seul ici, loin de ses amis…

Oh oh, puissance dix !

— Imaginons que vous puissiez sortir avec Joshua, disons… je ne sais pas, moi… ce soir, ça me laisserait du temps pour étudier votre devis.

Du coin de l'œil, Cami vérifia ce que faisait Tanner. Le dos tourné, il travaillait avec assurance et précision, sans paraître prêter la moindre attention à la conversation. Son ceinturon de cuir se balançait doucement autour de ses hanches, au rythme de ses mouvements, faisant s'entrechoquer les outils. Dieu que cet attirail pouvait être sexy !

— Je ne suis pas libre ce soir, dit-elle, revenant à des préoccupations plus immédiates.

— Eh bien, disons demain.

— Je ne sais pas si c'est très recommandé, hésita Cami. Sortir avec le fils d'une cliente…

— Juste une fois. Rien qu'un inoffensif petit rendez-vous.

Pas possible ! Cette femme devait être une lointaine cousine de sa mère.

— Madame Brown…

— Je double votre budget.

Le cher fils devait avoir un sérieux problème. Mais, à ce prix-là, elle aurait pu dîner avec Quasimodo. Et puis, ce n'était que pour un soir.

— Pourquoi pas…

— Formidable. Vous ne le regretterez pas.

Bizarrement, quelque chose lui disait que si.

— Un seul rendez-vous, précisa-t-elle. Après-demain soir.

A ces mots, Tanner étira le cou, le buste tendu en arrière, et lui adressa un regard réprobateur.

Dans le silence, Cami entendit alors un bruit d'étoffe qui se déchirait.

Tanner tourna la tête, pour constater les dégâts. Le dos de son T-shirt venait de se prendre dans un long clou qui dépassait du mur, et, à la vue de cette bande de peau brune révélée par la déchirure, Cami sentit sa bouche devenir sèche comme du carton.

— Vous n'aurez qu'à venir à la maison le lendemain, annonça Mme Brown à son oreille. A l'heure du thé. Vous aimez le cheesecake ?

— Oh, oui ! répondit Cami avec enthousiasme. J'adore les beaux mecs.

Tanner lui adressa un de ces regards ironiques dont il avait le secret, et elle se sentit rougir.

— Le cheesecake, s'empressa-t-elle de corriger. J'adore le cheesecake. Avec du thé.

Le visage brûlant, elle ne pouvait détacher les yeux de Tanner, qui la contemplait avec amusement.

— A dimanche, promit-elle à sa cliente, avant de raccrocher.

— Du thé avec le cheesecake, murmura Tanner, quelle combinaison audacieuse ! Et, avec vos « beaux mecs », vous prenez quoi ?

— Oh, c'est malin ! Ça arrive à tout le monde d'avoir la langue qui fourche, de temps en temps.

— Mouais.

Il ôta son T-shirt déchiré, et Cami ne put s'empêcher d'admirer son torse puissamment musclé, à la peau hâlée et incroyablement veloutée.

Soudain, il lui semblait que l'air devenait irrespirable. Probablement à cause de la poussière occasionnée par les travaux, essaya-t-elle de se convaincre.

— Et vous avez souvent la langue qui fourche pendant vos petits rendez-vous ?

— Je ne fais pas trop usage de ma langue dans ce cas précis, répondit-elle, sans réfléchir.

Un rire moqueur accueillit sa remarque.

— Intéressant !

— Je ne vois pas en quoi ça vous regarde, s'énerva Cami.

Elle en avait assez qu'il s'amuse à ses dépens, à la fin ! Ou bien n'était-ce pas plutôt contre elle-même qu'était dirigée sa colère ? Elle se sentait déjà assez ridicule avec son visage écarlate. Pourquoi fallait-il en plus qu'elle se mette à transpirer à grosses gouttes ? Dimi, elle, aurait su garder son sang-froid. Sa sœur était tellement plus sereine, plus élégante… plus tout !

Elle sentit le regard de Tanner la jauger avec une lenteur exaspérante.

L'éclat de son regard, le demi-sourire qui laissait entrevoir ses dents très blanches lui faisaient penser à un prédateur en chasse.

Manifestement, il avait conscience de l'effet qu'il lui faisait, et en tirait une certaine vanité.

— Alors, comme ça, vous avez encore accepté un rendez-vous arrangé ? Je me demande pourquoi une femme telle que vous a besoin de ça.

— Moi, je n'ai besoin de rien. Ce sont les autres qui se croient autorisés à me demander sans cesse des services.

— Et vous ? Est-ce que quelqu'un se soucie de ce dont vous avez envie ?

— Je… je n'en sais rien. Je ne crois pas, non, répondit Cami, qui n'avait jamais envisagé la question sous cet angle.

— Pensez-y, la prochaine fois que votre langue fourchera.

Deux minutes avant l'arrivée de Ted, Tanner fit irruption dans la cuisine, couvert de poussière des pieds à la tête.

— La démolition n'est pas la partie la plus agréable, dit-il d'un ton d'excuse. Mais nous faisons notre possible pour ne pas salir toute la maison.

C'était exact. Et Cami, qui n'était pas précisément fanatique des tâches ménagères, lui en savait gré.

— Il n'y a rien à redire, reconnut-elle, tout en se demandant s'il allait faire un commentaire sur sa tenue.

Que le diable l'emporte ! Il ne lui avait même pas accordé

un regard. Il se contentait de siroter son verre d'eau, appuyé contre l'évier.

Depuis la puberté, qui s'était produite infiniment trop tôt à son goût, les hommes n'avaient jamais manqué de remarquer son corps. Pas Tanner.

Elle n'aurait su dire pourquoi elle accordait autant d'importance à ce détail, dans la mesure où elle avait décidé qu'il n'était pas du tout son genre. En tout cas, elle voulait qu'il la regarde, qu'il lui fasse part de son admiration.

Avec sa robe à fines bretelles, dont l'étoffe fluide dansait autour de ses jambes, et ses sandales à hauts talons, elle se sentait belle. Et elle voulait que Tanner le remarque.

— Vous avez l'air…

Avalant une dernière gorgée d'eau, il laissa sa phrase en suspens.

— Oui ?

— Pourquoi vous prêtez-vous à cette mascarade ?

Cami dissimula sa déception derrière une petite moue désinvolte.

— Disons que j'éprouve certaines difficultés à dire non.

Tanner posa lentement son verre sur l'évier. Puis, croisant les bras, il prit le temps d'étudier la jeune femme. Elle était pour lui une véritable énigme. Premièrement, elle prétendait manquer d'autorité. Mais il l'avait entendue négocier pied à pied avec des fournisseurs. Il l'avait vue houspiller ses ouvriers et les amener à faire exactement ce qu'elle voulait. Et lorsqu'il s'agissait de choisir les peintures ou les tissus, il valait mieux ne pas se risquer à la contredire. Deuxièmement, elle n'avait rien d'une femme timide, calme, effacée, et elle laissait pourtant les gens qu'elle aimait lui marcher sur les pieds.

— Ça doit être quelque chose, dit-il d'un ton badin, si vous n'êtes pas capable de dire non à la fin du dîner.

Comme chaque fois qu'il la taquinait, Cami redressa le menton d'un air hautain.

— J'y arrive très bien à ce moment-là, je vous remercie.

— Puisque vous y arrivez si bien, pourquoi n'êtes-vous pas capable de…

Cami poussa soudain un petit cri, et se jeta à genoux sur le sol.

— Non, Annabel, non !

A quatre pattes, elle poursuivit l'animal à travers la cuisine.

Abasourdi, Tanner la regardait se traîner dans la poussière, sans se soucier de salir sa robe.

— Mais, qu'est-ce que…

— Elle est en train de chasser une pauvre petite araignée.

Tanner leva les yeux au ciel, tandis que Cami saisissait Annabel par la peau du cou.

— Ça suffit, vilaine ! Fiche le camp !

Tandis que le chat détalait, en miaulant sa désapprobation, Cami se releva pour prendre une tasse et un morceau de papier. Puis, s'agenouillant de nouveau, elle poussa l'araignée dans cet abri de fortune. Elle ouvrit la porte de la cuisine, déposa la bestiole dans la pelouse, et revint en époussetant sa robe.

— Quoi ? dit-elle, en constatant que Tanner l'observait avec incrédulité.

La sonnette de l'entrée retentit avant qu'il ait eu le temps de répondre.

— J'espère au moins qu'il n'est pas chauve, murmura Cami, en blêmissant.

— Vous pouvez toujours changer d'avis.

— J'ai promis.

Tandis qu'elle se dirigeait vers la porte, Tanner lui emboîta le pas. Il détestait lui voir cette mine déconfite, détestait l'idée qu'elle se sacrifie pour les autres. Et il se haïssait encore plus de se soucier autant d'elle.

— Je peux aller ouvrir toute seule, observa Cami.

— D'accord. Ouvrez la porte, et dites que vous avez changé d'avis.

— Je ne peux pas.

— Bien sûr que si.

— Non.

— A votre guise. Si vous aimez vous faire manipuler, c'est votre droit le plus strict…

Chapitre 4

Cami ne tint aucun compte de sa réflexion, et Tanner insista.

— Annulez, murmura-t-il à son oreille.

— Ne me collez pas comme ça, s'impatienta Cami. Vous me faites perdre mes moyens.

— Vraiment ?

Sa fierté masculine s'en trouva secrètement renforcée, et il réalisa soudain à quel point ils étaient proches. Si proches que son torse lui effleurait le dos, que ses lèvres touchaient presque sa nuque. Le parfum délicat de la jeune femme, mélange de shampooing et d'eau de toilette, l'enveloppait jusqu'au vertige et lui donnait l'envie d'enfouir son visage au creux de son épaule, dans cette vallée de peau soyeuse qui ne demandait qu'à recevoir des baisers.

Troublé, il relâcha doucement son souffle, et la sentit frissonner.

Déconcerté par cette réaction totalement inattendue, il s'efforça de contrôler le désir fou qu'il avait de l'attirer dans ses bras. Durant l'année passée à s'occuper de son père, il s'était un peu tenu à l'écart du monde. Il avait bien fait quelques rencontres, mais aucune n'avait provoqué en lui un tel tumulte de sensations. Et cela n'avait rien de rassurant.

— Je dois y aller, murmura Cami, d'une voix frémissante.

— Dites que vous êtes allergique aux restaurants, que vous êtes prise de tremblements nerveux rien qu'en voyant un maître d'hôtel, que vous bavez en mangeant…

— Très élégant, remarqua-t-elle, en redressant les épaules.

Fasciné, Tanner regarda la bretelle de sa robe glisser sur sa peau satinée et, avant d'avoir eu le temps de réfléchir, il releva la fine attache de tissu, effleurant du bout des doigts l'épaule de Cami.

Elle frissonna de nouveau, preuve qu'il n'était pas le seul à percevoir la tension sensuelle entre eux.

— Dites que vous vous êtes trompée, que vous aviez déjà promis votre soirée à quelqu'un d'autre.

Le regard de Cami se posa sur lui, sombre et mystérieux. Bon sang ! Il aurait pu se noyer dans ses yeux, si elle n'était pas aussi exaspérante.

— Je n'ai rien d'autre de prévu.

— Je pourrais vous inviter à dîner.

— Quoi ?

Il devait être fou. C'était la seule façon d'expliquer pourquoi sa bouche prononçait des mots que son cerveau désapprouvait.

— Après tout, j'étais là le premier.

— Quel hypocrite ! Je sais très bien que vous ne m'aimez pas beaucoup.

— Au contraire !

— Ah oui ? Citez quelque chose que vous appréciez chez moi.

— Eh bien…

— C'est ce que je pensais !

— Attendez. Laissez-moi le temps de réfléchir.

— Arrêtez de me faire perdre mon temps. Je ne pourrais pas sortir avec vous, même si vous m'aimiez bien. Nous sommes beaucoup trop différents.

— En quoi ?

— Vous écoutez de la musique beaucoup trop violente et bruyante.

— Et vous, vous écoutez de la musique qui me fait grincer des dents. Ce n'est pas pour ça que je vous en veux.

— D'accord, très bien. Vous voulez une vraie raison ? Vous êtes un lève-tôt.

Elle avait dit ça comme s'il était le pire criminel de la terre, et il ne put retenir un sourire.

— Je pourrais vous apprendre à aimer les matins, dit-il d'une voix suggestive.

— Ne me parlez pas avec cette voix-là.

— Quelle voix ?

— Celle qui me fait perdre tous mes moyens.

— Décidément, je ne peux rien faire.

— Taisez-vous, maintenant.

D'un geste décidé, Cami ouvrit la porte sur un homme souriant. Et indéniablement pourvu de cheveux, remarqua Tanner. Dommage qu'il soit coiffé comme un porc-épic, affublé d'horribles lunettes, et qu'il ressemble à un adolescent un peu benêt.

D'un regard furtif par-dessus son épaule, Cami sembla le défier de faire la moindre remarque, et il s'offrit le luxe d'un sourire innocent.

A quoi bon souligner l'évidence ?

Cami fit les présentations et, tandis que les deux hommes se serraient la main, elle s'éclipsa pour aller chercher son sac.

Tanner la rejoignit dans la cuisine, pas mécontent de montrer qu'il disposait de ses mouvements, tandis que Ted n'avait d'autre choix que d'attendre poliment à la porte.

— Surtout, pas un mot ! lui conseilla sèchement Cami.

D'un geste nerveux, elle saisit son sac, et trouva le moyen d'en renverser le contenu sur le comptoir.

Un tube de rouge à lèvres, détailla mentalement Tanner, une brosse et un trousseau de clés…

Oh ! Et un préservatif.

Tanner saisit la pochette entre le pouce et l'index et la souleva à hauteur des yeux.

— Je croyais que vous étiez capable de dire non à la fin du dîner, remarqua-t-il, d'un ton détaché.

Cami s'empara de son bien, et l'enfouit au fond du sac.

— De nos jours, une femme doit savoir prendre ses précautions.

L'idée qu'elle puisse faire l'amour avec ce type grotesque — avec n'importe quel homme, en fait — lui donnait envie d'enfermer la jeune femme à double tour dans sa salle de bains.

C'était complètement ridicule ! En quoi la vie privée de sa cliente le concernait-elle ? Il était là pour travailler.

— Je suis d'accord avec vous. Mais pourquoi un seul préservatif ? Je vous trouve bien pessimiste. A moins que vous ne tombiez que sur de bien piètres amants. Il n'est pas interdit de recommencer, vous savez.

Le visage de Cami s'empourpra, et elle baissa les yeux.

— Vous devenez vraiment indiscret.

— Je ne vois pas en quoi. Le sexe est une forme de

communication comme une autre. Il n'y a rien de choquant à en parler.

— Tout le monde n'est pas obligé d'être aussi direct que vous.

— Cami ?

La voix de Ted venait du couloir. Apparemment, il commençait à s'inquiéter. Peut-être même s'imaginait-il que la jeune femme s'était enfuie par la porte de derrière. Et, pendant un quart de seconde, elle donna l'impression d'être prête à le faire.

— Ecoutez, je ne sais même pas pourquoi je parle de ça avec vous, murmura-t-elle. Bonne nuit. Pensez à tout fermer en partant.

Elle quitta la pièce et Tanner écouta son pas décidé marteler les lattes de parquet du corridor.

Etrangement dépité, il resta figé au milieu de la cuisine, jusqu'à ce que les ronronnements d'Annabel viennent le tirer de son hébétude.

— Tiens, mais on dirait mademoiselle la dévoreuse d'araignées, remarqua-t-il, en baissant les yeux vers l'animal qui s'enroulait autour de ses jambes.

Tout à coup, il remarqua un détail anormal.

— Mais… tu as du cuir dans les babines !

Jurant comme un charretier, il se précipita vers le couloir, et stoppa net à la vue de sa ceinture, abandonnée sur le sol. Grave, très grave erreur. Annabel avait arraché une nouvelle pochette.

— Toi ! dit-il, en pointant un doigt vers l'animal. Tu es un très vilain chat.

Il eut l'impression de la voir relever le menton d'un geste hautain, ce qui lui fit aussitôt penser à Cami.

— Tu ne pourrais pas te contenter de tes croquettes ?

Elle n'eut même pas un battement de cils, et il prit enfin conscience qu'il parlait à un chat.

— Il faut que je sorte de là, murmura-t-il.

Lorsque son téléphone portable sonna, un moment plus tard, il eut l'impression que son cœur s'arrêtait de battre. Il n'y avait qu'une raison pour qu'on l'appelle aussi tard. Son mauvais pressentiment se confirma lorsqu'il lut sur l'écran le numéro de son correspondant.

— Que se passe-t-il ? cria-t-il dans l'appareil.

— Quel accueil !

— Papa, tu vas bien ?

— Et pourquoi ça n'irait pas ? Dis donc, fiston, je voulais te demander un service…

— Pas d'alcool ni de cigarettes !

— Je sais, inutile de me faire la leçon ! Mais j'aimerais que tu me rapportes des tacos, avec de la sauce au piment.

— Pas question !

— Un gâteau au chocolat, alors. Fourré avec de la crème au beurre.

— Sûrement pas !

— Bon sang, fiston ! Tu pourrais avoir pitié de ton vieux père.

— Tu sais que c'est pour ton bien. Je te retrouve à la maison de retraite dans une heure.

— Tu es sûr ? Parce que, si jamais tu avais un rendez-vous galant, je ne voudrais pas te déranger.

Tanner pensa à sa cliente. La femme qui ne savait pas dire non. Sauf à lui.

— Je n'ai aucun rendez-vous de ce genre.

— Comment ça se fait ?

— Papa !

— Tout ce que je dis, c'est que tu ferais mieux de t'amuser un peu, au lieu de t'occuper de moi. A ton âge, un homme a certains besoins…

— Papa, je vais raccrocher maintenant.

— Si tu veux. Mais pense à ce que je viens de te dire. Le plaisir d'abord, le devoir après.

Le trajet interminable jusqu'à Reno donna à Cami l'occasion de ressasser encore ses doutes. Quelque chose lui disait que cette soirée allait être un désastre. Ted avait insisté pour aller dîner chez Denny, une brasserie bon marché, sous prétexte que le buffet y était excellent et, surtout, qu'on pouvait s'y servir à volonté.

Son funeste pressentiment se confirma lorsque, dans sa précipitation pour passer devant elle, il lui écrasa le pied en entrant dans le restaurant.

— J'adore cet endroit, s'exclama-t-il, au lieu de s'excuser.

— J'espère qu'il n'y aura pas trop de monde, dit Cami, tout en agitant les orteils.

Elle n'avait rien de cassé, mais la douleur était lancinante. Et sa sandale était éraflée.

— Ce n'est jamais bondé. C'est ce qui fait tout le charme du lieu, répondit Ted, d'un air satisfait.

Oh, Seigneur !

— Et le dessert est inclus.

De mieux en mieux !

Ce n'était pas possible, ça ne pouvait pas lui arriver à elle, décida Cami, en regardant son cavalier se ruer sur le buffet. Sa mère ne lui aurait jamais joué un aussi mauvais tour. Déterminée à prendre les choses du bon côté, elle plaqua un sourire sur son visage, et fit un effort de conversation.

— Il paraît que vous travaillez dans l'informatique…

— Regardez-moi ça ! s'exclama Ted, en extase devant un plateau de petits pains.

Et, comme Cami ne réagissait pas assez vite à son goût, il lui donna un coup de coude dans les côtes.

— Allez-y, prenez-en autant que vous voulez.

Après le repas, qui se déroula quasiment en silence tant il était occupé à s'empiffrer, Ted proposa d'aller voir un film, non sans s'être débrouillé pour que Cami s'acquitte de sa part.

— Ce n'est pas que je n'aurais pas pu payer pour vous, expliqua-t-il, tandis qu'il entraînait la jeune femme au pas de course vers la voiture. Mais je sais combien il est important pour les femmes d'aujourd'hui de pouvoir affirmer leur indépendance. Et puis, je suis tombé sur un certain nombre de profiteuses. Des filles qui ne sortaient avec moi que pour bénéficier d'un repas gratuit.

— Eh bien, pour vous prouver que je n'appartiens pas à la catégorie des profiteuses, je vous propose d'en rester là.

— Oh, non ! rétorqua Ted, visiblement scandalisé. Il faut prendre le temps de nous connaître, si nous voulons décider en toute connaissance de cause. Tiens, j'ai une idée. Si nous allions au drive-in ?

— Ce ne sera pas nécessaire.

— Chut, taisez-vous !

Il monta le son de l'autoradio et une musique sirupeuse, digne d'une ambiance de supermarché, s'éleva dans l'habitacle.

— J'adore cette chanson, s'extasia-t-il.

Cami garda les dents serrées, tandis qu'elle songeait avec nostalgie à la musique rock de Tanner.

La voiture de Ted rendit l'âme à minuit pile, rappelant douloureusement à Cami qu'elle n'était pas Cendrillon.

Ils se trouvaient sur un chemin désert, parce que Ted avait eu la bonne idée de quitter l'autoroute pour profiter du clair de lune — tellement plus romantique en rase campagne —, et son portable ne recevait plus de signal de réseau.

Les choses ne pouvaient pas être pires.

Merci, maman.

— Voilà une voiture, s'exclama soudain Ted. Je vais voir si je peux l'arrêter.

Cami le regarda s'agiter frénétiquement sur le bord de la route, plus affreux que jamais dans la lumière des phares. Il parlementa un moment avec le conducteur, et revint vers elle, tout excité.

— C'est une femme. Il n'y a que deux places dans sa Porsche, et elle accepte de me conduire à Truckee.

— Et moi ? Vous n'allez quand même pas me laisser là toute seule ?

— Puisque je vous dis qu'il n'y a que deux places ! Mais ne vous inquiétez pas, je vais vous envoyer quelqu'un.

— Vous n'allez pas revenir me chercher ?

— C'est-à-dire…

Il tournait la tête vers la voiture de sport, dont le moteur ronronnait comme un félin dans la nuit, visiblement pressé de rejoindre la conductrice.

— Elle est si bien que ça ? hasarda-t-elle.

— Et comment ! Bon, si vous permettez, il faut que j'y aille.

— Non, mais je rêve ! Votre voiture tombe en panne, et vous m'abandonnez toute seule, en pleine nuit.

— Ne soyez pas stupide ! Vous pouvez vous abriter dans ma voiture.

Incrédule, Cami le regarda s'engouffrer dans la Porsche, qui démarra dans un crissement de pneus, et suivit des yeux la lueur rouge des feux arrière, jusqu'à ce qu'elle disparaisse dans la nuit.

Comment avait-elle pu en arriver là ?

Qu'avait dit Tanner, déjà ? Qu'elle se laissait trop facilement marcher sur les pieds ?

Il avait parfaitement raison. Bon sang ! Elle détestait que les autres aient raison.

Regagnant la voiture de Ted, elle s'installa au volant, et se laissa aller contre le dossier de son siège. Pas la moindre lueur de phares en vue. En fait, dans la lumière blafarde de la lune, voilée par quelques nuages, la seule lueur perceptible provenait des boutons blancs qui ornaient le devant de sa robe.

Tout à coup, elle prit conscience que la nuit à la campagne n'avait rien de silencieux, ni de paisible. Malmenés par le vent qui sifflait dans les feuillages, les arbres semblaient comme… possédés. Le crissement des insectes résonnait dans sa tête jusqu'à l'obsession. De loin en loin, le bruit d'un moteur déchirait la nuit, mais pas une seule voiture ne venait dans sa direction. Si seulement Dimi était là pour lui dire ce qu'il fallait faire !

En proie à un désarroi comme elle en avait rarement

éprouvé, elle se laissa aller contre l'appuie-tête et ferma les yeux.

Ses mains glissèrent sur le tissu délicat. Dans le silence, le passage des doigts calleux produisit un frottement, et elle en oublia de respirer. Le parfum chaud et enivrant de son torse l'enveloppait comme un filtre magique, mélange de bois de santal, de cuir, et de… plâtre.

Stop ! Il fallait rembobiner le film et penser à autre chose. Cami ouvrit brutalement les yeux, et se morigéna. Pas question de fantasmer sur cet homme. Tanner James n'avait rien à faire dans ses songes érotiques.

Lentement, elle se replongea dans le sommeil.

Plaquée contre son corps dur et vigoureux, blottie dans sa chaleur, son odeur enivrante, elle sentit un frisson la traverser.

Oui. Voilà qui était beaucoup mieux.

Il glissa les doigts dans ses cheveux, effleura ses lèvres d'un baiser doux et léger au début, puis de plus en plus passionné, d'une sensualité qui la faisait vibrer de plaisir. Un gémissement bref lui échappa tandis qu'il lui caressait le cou de ses lèvres chaudes et avides…

« Continue, ne t'arrête pas en si bon chemin », s'encouragea Cami.

Il explora lentement les pleins et les déliés de son corps, la rondeur des seins, des hanches, la douceur du ventre et des cuisses, jusqu'à ce qu'elle l'implore de s'unir à elle, prononçant son nom dans un murmure fiévreux. Tanner…

Bon sang ! Encore lui.

Elle crispa les paupières, s'efforçant de libérer son imagination. Mais la magie était rompue.

Complètement réveillée, désormais, elle regarda autour

d'elle et constata que le jour commençait à se lever. D'après sa montre, elle avait somnolé pendant presque cinq heures. Toujours pas la moindre voiture en vue mais, à 6 heures du matin, il faisait suffisamment clair pour s'orienter sur la route. Son sac calé sous le bras et son portable à la main, elle se mit à marcher, bien décidée à avancer jusqu'à ce qu'elle obtienne un signal de réseau.

Il ne lui fallut pas plus de cinq minutes pour que son téléphone soit de nouveau utilisable, et elle composa aussitôt le numéro de Dimi.

— Réponds ! cria-t-elle avec impatience, sitôt le message du répondeur terminé. Je suis coincée quelque part entre Reno et Truckee, et j'ai besoin que tu viennes me chercher.

Elle donna le numéro de la sortie d'autoroute, et le plus de détails possible sur l'endroit où elle se trouvait. Puis, jugeant que deux précautions valaient mieux qu'une, elle appela sa mère. La réveiller lui était égal. Elle s'en réjouissait même. Après tout, c'était la faute de cette dernière si elle se trouvait dans une telle situation.

Mais, là encore, elle n'obtint aucune réponse.

— O.K., maman, dit-elle à la machine, ton prince charmant m'a laissée en rade dans un trou perdu. Tu as intérêt à venir me chercher immédiatement. Et ne perds pas ton temps à enlever tes bigoudis d'abord, ou je ne te donnerai jamais de petits-enfants.

Levant les yeux, Cami regarda le ciel changer de couleur et poussa un lourd soupir.

Et maintenant ?

Ted, ce grossier personnage, l'avait visiblement oubliée, et il était inutile de compter sur lui.

Au cas où Dimi serait passée chez elle pour lui emprunter du rouge à lèvres ou des chips, elle composa son propre numéro. Bon, d'accord, elle savait très bien que Dimi avait peu de chances d'être déjà levée. Mais, à situation désespérée…

En réalité, elle avait envie de parler à quelqu'un, et si ça devait être à elle-même, eh bien, soit !

— Dimi, arrête de tripoter mes affaires, dit-elle, juste après le bip. Et viens me sortir de là.

Pas de réponse.

— Bon, d'accord, je me suis un peu énervée, reconnut-elle, d'un ton conciliant.

Il suffisait d'un rien pour irriter Dimi, et elle ne pouvait prendre aucun risque.

— Et je le regrette, continua-t-elle. Mais tu aurais réagi de la même façon à ma place.

Toujours rien.

Cami arrêta de marcher, et s'appuya le dos contre un arbre.

— Bon, tu veux rire ? Ça a commencé hier soir, avant que je quitte la maison. Figure-toi que mon entrepreneur m'a accusée d'être trop influençable. Ce n'est pas tout à fait faux, mais je ne trouve pas élégant de sa part de me l'avoir fait remarquer. Ensuite, j'ai dû me traîner chez Denny pour un buffet à volonté. Et, crois-moi, il faut une sacrée volonté pour y avaler quoi que ce soit. Et maintenant, je me retrouve coincée au beau milieu de nulle part parce que mon chevalier servant s'est éclipsé avec une autre femme. A ton avis, pourquoi c'est si dur de trouver un homme bien ? Je ne suis pourtant pas si difficile. Un dîner aux chandelles, une promenade au clair de lune, éventuellement une croisière… Tu m'écoutes ? Il y a quelqu'un ?

Cami poussa un soupir à fendre l'âme et, dans un inexplicable besoin d'autocritique, ajouta :

— Tanner avait mille fois raison. Il faut que j'apprenne à dire non.

Chapitre 5

Tanner arriva chez Cami un peu plus tôt que d'habitude. Il avait passé trop de temps à discuter avec son père, la nuit dernière, et il se sentait fatigué. Mais l'habitude de se lever de bonne heure était trop ancrée en lui pour qu'il y déroge.

Son père semblait désormais complètement tiré d'affaire, et la peur de le perdre, qui ne l'avait jamais quitté durant toute cette année, commençait à s'estomper.

A l'en croire, le vieil homme semblait décidé à passer les vingt prochaines années à ne rien faire d'autre que de profiter de la vie. Et sans doute aussi à rendre son fils complètement fou.

Cela semblait à Tanner un excellent programme, dans la mesure où il n'avait aucune envie de perdre la seule famille qu'il lui restait.

Il se serait bien passé, en revanche, des commentaires sur sa vie sexuelle. Son père avait essayé de savoir s'il avait une petite amie sérieuse, quelqu'un susceptible de se transformer en épouse, et il ne fallait pas être un génie pour comprendre qu'il rêvait d'avoir des petits-enfants.

Tanner n'était pas opposé à l'idée d'avoir des enfants. Un jour. Mais, pour cela, il lui faudrait d'abord se marier.

Et c'était là que le bât blessait.

Il aimait les femmes sensuelles et tourmentées, nerveuses et impatientes, et surtout farouchement indépendantes. Ses relations amoureuses duraient un moment, puis il passait à autre chose. C'était simple et net. Il se montrait le plus élégant possible et ses partenaires s'estimaient généralement satisfaites. Il n'avait pas à craindre que l'une d'elles se mette soudain à rédiger son faire-part de mariage, ou qu'elle se soucie de la couleur des murs de leur futur salon.

De toute façon, il n'avait pas le temps de songer au mariage. Et cela n'avait rien à voir avec la maladie de son père. Son travail ne lui laissait pas une minute. En plus des chantiers, il y avait toute la comptabilité, les plannings, les contrats… Même sans y mettre de mauvaise volonté, il ne voyait pas où une femme pourrait trouver sa place dans tout ça.

« Désolé, papa, mais tu vas devoir attendre encore un peu. »

Il ouvrait la porte d'entrée, quand il entendit la voix de Cami dire :

— Tanner avait mille fois raison. Il faut que j'apprenne à dire non.

Un sourire aux lèvres, Tanner enfouit dans sa poche la clé que sa cliente lui avait donnée, et se dirigea vers la cuisine.

Il n'y avait personne dans la pièce, à l'exception d'Annabel qui se mit à miauler dès qu'elle l'aperçut.

— Espèce de gourmande, dit Tanner, en jetant un œil vers l'assiette vide. Je sais bien que tu as tout mangé. Ne compte pas sur moi pour te donner autre chose.

L'animal s'enroula autour de sa jambe en ronronnant avec insistance.

— Chut ! lui ordonna Tanner, en tendant l'oreille pour discerner ce que Cami disait.

« Je déteste avoir tort », entendit-il. Guidé par le son de sa voix, il retourna dans le couloir, et réalisa que le répondeur était en marche.

— Génial, dit Cami. J'en conclus que personne ne m'écoute, à part Annabel. Ça ne devrait pas m'étonner. C'est toute l'histoire de ma vie. J'espère que tu t'amuses, au moins, vilain chat.

Pourquoi Cami, une femme qui préférerait se faire couper un bras plutôt que de sortir du lit avant 10 heures, s'appelait elle-même à… Tanner consulta sa montre et découvrit avec surprise qu'il était à peine plus de 6 heures.

— En plus, il fait terriblement froid pour se promener en robe d'été.

Et pourquoi ne s'était-elle pas changée depuis la veille. Elle n'avait quand même pas utilisé le préservatif avec son idiot de chevalier servant ?

— Bien sûr, c'est un peu normal d'avoir froid après avoir passé la nuit dans l'atmosphère hostile de la Sierra. Mais tu sais quoi, Annabel ? Ce n'est pas ma faute. Non, c'est celle de mes parents. Mon père a eu combien ? Six femmes ? Non, attends ! J'oubliais l'inoubliable Brandy. Avec elle, ça fait sept. Sept belles-mères, dont la plupart étaient plus jeunes que moi. Rien d'étonnant à ce que j'aie des problèmes avec les hommes.

Un lourd soupir emplit la pièce.

— Et puis, il y a maman. Plus autoritaire qu'un sergent-chef. Vraiment, quand j'y réfléchis, c'est un miracle que je sois normale.

Il y eut un bref silence, puis un nouveau soupir.

— C'est vraiment trop calme, par ici. J'espère qu'un assassin armé d'une hache ne rôde pas dans les parages. Personne ne m'entendrait crier. Et puis, il y a de drôles d'oiseaux qui tournent au-dessus de ma tête.

Soudain inquiet, Tanner plongea vers le téléphone, mais la communication fut coupée au moment où il décrochait. La lumière rouge signalant un message se mit à clignoter, et il appuya sur la touche lecture. La voix de Cami retentit de nouveau dans la pièce.

— Dimi, arrête de tripoter mes affaires, et viens me sortir de là.

Tanner eut à peine le temps de se demander qui était Dimi, que l'angoisse l'envahit. Il ne s'agissait pas d'une plaisanterie. Derrière le ton léger, il devinait la panique grandissante de Cami.

Elle était vraiment seule, abandonnée. Et elle avait passé la nuit dehors.

Tout en grommelant entre ses dents, il quitta la maison et s'engouffra dans sa camionnette.

Il ne le faisait pas pour elle, mais par compassion pour son prochain. Si jamais quelqu'un s'arrêtait pour porter secours à Cami, elle le rendrait tellement fou que le malheureux n'aurait plus comme solution que de la tuer pour qu'elle se taise enfin.

Un semi-remorque ralentit à la hauteur de Cami et, d'une humeur décidément massacrante, cette dernière s'autorisa un geste plutôt malséant.

C'était si réconfortant, qu'elle récidiva avec le véhicule suivant, sans même y jeter un œil.

— Charmante façon d'accueillir votre sauveur.

Cami, qui avait continué à marcher en donnant des coups de pied rageurs dans la poussière du bas-côté, fit brusquement volte-face.

— Vous, dit-elle, en découvrant Tanner.

— Eh oui, c'est moi. Vous allez bien ?

Que le diable l'emporte ! Comment faisait-il pour être aussi séduisant alors que le jour venait à peine de se lever ? Elle osait à peine penser à sa propre apparence, échevelée, chiffonnée, en un mot : lamentable.

— Evidemment que je vais bien !

— Ah bon ? Et que faites-vous là ?

— Rien du tout.

— Vraiment ?

Les mains dans les poches de son jean, il avança vers la jeune femme.

— C'est drôle, j'aurais pu jurer que vous faisiez du charme à tous les routiers qui passent. Apparemment, ça ne marche pas. Vous devriez peut-être revoir votre méthode.

N'était-ce pas à mourir de rire ? Non seulement elle devait supporter ses moqueries, mais elle devait aussi lutter contre le malaise que lui communiquait sa présence, pour la simple raison qu'il avait fait de la figuration dans ses rêves.

Bon, d'accord ! Il y tenait le rôle principal. Raison de plus pour être de mauvaise humeur.

— Fichez le camp !

— Votre joie de me revoir a quelque chose de bouleversant.

— Ce n'est pas possible. Tout ça n'est pas réel, marmonna Cami.

Avant qu'elle ait pu deviner son geste, Tanner ôta sa chemise de flanelle écossaise et la lui posa sur les épaules.

— Je n'ai pas froid, protesta-t-elle.

— Vous avez la chair de poule.

Hmm, la sensation était divine. L'étoffe avait gardé la chaleur de son corps et l'odeur boisée de son eau de toilette.

— Vous ne voulez toujours pas me dire ce qui s'est passé ?

— Il ne s'est rien passé.

— Hum, c'est ça. Vous faites juste une promenade de santé. Et vous vous entraînez à faire de l'auto-stop pour le jour où vous en aurez besoin.

L'orgueil était vraiment un défaut épouvantable. Et la nuit avait été longue… Soudain, Cami songea à tout ce qui aurait pu lui arriver, et son visage se décomposa.

Le sourire de Tanner s'éteignit aussitôt.

— Que se passe-t-il, Cami ?

Oh, Seigneur, cette voix ! Basse, rauque, et tellement sexy que son corps, comme animé d'une volonté propre, s'inclina vers celui de Tanner.

— Je viens de vivre le rendez-vous le plus épouvantable de l'année, avoua-t-elle. Vous êtes content ?

— Je suis au courant. Je sais tout de la passion de Ted pour les buffets à volonté et les drive-in. Et je sais aussi que ce goujat vous a abandonnée en pleine nuit.

Cami déglutit avec peine.

— Vous… vous avez écouté mon répondeur ?

— Vous pouvez m'en être reconnaissant. Sans cela, vous seriez encore à lever le pouce pour essayer d'arrêter une voiture.

Bizarrement, elle lui était reconnaissante. Elle était même heureuse de le retrouver.

Elle aurait presque pu se jeter dans ses bras et pleurer de soulagement, s'il n'y avait pas eu ce fichu ego qui commençait à se faire entendre de nouveau.

— Que faites-vous dans le coin ? demanda-t-elle d'un ton léger, comme s'ils venaient de se rencontrer par hasard à l'épicerie.

— Ce serait plutôt à moi de vous poser la question.

— Oh, eh bien, je…

— Admettez-le. Vous avez besoin de moi.

— Absolument pas !

— Alors, vous avez menti. Votre rendez-vous s'est déroulé comme dans un rêve. C'est bien ça ?

— Ça dépend quel genre de rêve.

— Arrêtons les bavardages, suggéra-t-il, et venons-en directement au moment où vous vous confondez en remerciements.

— Je pouvais très bien me débrouiller sans vous.

— Ah bon ? Ça veut dire que vous êtes prête à rentrer à pied ?

Pour toute réponse, Cami se contenta d'observer ses pieds. Ravaler sa fierté lui demandait un tel effort qu'elle aurait préféré voir le sol s'ouvrir pour l'engloutir.

— A votre guise, décida Tanner, au bout d'un moment. Je vous attends au lac, si jamais vous y arrivez. Vous savez que c'est à vingt kilomètres d'ici ?

Sur ces mots, il tourna les talons et commença à se diriger vers sa camionnette.

— Attendez ! s'écria Cami.

Avec soulagement, elle le vit s'arrêter et faire volte-face.

— O.K., j'ai besoin que quelqu'un me reconduise à Truckee.

— Oh, vous allez devoir faire mieux que ça, déclara Tanner, en croisant les bas.

— Sinon, quoi ? Vous allez m'abandonner ici ? Ça m'étonnerait.

Une bourrasque de vent souleva sa jupe et, avant qu'elle ait eu le temps de la rabattre, un camion passa en klaxonnant avec insistance.

— Evidemment ! Maintenant il y a de la circulation, ragea-t-elle, tout en bataillant à la fois pour plaquer la jupe contre ses jambes et dégager ses cheveux de son visage.

— Il pourrait peut-être vous emmener faire un tour ?

— Si c'est pour m'éloigner de vous, pourquoi pas, grinça-t-elle entre ses dents.

Tanner ne broncha pas.

— Qu'est-ce que nous attendons ?

Toujours pas de réaction.

— Tanner !

— J'espérais que vous me le demanderiez gentiment. Vous pourriez peut-être lever le pouce, et sourire obligeamment, comme vous le faisiez avant que j'arrive.

Excédée, elle lui tira la langue.

— Et si nous pouvions attendre qu'un autre coup de vent dévoile de nouveau votre charmante petite culotte rose, ce ne serait pas pour me déplaire.

— Vous êtes un malade ! déclara Cami avec emphase. Un vrai malade.

D'un pas décidé, elle gagna la camionnette, se hissa sur le siège passager, et claqua la portière.

Tandis qu'il tournait la clé de contact, Tanner lui jeta un regard à la dérobée. Son visage avait repris quelques couleurs, et elle semblait avoir définitivement ravalé ses larmes. Tant mieux ! Si elle avait éclaté en sanglots, il n'aurait pas su quoi faire. Voir une femme pleurer lui ôtait tous ses moyens. Bien que l'idée de la tenir serrée contre son torse et de lui caresser doucement le dos pour la réconforter ne soit pas pour lui déplaire…

Un silence gêné s'installa dans la voiture et Tanner se creusa la tête pour trouver un sujet de conversation.

— Qui est Dimi ? demanda-t-il.

— Ma… sœur.

— Vous n'avez pas l'air très sûre.

Elle lui adressa un sourire forcé.

— Si, c'est bien ma sœur. Mais je n'aime pas tellement parler d'elle. Nous sommes un peu trop… semblables.

— Ah. Et vous avez vraiment eu sept belles-mères ?

Cami tourna vers lui un regard horrifié.

— Vous avez écouté toute la conversation ?

— La conversation avec vous-même ? Oui, je l'ai écoutée. Ce qui explique ma présence ici.

— Oh… Elle se cala confortablement dans son siège. C'est logique.

— Alors, ces belles-mères ?

— Je ne sais même pas si on peut les appeler comme ça, étant donné qu'elles ont plus ou moins le même âge que moi. De toute façon, mon père vit en Europe, et je ne les ai jamais vraiment beaucoup vues.

Tanner tourna la tête et surprit le petit sourire destiné à lui faire croire qu'elle s'en moquait complètement. Mais, derrière la désinvolture de façade, il devinait la petite fille qui aurait tout donné pour recevoir un peu d'amour de son père.

— Je suis désolé.

— Il n'y a pas de raison. Je suis sûre que la plupart des gens ont des belles-mères hystériques, des pères qui oublient leur anniversaire, et des mères qui leur arrangent des rendez-vous atroces.

— Cami…

— Un mot de plus, et je vous frappe.

Tanner tourna le bouton de l'autoradio, et un air de rock assourdissant envahit l'habitacle. A la fin de la chanson, une voix chaleureuse et enthousiaste vanta les mérites d'un opérateur téléphonique qui proposait un abonnement permettant d'appeler partout et à n'importe quelle heure les personnes chères. La publicité était, à l'évidence, conçue pour émouvoir, mais les ficelles étaient tellement grosses que Tanner se retint d'éclater de rire. Personne ne pouvait croire à de telles inepties.

Pourtant, un étrange reniflement monta du siège passager. Tournant la tête, il vit les yeux de Cami emplis de larmes.

— Mais, enfin, ce n'est qu'une publicité.

— Je sais.

Elle renifla de nouveau, et s'essuya la joue du revers de la main.

— Ne dites rien de plus. J'ai juste faim, et froid, et… envie d'aller aux toilettes.

Tanner laissa échapper un juron et se gara sur le bas-côté.

— Je n'ai même pas de mouchoir, s'excusa-t-il.

Relevant un pan de la chemise qu'il lui avait prêtée, Cami se tamponna les yeux.

— Roulez ! lui ordonna-t-elle.

D'un geste résigné, il détacha la ceinture de sécurité de Cami et lui tendit le bras.

— Venez ici.

Le contact de son corps tendre et tiède était aussi émouvant qu'il l'avait imaginé. Plus encore, peut-être. Ses cheveux lui chatouillaient le nez, et il déplaça légèrement sa joue, en essayant d'ignorer la douceur soyeuse de sa peau sous la sienne.

— Je regrette pour hier soir. J'aurais dû insister pour que nous dînions ensemble. Je vous jure que si ce Ted était devant moi, je lui casserais la figure.

La jeune femme nicha son visage au creux de l'épaule de Tanner, et soupira doucement.

— Ce n'est pas à cause de lui que je pleure. Ni parce que j'ai dû dormir dans sa voiture, laquelle est particulièrement inconfortable, si vous voulez le savoir.

Elle leva vers lui ses grands yeux sombres où brillaient encore quelques larmes.

— C'est à cause de cette publicité. Chaque fois que je l'entends, ça me fait penser que je n'ai personne à appeler.

Elle se blottit plus étroitement contre lui, et Tanner se sentit soudain prisonnier de ses principes. Quel décalage entre cette façade d'indifférence qu'il se sentait obligé d'arborer et la réalité de ce qu'il éprouvait. A cet instant, il aurait pu l'embrasser sans qu'elle ne proteste. Mais il savait qu'il ne pourrait s'arrêter là. Cami était si différente des femmes qu'il avait rencontrées jusqu'à présent. Douce, sensible, naïve, prête à se dévouer pour les autres sans jamais se soucier de son propre bien-être. Il ne serait pas difficile de se faire aimer d'elle.

Seulement il était l'homme des changements, des aventures. Demain il serait reparti. Et il se sentait coupable d'éprouver un désir si fort qu'il risquait d'en perdre la raison.

Chapitre 6

Cami faisait de son mieux pour oublier ce qui s'était passé. L'abandon de Ted. Le secours apporté par Tanner. Et surtout, la honte de s'être mise à pleurer sur son épaule.

Et elle aurait pu y arriver sans cette sensation de bien-être béat qu'elle éprouvait au seul souvenir de ses bras autour d'elle.

Un jour entier s'était écoulé depuis, et elle ne pouvait se départir de cette conviction éprouvée alors, celle d'être à sa place, exactement là où il fallait qu'elle soit, protégée et aimée.

Etendue sur le canapé du salon, elle remonta la couverture sur ses yeux et tenta de faire le vide dans son esprit. Mais comment y parvenir avec la radio qui marchait à tue-tête, et le bruit des travaux ?

Le téléphone sonna, et elle hésita un instant à répondre. Il n'était que 8 heures, pour l'amour du ciel ! D'un autre côté, il pouvait s'agir d'un client. Et elle ne pouvait se permettre d'ignorer un client. A moins qu'elle ne préfère se nourrir de conserves durant tout le mois.

Avec un soupir, elle tendit la main vers la table basse, et chercha à tâtons le téléphone. Elle venait de le saisir quand elle perdit l'équilibre et roula sur le sol. Empêtrée dans la couverture, les cheveux sur le visage, elle renonça à lutter, telle une baleine prise dans le filet d'un pêcheur, et s'immobilisa.

— Allô ? dit-elle.

Les yeux clos, prête à se rendormir, elle découvrait dans le même temps que le sol était plutôt confortable.

— Cami, c'est Ted.

Bon sang ! Il n'en fallait pas plus pour lui gâcher la journée.

— Cami ?

— Une seconde, Ted. Je suis en train de me demander si je dois raccrocher ou vous injurier.

— Je suis désolé. Je voulais juste…

Avant que Cami ne découvre pourquoi il l'appelait, le téléphone lui fut arraché des mains. Les yeux tout à coup écarquillés, elle découvrit de lourdes chaussures de chantier, surmontées d'un jean usé.

— Ted. Ici Tanner James. Vous ne me connaissez pas, mais je suis…

Il baissa la tête vers Cami, et le cœur de cette dernière se mit à battre la chamade lorsqu'elle rencontra le regard d'ambre qui l'enveloppait comme une flamme dévastatrice.

— L'associé de Cami, termina-t-il.

Tandis qu'il écoutait avec politesse son interlocuteur, la jeune femme retint son souffle. Elle se demandait ce que Ted pouvait bien raconter, mais ce dernier ne tarda pas à la renseigner.

— Alors, comme ça, ce n'est qu'un terrible malentendu ? Vous n'avez pas pu résister à quoi ? Ah, je vois ! Alors, vous avez mis la vie de Cami en danger pour une part de tarte au potiron. Bien joué, Ted.

Il écouta encore un moment, puis laissa éclater sa colère.

— Non, cette excuse ridicule ne prend pas avec moi. Tu veux savoir ce que je pense ? Tu es une ordure. Et si jamais tu rappelles, si tu oses te présenter ici, je te fiche mon poing dans la figure. C'est bien clair, Ted ?

— Tanner ! s'écria Cami, tout en essayant de se relever.

Malheureusement, elle était emprisonnée dans la couverture, comme une saucisse dans sa peau, et Tanner avait posé le pied sur le bord.

Persuadée qu'il ne l'avait pas fait exprès, elle tira sur la couverture. Il posa aussitôt l'autre pied, et lui adressa un drôle de regard.

— O.K., Ted, ravi de voir que tu as saisi le message.

Avec un petit sourire satisfait, il déconnecta la ligne, et jeta le combiné sans fil sur le canapé.

— Je peux savoir à quoi ça rime ? demanda Cami, en luttant pour se libérer.

— Une technique d'homme des cavernes que les femmes ne peuvent pas comprendre.

Bloquant toujours la couverture, il s'accroupit à sa hauteur et l'observa longuement. Sous ce regard qui la jaugeait, elle prit conscience d'une quantité de choses, particulièrement déplaisantes. Elle n'était pas maquillée, ses cheveux ne devaient plus ressembler à rien, et elle ne s'était pas encore lavé les dents.

— Ça va ? finit-il par demander.

— Vous marchez sur ma couverture.

— Vous avez assez dormi ? Vous devez avoir du sommeil en retard.

Cami avait toutes les peines du monde à comprendre où il voulait en venir. Aucune lueur d'intérêt ne brillait dans ses yeux, l'expression de son visage était indéchiffrable, et sa voix restait neutre.

— Pour quelqu'un qui martèle les murs depuis des heures, c'est une question plutôt curieuse.

— Je martèle avec retenue, rétorqua-t-il.

Un léger sourire adoucit ses traits et, tandis qu'il laissait son regard courir le long de la couverture, une flamme s'alluma dans son regard limpide. Cami retint un sourire en songeant à la tête qu'il ferait s'il pouvait voir son vieux short en coton et son T-shirt trop large.

— Au cas où vous vous poseriez la question, je ne suis pas nue, observa-t-elle.

— On peut toujours rêver.

— Je me demande si vous auriez laissé Ted me parler de cette façon.

Tanner eut la bonne grâce de rire.

— Vous avez encore un de ces stupides dîners ce soir, dit-il en se relevant. Avec le fils d'une de vos clientes, je crois.

Rien que l'idée donna à Cami l'envie de plonger la tête sous les couvertures en gémissant.

— Ce n'est pas encore ma cliente, et j'ai besoin de ce contrat.

— Suffisamment pour supporter un autre Ted ?

— Il n'existe pas deux personnes au monde comme Ted.

— Pauvre innocente ! Sous nos masques d'êtres civilisés, nous sommes tous des Ted, nous les hommes.

— C'est-à-dire ?

— Nous ne sommes pas tous prêts à nous damner pour la nourriture, mais nous sommes atteints de stupidité aiguë dès qu'on touche à notre point faible.

— Quel est le vôtre ?

— Je ne vous le dirai pas.

Sur ces mots, il quitta la pièce, lui offrant une vision enchanteresse sur ses longues, longues jambes et sur son déhanchement cadencé.

— Bel arrière-train, murmura-t-elle, avant de pouffer comme une gamine.

Décidément, les hommes n'étaient pas les seuls à porter un masque civilisé !

Le téléphone sonna de nouveau et, craignant le retour de Tanner, Cami se jeta sur le combiné.

— Allô ?

— Tu as l'air essoufflé, remarqua Dimi, en guise de bonjour.

Pourquoi serait-elle essoufflée ? Rien ne s'était produit qui aurait pu lui faire perdre son sang-froid, ou l'inquiéter. Ce n'était quand même pas Tanner qui… Oh, et puis zut !

— Oui, c'est possible. Je viens de me réveiller. Je ne suis pas encore remise de ma mésaventure. A propos, merci de me rappeler aussi vite.

— J'étais occupée. A travailler. Mais ce verbe ne doit pas faire partie de ton vocabulaire.

— Hé, je travaille, qu'est-ce que tu crois ?

Dimi eut un soupir de contrition.

— Excuse-moi, je sais que tu fais de ton mieux pour démarrer ton affaire. Mais, de mon côté, c'est la folie. Je viens juste de quitter le plateau. Figure-toi que les olives n'étaient pas dénoyautées, et qu'une de mes invitées a failli s'étouffer.

— Durant l'émission ? En direct ?

— Exactement. Mais parle-moi plutôt de ce qui t'est arrivé.

— C'est déjà de l'histoire ancienne.

— Bon. Et ton autre rendez-vous ? C'est bien ce soir ?

— Hélas ! Je préférerais me faire arracher une dent. Sans anesthésie.

— Tu ne peux plus reculer maintenant. Emporte du gaz hilarant avec toi.

— Très drôle !

— Maman m'a dit que c'est ton entrepreneur qui est venu te chercher, finalement. Comment s'appelle-t-il, déjà ?

— Tanner.

De là où elle se trouvait, Cami pouvait le voir agenouillé dans le couloir, le marteau à la main, serrant deux gros clous dans la bouche.

Comme guidé par une force invisible, il tourna la tête au même moment et leurs regards se croisèrent avec une intensité alarmante. Puis, il lui adressa un de ces petits clins d'œil dont il avait le secret, et Cami sentit son pouls s'accélérer.

— Oh, la barbe, murmura-t-elle.

— Que dis-tu ?

— Rien. Il faut que je te laisse.

— D'accord. Et va à ton rendez-vous. Tu as besoin d'argent, je te le rappelle.

— Je sais.

— Et arrête de penser à ton entrepreneur.

— Quoi ?

— Ce n'est pas ton genre. Il a peut-être le même sens de l'humour que toi, et il possède cette beauté ténébreuse à laquelle il est difficile de résister, sans oublier que tu l'as tout le temps sous le nez, mais écoute-moi : *il n'est pas ton genre.*

— Qu'est-ce que tu en sais ?

— Disons que je le soupçonne de vouloir une femme qui a plus de… *besoins* que toi.

— Tu crois que je ne suis pas assez sensuelle pour lui ?

— Ne te vexe pas ! Moi non plus, je ne le suis pas assez. Regardons la vérité en face, Cami, nous ne sommes pas précisément des épicuriennes.

Mais peut-être pourrait-elle le devenir, songea Cami. Avec un petit peu d'entraînement…

— Tu réfléchis trop, remarqua sa sœur. Je t'entends penser jusqu'ici. Ecoute, avec le regard torride qu'il a, on devine bien que c'est le genre à demander des choses… Hmm… des choses que tu ne voudrais pas faire. Tu ne pourrais pas rendre ce genre d'homme heureux.

— Je vois très bien à quoi tu fais allusion. Mais nous sommes au XXIe siècle, ma petite. Il n'y a pas de quoi s'offusquer. Je pourrais très bien apprendre, s'il m'explique.

— Je refuse d'en entendre davantage.

— Ça ne doit pas être si difficile que ça. Je suis sûre qu'il serait ravi de m'expliquer la meilleure technique.

— Oh, mon Dieu ! Tu t'imagines lui faire ce genre de chose, alors que tu le connais à peine.

— Je le connais plus que tu ne crois.

— Ah oui ? Tu lui as dit que tu avais une sœur jumelle ?

— Je ne vois pas le rapport.

— Tu ne parles jamais de moi à aucun homme, remarqua Dimi, en s'efforçant d'adoucir le ton de sa voix. Ça me sert en quelque sorte de référence. Un jour, tu apprendras mon existence à un homme, et je saurai que tu as enfin trouvé le bon.

— En attendant, je n'ai pas envie de sortir ce soir.

Ce qu'elle voulait, c'était rester tranquillement chez elle, et penser à Tanner, aux choses délicieusement audacieuses qu'il pourrait exiger d'elle, et à la façon dont elle se laisserait convaincre.

— Pense à ton hypothèque.

Et sur ces mots d'encouragement, Dimi raccrocha avant de laisser à sa jumelle le temps de protester.

Avec un soupir, Tanner tourna la tête vers la salle de bains. Le ruissellement de la douche lui évoquait l'image obsédante d'un corps qu'il brûlait de sentir contre lui. Il imaginait la pièce emplie de vapeur, l'eau chaude qui s'infiltrait dans les cheveux de Cami, ruisselait sur son corps aux formes affolantes, ses mains emplies de savon qui s'arrondissaient sur ses seins, glissaient sur son ventre…

La sonnerie de son téléphone portable vint interrompre sa rêverie sensuelle, et il étouffa un juron.

— Ouais ?

— De plus en plus charmant, l'accueil ! Alors, tu t'es trouvé une petite ?

— Non, papa. J'ai trop de travail pour me trouver une petite, comme tu dis.

— L'amour est plus important que l'argent.

— Je ne sais pas ce que c'est que l'amour. Et, de toute façon, ce n'est pas avec ça qu'on gagne sa vie.

— Mon pauvre garçon, je croyais pourtant t'avoir inculqué certaines valeurs…

Tanner perdit le fil de la conversation, et laissa son père récriminer un moment, avant de raccrocher.

C'était quand même insupportable cette manie de vouloir le marier à tout prix. Il croyait pourtant avoir été clair : il n'avait pas le temps de songer au mariage. Son travail ne lui laissait pas une minute à consacrer à une femme. Et puis, les aventures sans lendemain avaient leur charme…

En parlant de charme, Cami venait d'apparaître dans son angle de vue, vêtue d'une nouvelle robe d'été à fines bretelles, l'air aussi réjoui qu'un condamné montant à l'échafaud.

— Laissez-moi deviner. Vous sortez quand même ce soir, malgré le fiasco d'avant-hier.

— J'ai promis.

Il ouvrit la bouche pour lui dire ce qu'il pensait des promesses faites sous la contrainte, mais la sonnette de l'entrée l'en empêcha.

D'un même mouvement, ils tournèrent la tête vers la fenêtre et découvrirent une Corvette d'un rouge éclatant garée dans l'allée. Pas un millimètre de la voiture n'avait échappé au polish, et le chrome des pare-chocs était aussi brillant qu'un miroir.

— Je ne pense pas que vous aurez un problème avec la voiture, ce soir, remarqua Tanner. Je n'en dirais pas autant du conducteur, ajouta-t-il entre ses dents.

Obéissant à une irrésistible impulsion, il s'empara du sac de la jeune femme, et commença à fouiller dedans.

— Tanner, mais vous êtes fou ! Qu'est-ce qui vous prend ?

Il n'était pas sûr de le savoir lui-même. La seule chose qu'il pouvait affirmer, c'est qu'il n'avait pas la moindre sympathie pour les conducteurs de Corvette rouge. On savait bien ce que ce genre de riche play-boy avait derrière la tête ! Raison de plus pour ne pas lui faciliter les choses.

Ha ha ! Ses doigts se refermèrent sur la pochette du préservatif, et Tanner sortit l'objet du délit pour l'enfouir dans sa poche.

— Hé, mais je vous interdis…

— Faites attention à vous, l'interrompit Tanner. Ne buvez pas trop, et prévenez-moi si vous rentrez tard.

— Vous vous prenez pour mon père, ou quoi ?

La sonnette retentit une deuxième fois, et Cami pivota vivement sur ses talons. Ses cheveux volèrent autour de ses épaules, diffusant une envoûtante odeur fleurie, tandis que sa jupe fluide virevoltait gracieusement autour de ses jambes.

Les yeux fixés sur ses épaules nues, si appétissantes qu'il eût volontiers mordu dedans, Tanner lui emboîta le pas.

— Au lieu de sortir avec cet idiot, vous ne préférez pas plutôt assouvir un de vos fantasmes ?

La main sur la poignée de la porte, Cami s'immobilisa.

— J'aimerais bien savoir de quoi vous parlez.

— D'un rendez-vous avec moi, bien sûr.

La sonnette les fit tous deux sursauter, et Cami se décida enfin à ouvrir la porte. Dans un sursaut de savoir-vivre, Tanner s'éclipsa. Après tout, la vie privée de sa cliente ne le concernait pas. Sans compter que le travail n'allait pas se faire tout seul.

— Miaou.

Il baissa les yeux vers Annabel et songea que l'animal avait l'air soucieux.

— Ne t'inquiète pas, elle ne risque rien. Elle a un téléphone portable, tu sais.

Bon sang, il perdait complètement la tête. Comme si ce chat stupide avait la moindre idée de ce qui se passait ! Tandis qu'il s'agenouillait pour prendre un outil, une image inattendue, rapide comme l'éclair, traversa son esprit : Cami, coincée dans l'habitacle de la Corvette, luttant pour échapper aux avances de son chevalier servant. Ce genre de voiture était tout un symbole. Elle projetait l'image d'un séducteur habitué aux conquêtes faciles. Et pour autant qu'il ait pu en juger, Cami n'était pas précisément… comment dire… libérée. Pas complètement naïve, non plus, mais beaucoup trop douce pour faire face à un riche play-boy sans scrupule.

Bon sang ! Il devait faire vite s'il ne voulait pas être semé.

Jurant entre ses dents, il prit ses clés et se rua vers sa camionnette.

— Que faisons-nous là ? s'étonna Cami, quelques minutes plus tard.

Joshua coupa le moteur, défit sa ceinture de sécurité, et se tourna vers elle avec un étrange sourire.

Cami sentit la nervosité la gagner. Ça ne venait pas de lui, essaya-t-elle de se convaincre. Il avait tout pour plaire. Si on aimait ce genre de beauté un peu juvénile. En fait, il lui faisait penser à l'incarnation d'un rêve de lycéenne : le genre capitaine de l'équipe de football.

— J'ai pensé que nous pourrions faire un peu mieux connaissance, susurra Joshua, la voix enjôleuse, le regard lourd de séduction calculée.

Il s'était arrêté dans un petit chemin, à la sortie de Tahoe, loin de toute civilisation. Les environs étaient plongés dans l'obscurité, et la situation avait pour Cami un étrange air de déjà-vu.

Son pouls s'accéléra, tandis qu'elle prenait conscience du danger. Ted était peut-être un goujat, il n'en restait pas moins inoffensif, tandis que Joshua…

Les mains du jeune homme venaient de se refermer sur les siennes, les comprimant comme un étau, et elle essaya de reculer.

— Tu es beaucoup plus belle que je ne l'imaginais. Les goûts de ma mère sont plutôt discutables, en général. Il faudra que je pense à la remercier.

Il se rapprochait encore. Beaucoup trop.

— Vous savez quoi ? demanda-t-elle, avec un petit rire étranglé. J'ai dû oublier de le mentionner…

Elle avait maintenant le dos plaqué contre la portière, et la poignée s'imprimait douloureusement dans sa chair.

— J'aime les grands espaces, continua-t-elle. Et je trouve que nous sommes plutôt confinés. D'autant que vous empiétez largement sur mon territoire.

— Et, en plus, elle est drôle. J'adore l'humour chez une femme.

— Reculez, lui ordonna Cami, en plaquant les deux mains sur son torse.

— Quelle force ! Vas-y, maltraite-moi.

Lorsqu'elle sentit ses lèvres désagréablement humides lui frôler la mâchoire, le sang de Cami ne fit qu'un tour. Levant le genou, elle lui assena un coup dans le bas-ventre. Puis, comme il s'effondrait sur elle en poussant un cri de douleur, la jeune femme sentit la porte s'ouvrir dans son dos.

Elle atterrit lourdement sur le sol, entraînant avec elle son infortuné séducteur. Tandis qu'elle cherchait à retrouver son souffle, elle prit conscience d'une silhouette qui les surplombait.

Tanner ?

Cami battit des paupières, pendant que Tanner soulevait Joshua par le col. Oui, c'était bien lui. Et il avait l'air furieux. « Je vous avais pourtant prévenue », semblait dire son regard étincelant de colère.

— Dépêchez-vous de vous relever, ordonna-t-il, tandis qu'il soutenait Joshua d'une main.

Il avait l'autre bras levé, prêt à frapper, mais le jeune homme semblait si mal en point qu'il le laissa tomber au sol avec une grimace de dégoût.

— Eh bien, il semble que je vous doive des excuses, dit-il en se tournant vers la jeune femme. Vous êtes parfaitement capable de vous défendre toute seule.

Le trajet du retour se fit dans un silence pesant, lourd de rancœur et d'incompréhension.

A plusieurs reprises, Cami tenta d'engager la conversation, mais Tanner gardait le regard obstinément fixé sur la route, tandis que ses mains se crispaient un peu plus sur le volant. Pour un peu, elle aurait vu la fumée sortir de ses oreilles, comme dans un dessin animé.

Finalement il lui signifia clairement qu'il ne voulait pas l'entendre en allumant l'autoradio.

— Ce n'est pas très malin, dit-elle, en tournant le bouton. Pourquoi refusez-vous de me parler ? Parce que j'ai su me passer de votre aide ?

— Pas du tout. Je suis ravi que vous n'ayez pas eu besoin de moi.

— Alors, pourquoi êtes-vous aussi en colère ?

Il secoua la tête et laissa échapper un rire sans joie.

— Parce que je me sens frustré.

Il consentit enfin à tourner la tête et à lui accorder un regard.

— Je voudrais vous demander de faire quelque chose, mais je doute que vous en soyez capable.

Cami se troubla. Où voulait-il en venir, exactement ?

— Quel genre de chose ?

— Je ne sais pas… Si vous commenciez par vous faire plaisir, avant de songer aux autres.

Son ton était préoccupé, et son regard, qui reflétait une infinie gentillesse, semblait lui dire qu'il la comprenait.

— Eh bien, quoi ? Vous ne dites rien ? D'habitude, vous avez plus de repartie.

— Sans commentaire.

— En fait, je n'arrive pas à déterminer si vous agissez ainsi parce que vous ne savez pas ce que vous voulez. Ou bien, si vous en êtes consciente, mais que la vérité vous fait peur.

Cami s'agita sur le siège, à la recherche d'une position plus confortable, et tourna résolument la tête vers la vitre.

— Finalement, murmura-t-elle, je préfère quand vous vous taisez.

Chapitre 7

Cami s'était préparée à déployer des trésors d'ingéniosité pour éviter Tanner, mais ce dernier, qui paraissait tout aussi décidé à lui battre froid, lui épargna cette peine.

En revanche, elle ne pouvait rien ignorer de sa présence, tant il se montrait bruyant, utilisant comme à plaisir les outils les plus lourds, faisant hurler sa musique rock.

Il se montra tout aussi indifférent à Dimi, sans le savoir, bien évidemment.

— Même pas un petit signe de tête, se plaignit cette dernière, alors qu'elle passait en coup de vent le lendemain soir. Si je n'étais pas déjà en retard, je lui jouerais bien un de nos petits tours. Tu sais, me faire passer pour toi, et…

— Je ne te le conseille pas. Il m'en veut à mort.

— Pourquoi ?

— Parce que… oh, c'est trop compliqué.

— Ma chérie, avec toi ça l'est toujours, conclut Dimi, sur le pas de la porte.

Cami aurait bien voulu raconter la vérité à sa jumelle, mais, comme la mésaventure n'était guère flatteuse à son égard, elle jugea qu'il valait mieux s'en abstenir.

Elle comprenait la colère et la frustration de Tanner.

Vraiment. Et le pire était qu'il avait absolument raison : elle laissait les autres décider pour elle. Mais, ce qu'il ignorait, c'était la raison qui la faisait agir ainsi. En se débrouillant pour que ses propres souhaits ne se réalisent jamais, elle avait la certitude de ne pas être heureuse, et, d'une certaine façon, cela l'arrangeait bien, car elle ne croyait pas au bonheur.

Cela ne voulait pas dire pour autant qu'elle était prête à renoncer à certains plaisirs de la vie. De nos jours, une femme pouvait faire absolument tout ce qu'elle souhaitait. Elle pouvait désirer un homme, et se donner les moyens de l'avoir.

Et, bien qu'il n'y ait à cela aucune raison logique, elle voulait Tanner.

Sa dernière cliente — évidemment pas Mme Brown, qui l'avait laissée tomber comme une vieille chaussette après le mauvais traitement infligé à son chérubin de fils — venait de partir. L'équipe de Tanner n'allait pas tarder à en faire autant. Le moment était venu d'agir.

Après s'être rapidement changée et remaquillée, Cami se glissa hors de la salle de bains, et débrancha la multiprise, d'où partaient plusieurs rallonges.

Le silence s'abattit sur la maison, bientôt troublé par une bordée de jurons.

Amusée, Cami se dirigea vers sa chambre, et découvrit Tanner, dos à la porte, tenant une agrafeuse électrique dans sa main levée.

— Très drôle, Juan, dit-il, sans tourner la tête. Ce n'est pas parce que tu pars plus tôt que les autres doivent s'arrêter de travailler.

— Ce n'est pas Juan, l'avertit Cami, fascinée par la

façon dont roulaient les muscles de ses épaules et de ses bras sous son T-shirt moulant.

Lentement, comme à regret, il se retourna, et ne put retenir une mimique d'étonnement devant sa tenue. Tant mieux. Elle n'avait pas choisi cette robe au hasard. Courte et sans manches, profondément décolletée, et un peu trop ajustée, elle mettait en valeur les courbes de son corps, et sa couleur rouge était un appel au péché.

— Vous n'étiez pas habillée comme ça tout à l'heure, lorsque vous sautilliez dans le couloir en grignotant des chips.

Zut ! Dimi lui avait encore chapardé ses chips. Et Tanner ne semblait pas plus affolé que ça par sa robe.

— Ne me dites rien, lui ordonna Tanner d'une voix presque étranglée. Vous sortez encore, ce soir.

— Non, je voulais vous parler.

— Habillée comme ça ?

— Qu'est-ce qui vous gêne dans ma tenue ?

De son côté, la question ne se posait pas. La robe la comprimait tellement, qu'elle ne respirait plus que par petites bouffées, craignant de faire craquer les coutures. Le visage écarlate, n'y tenant plus, elle prit une profonde inspiration qui manqua faire jaillir ses seins hors de son corsage.

— Ne faites pas ça ! protesta Tanner, les yeux quasiment exorbités.

— Peux pas faire autrement, marmonna Cami, au bord du malaise. J'étouffe.

Les mains posées sur les genoux, elle s'inclina, et tenta de retrouver son souffle.

Elle entendit vaguement l'agrafeuse heurter le sol, puis deux pieds apparurent dans son champ de vision.

— Asseyez-vous, ordonna Tanner.

Comme si elle n'y avait pas pensé !

— Impossible, gémit-elle.

— Pourquoi ?

— Ma robe est trop serrée.

Il y eut un petit silence et Cami se sentit soulevée dans les airs. Son premier réflexe fut de nouer les bras autour du cou de Tanner. Puis, sans réfléchir, elle nicha le visage au creux de son épaule puissamment musclée. Un petit gémissement jaillit de sa gorge. C'était divin. Tout simplement divin.

— Cami.

Rien que ce mot, son nom prononcé d'une voix incroyablement rauque, faillit lui arracher un nouveau gémissement. Le contact de ses bras dans son dos et autour de ses jambes nues faisait courir des frissons sous sa peau. Son cœur se mit à battre plus vite, et elle baissa les yeux, de peur qu'il ne devine l'étrange faiblesse qui l'envahissait.

— Cami, répéta-t-il. Vous me rendez fou.

— Ça veut dire que vous n'êtes plus en colère contre moi ?

Il eut un rire rauque, d'où était absente toute trace d'humour.

— Ecoutez, vous vouliez parler, et c'est ce que nous allons faire.

Le vertige qu'elle éprouvait atteignait son comble, toute pensée cohérente semblait l'avoir désertée. Elle n'avait même pas conscience qu'ils s'étaient déplacés et venaient d'entrer dans le salon.

— Euh… J'ai oublié ce que je voulais dire.

— Pourquoi ? demanda Tanner, en prenant le plafond à témoin. Pourquoi me faites-vous ça ?

— Je ne sais même pas de quoi vous parlez.

— Vraiment ?

Il la laissa tomber sans ménagement sur le canapé, et resta planté devant elle, les mains sur les hanches.

— J'ai essayé de vous parler avant que vous n'alliez à ces stupides rendez-vous, et vous n'avez jamais rien voulu écouter.

— Bien sûr que si !

— Faux ! Ce que vous vouliez, c'est une conversation de salon, sur le temps qu'il fait, les derniers films à la mode, et les nouvelles tendances en matière de décoration. J'essaie de garder mes distances, parce que j'ai compris que vous vouliez éviter les familiarités, mais, franchement, avec cette robe, il m'est difficile de conserver mon sang-froid.

— Je ne voulais pas vous troubler.

— Ah non ? Et que vouliez-vous ?

— Que vous me remarquiez.

— C'est réussi.

D'un geste machinal, elle s'humecta les lèvres, et Tanner laissa échapper un grognement sourd.

— Vous ne vous rendez peut-être pas compte de ce qui se passe, alors, je vais devoir mettre les points sur les i. J'attends de vous beaucoup plus que ce que vous êtes prête à me donner. J'aime qu'une femme sache ce qu'elle veut, et n'ait pas peur de le dire. Je veux…

— Mais, justement ! Je savais ce que je voulais, et j'ai essayé de vous le faire comprendre, rétorqua la jeune femme, sur la défensive.

Tout à coup, l'information parvint à son cerveau.

— Qu'entendez-vous par : « j'attends de vous beaucoup plus que ce que vous êtes prête à me donner » ?

— J'en ai assez de vous voir partir à des rendez-vous abracadabrants et de devoir vous sauver chaque fois. Je ne supporte plus que vous disiez oui à tout le monde sauf à vous-même. Je ne comprends pas que vous fassiez des efforts vestimentaires pour des hommes incapables de vous apprécier. Je suis fatigué de…

Il s'interrompit brusquement, et resta un moment à observer Cami, les mâchoires serrées, le regard dur. Puis il passa les doigts dans une chevelure déjà hirsute, et laissa échapper un soupir.

— De quoi êtes-vous fatigué ?

— D'essayer d'abattre votre mur, répondit-il, en s'asseyant sur la table basse. Je parle du rempart que vous avez construit autour de vous. Je ne sais pas si c'est l'instabilité sentimentale de votre père, ou la forte personnalité de votre mère, mais j'ai l'impression que vous êtes barricadée à l'intérieur d'une forteresse. Et, chaque fois que je crois avoir trouvé une brèche pour accéder jusqu'à vous, vous vous empressez de la colmater.

Non seulement il avait vu juste, mais il était la seule personne, à part Dimi, à la comprendre si bien.

La voix et le regard de Tanner se firent plus conciliants.

— Je suis assez bon pour réparer votre maison, assez bon pour vous tirer des griffes peu recommandables de vos chevaliers servants. Et peut-être même assez bon pour établir avec vous une sorte d'amitié passagère. Mais c'est tout ce à quoi vous m'autorisez.

Cami eut un petit reniflement de mépris, mais ne sut quoi répondre. Parce qu'il avait, encore une fois, raison.

— Je suis assez près de la vérité, n'est-ce pas ?

En effet. Mais il était également si près d'elle que la jeune femme pouvait voir les paillettes d'or scintiller dans ses étranges prunelles ambrées. Elle pouvait distinguer le léger tic nerveux qui agitait sa mâchoire, et son air de profonde frustration.

Embarrassée, elle ferma les paupières.

— Ne faites pas ça.

Elle sentit les doigts de Tanner lui prendre doucement le menton et l'obliger à relever la tête.

— Ne vous cachez pas.

— C'est une habitude chez moi, avoua Cami, en rouvrant les yeux.

— Ne le faites pas avec moi.

— Je n'ai pas le choix. Je sais que vous ne partirez pas comme les autres, et je ne veux pas succomber.

Une ombre de sourire flotta sur les lèvres de Tanner.

— Je n'ai vraiment pas envie de vous aimer, acheva-t-elle, le souffle court.

Le sourire de Tanner s'élargit.

— Vous voyez ? Vous venez d'être sincère avec moi. Est-ce que ça vous a fait mal ?

— Moins qu'un vaccin contre le tétanos.

Elle eut un sourire timide.

— Et il y a autre chose que vous devez savoir. Je n'ai pas envie d'avoir envie de vous.

— Mais c'est le cas.

— C'est exact. Et ça me fait faire des choses stupides. Comme porter cette robe.

Le regard de Tanner s'enflamma, tandis qu'il la détaillait très très lentement.

— Ce n'était pas une si mauvaise idée.

Leurs regards se croisèrent, restèrent un long moment rivés l'un à l'autre.

Cami sentit une onde de chaleur la traverser, et son cœur se mit à battre plus vite.

— Tanner, que nous arrive-t-il ?

— Il me semble que nous sommes attirés l'un par l'autre.

— Je ne veux pas ! Je viens juste de renoncer aux hommes.

— Quand ?

— La nuit dernière.

— Ne renoncez qu'à certains d'entre nous.

Elle tourna lentement la tête de gauche à droite.

— Sortez avec moi, dit-il, sans bien comprendre d'où avait jailli cette injonction. Laissez-moi vous prouver que nous ne sommes pas tous des sales types.

— Tanner…, commença-t-elle à protester.

— Juste une fois. Je vous offre la soirée dont vous avez toujours rêvé.

— Que savez-vous de mes rêves ?

— C'est vous qui m'en avez parlé. Ou plutôt, vous en avez parlé à vous-même, sur le répondeur.

— Oh, zut ! Comment ai-je pu oublier ? Vous avez vraiment tout écouté ?

— Avec la plus grande attention.

La jeune femme se rembrunit.

— Ça ne pourra jamais marcher entre nous.

— Vous avez accepté des dizaines de dîners plus désastreux les uns que les autres. Pourquoi ne voulez-vous pas me donner une chance ? Laissez-moi vous montrer comment ça doit se passer.

— Et après, vous me laisserez tranquille ?

— Absolument.

Probablement. Peut-être…

Bon, d'accord, il ne le ferait pas. Mais Cami avait besoin de ce genre d'assurance pour accepter sans perdre la face. A quoi bon lui dire toute la vérité ?

Il lui décocha son sourire le plus dévastateur.

— Voulez-vous que je vous prouve à quel point vous avez envie d'accepter ?

Cami eut un petit rire étranglé.

— Je ne crois pas…

Avant qu'elle ne puisse terminer sa phrase, il l'attira avec force contre lui, et s'empara de sa bouche. Il avait agi sans réfléchir, peut-être parce qu'il n'avait jamais autant désiré une femme. Mais, à la seconde où leurs lèvres se frôlèrent, tout son corps frémit, s'embrasa, et il sut qu'il était irrémédiablement perdu, que ce baiser ne lui suffirait pas.

Cette prise de conscience ne suffit pourtant pas à le dégriser. Plus rien ne comptait que ces lèvres tendres au goût délicat de framboise, qui s'entrouvraient dans un élan instinctif, se laissaient mordiller, caresser, explorer avec abandon.

Tandis que ses mains remontaient à l'aveuglette le long du dos de Tanner pour l'attirer plus étroitement contre elle, Cami eut l'impression de se consumer tout entière dans la violence et la passion de cette étreinte. Jamais encore on ne l'avait embrassée de cette façon. Jamais un homme ne lui avait communiqué son désir aussi violemment.

Chavirée, incapable de lutter contre l'émotion qui la faisait palpiter, elle répondit à cette soif dévorante, à cette urgence presque désespérée qu'elle sentait dans cette étreinte.

Soudain, Tanner la repoussa à distance et, brutalement ramenée à la réalité, la jeune femme battit des paupières.

— Vous aviez raison, dit-il d'une voix froide. Il est évident que vous ne ressentez rien pour moi.

Les lèvres humides, meurtries, gardant l'empreinte de celles de Tanner, Cami fit un effort pour se ressaisir.

— Vous n'y êtes pas du tout, murmura-t-elle.

— Expliquez-vous.

— Vous aviez raison à propos de… des autres. Je suis sortie avec eux parce que je savais que je ne mettais pas mon cœur en danger. Je ne serais jamais tombée amoureuse d'eux. Tandis qu'avec vous…

— Quoi, avec moi ? Vous croyez que je vous ferai souffrir ?

— Oui… Non. Ce que j'essaie d'expliquer, c'est que, avec vous, je ne pourrai pas m'empêcher d'éprouver certaines choses.

— Un dîner, Cami. C'est tout ce que je vous demande.

— Et ensuite ?

— Ensuite, vous saurez ce qu'est un rendez-vous réussi.

— C'est tout ?

— Evidemment. Qu'imaginiez-vous d'autre ?

— Et qu'avez-vous à y gagner ?

— D'être enfin débarrassé de mon obsession à votre sujet.

Chapitre 8

C'était un amant fantastique.

Sensuel, généreux, exigeant. Et elle ne pouvait rien lui refuser. Surtout lorsqu'il lui murmurait ainsi à l'oreille, de sa voix infiniment troublante, des mots délicieusement hardis.

Elle accédait à toutes ses demandes, même les plus audacieuses.

Insatiable, il repartait à l'assaut de son corps, dessinait de ses lèvres un chemin sur sa peau frémissante. Il lui embrassait le ventre en décrivant des courbes savantes qui le conduisaient à l'aine, à l'intérieur des cuisses, lui infligeant une exquise torture, jusqu'à ce qu'elle en ressente de nouveau les effets étourdissants au plus profond de son corps.

— Encore, murmura faiblement Cami, tandis qu'elle émergeait lentement de sa rêverie.

Elle étouffait. Quelque chose pesait sur sa tête, l'aveuglait.

Agitant les bras en arrière, elle essaya de se redresser, entendit un bruit mat, suivi d'un feulement. Au moment où elle heurtait lourdement le sol, elle comprit.

Elle dormait sur le canapé, entortillée dans les couvertures, le chat lové autour de sa tête. Et elle avait encore une fois rêvé de Tanner.

— Ce n'est pas ma faute, se défendit-elle, alors qu'elle se trouvait nez à nez avec Annabel. Il embrasse tellement bien. Et puis, tu n'as qu'à aller dormir ailleurs.

Emergeant des couvertures, Cami aperçut avec étonnement son caleçon d'homme jaune à pois blancs, lequel constituait son seul vêtement. Elle avait la peau moite et brûlante, et ses cheveux pendaient lamentablement devant ses yeux.

— Il faut vraiment que je fasse une lessive, observa-t-elle à haute voix.

— Sans blague, s'écria Dimi, tandis qu'elle entrait dans le salon.

Elle portait le gilet favori de Cami, et tenait un tube de mascara à la main.

— Je ne trouve rien à me mettre dans ce désordre.

— Et si tu allais voir plutôt chez toi, pesta Cami. Ou chez maman, espèce de voleuse.

— Tu sais bien que maman ne se maquille pas. Et tu ferais mieux de te couvrir. Tu sembles oublier qu'il y a un homme chez toi. Un beau brun ténébreux qui ferait probablement une attaque en te voyant ainsi.

— N'importe quoi ! pesta Cami, en se drapant dans la couverture. Et ne t'avise pas de me piquer mon dernier sachet de chips !

Avec un haussement d'épaules, Dimi fit demi-tour vers le corridor.

— Au fait, un client a téléphoné, pendant que tu gémissais dans ton sommeil.

— Qui ?

— Tu vas rire ! Figure-toi que le cher fils de Mme Brown a renouvelé ses tentatives de séduction lors d'un autre rendez-vous organisé par elle, et que sa victime ne s'est pas montrée aussi charitable que toi. Résultat, il est en prison, et elle lui en veut à mort. Bref, elle veut se faire pardonner son attitude avec toi, et t'envoie son très cher et très riche ami cet après-midi. Lequel ami veut redécorer son petit pied-à-terre de *mille* mètres carrés.

— Oh, mon Dieu ! C'est vrai ? Tu ne dis pas ça parce que mon gilet te va atrocement mal ?

— Ce gilet me va merveilleusement bien.

— Pas du tout ! Il te fait un teint d'endive.

Elle devait à tout prix récupérer ce gilet.

— En plus, il te grossit, ajouta-t-elle, soudain inspirée.

— Zut ! s'exclama Dimi.

Elle fit glisser d'un geste rageur la fermeture du gilet, l'ôta, et le jeta en direction de Cami. Cette dernière s'empressa de le revêtir, tout en dissimulant un sourire de satisfaction.

— J'ai vraiment un nouveau client ?

Dimi, qui s'apprêtait à passer le seuil, lui jeta un regard par-dessus son épaule.

— On dirait bien. Ne sors pas avec son fils, et ça devrait marcher.

— Mouais, marmonna Cami, en se laissant tomber sur le canapé.

Annabel en profita aussitôt pour lui sauter sur les genoux.

— Tu sais quoi, ma vieille ? J'ai l'impression que les affaires démarrent.

Tout en grattant d'un geste machinal la tête du chat, elle laissa son imagination vagabonder. C'était presque trop beau. Elle avait attendu ça depuis tellement longtemps, travaillé tellement dur pour en arriver là…

Et voilà que son rêve commençait à se réaliser.

Elle avait son premier vrai client, elle faisait réaménager sa maison…

La seule ombre au tableau, c'était Tanner.

Il représentait une telle énigme pour elle.

Elle le devinait fort, déterminé et intègre, capable d'affronter la vie sans jamais reculer devant l'adversité. C'était aussi un homme simple et doux, qui aimait les animaux, et supportait avec patience les bêtises d'Annabel.

Dans le même temps, il pouvait se montrer sombre, presque inquiétant. Et passionné, aussi. Par son métier, par la vie.

Quel effet cela ferait-il de se sentir l'objet de cette passion ? Il lui suffisait de fermer les yeux pour éprouver de nouveau le vertige qui l'avait saisie lorsque Tanner l'avait embrassée, pour revoir les images follement sensuelles qui avaient troublé son sommeil. Elle devait bien l'admettre, jamais un homme ne l'avait bouleversée à ce point. Il y avait chez Tanner une force impérieuse qui lui faisait perdre tous ses moyens.

C'était grotesque ! Combien de fois s'était-elle moquée des histoires qu'elle lisait dans les romans ? La passion qui balayait tout sur son passage, l'amour qui faisait faire toutes les folies, elle n'y croyait pas.

De toute façon, Tanner était bourré de défauts.

Il chantait faux. Son espagnol était plus qu'approximatif, et son accent atroce. C'était à se demander comment ses ouvriers faisaient pour le comprendre. Et puis, il jurait comme un vieux loup de mer, quand il se croyait seul.

Oui, mais il avait une voix tellement bouleversante. Chaque fois qu'il lui adressait la parole, elle sentait un frisson brûlant courir le long de sa colonne vertébrale.

Malgré tous ses efforts pour se persuader du contraire, elle le désirait. Si fort que la sensation en devenait physiquement douloureuse. Et psychologiquement terrifiante.

Tanner la découvrit endormie sur le canapé, enfouie sous une pile de couvertures. Cet après-midi, c'était décidé, il l'enlevait et lui faisait vivre un moment inoubliable. Cette pensée ne l'avait pas quitté une minute. Ce besoin de montrer à Cami à quoi ressemblait un rendez-vous réussi était totalement incompréhensible et, pour se rassurer, il avait fini par se persuader qu'il suffirait de cette sortie pour la chasser définitivement de son esprit.

— Il est l'heure, dit-il, en soulevant la jeune femme dans ses bras.

Dans un demi-sommeil, elle murmura son nom, et abandonna la tête au creux de son épaule.

— Mes rêves sont vraiment délicieux ce matin, dit-elle d'une vois enrouée.

Ce n'était pas vraiment le matin, et la situation était bien réelle, mais Tanner préféra rester bouche cousue.

— Hé, mais que se passe-t-il ?

Soudain complètement réveillée, elle redressa la tête et le toisa d'un regard noir. Très, très noir.

— Nous prenons rendez-vous.

— Pas question ! Vous savez qu'il y a une malédiction sur moi.

— Je suis prêt à prendre le risque.

— Pas moi.

Tandis qu'elle bataillait pour remonter la couverture qui

ne cessait de glisser, Tanner eut le temps d'apercevoir un caleçon à pois, surmontant des jambes époustouflantes.

— Vous n'êtes pas très couverte, remarqua-t-il d'une voix étranglée.

— Il faut que je fasse ma lessive. Et ne changez pas de sujet !

— Acceptez mon invitation. Juste pour cette fois.

— Où voulez-vous m'emmener ?

— C'est une surprise.

— J'ai horreur des surprises.

— Celle-là vous plaira.

Elle l'observa un moment, et soupira.

— Après tout, pourquoi pas. Si ça peut vous chasser de mes rêves, faisons-le. Enfin, je veux dire, faisons cette sortie. Pas, faisons… Vous voyez ce que je veux dire.

Tanner éclata de rire.

— Vous voyez, vous venez de trouver une raison bien à vous de faire cette expérience. C'est comme ça qu'il faut voir la vie, Cami. Faites ce que vous voulez, saisissez les opportunités quand elles se présentent.

Le regard de la jeune femme se posa avec gourmandise sur les lèvres de Tanner.

— Je crois que je commence à aimer ma nouvelle personnalité.

Que Dieu lui vienne en aide, c'était exactement ce qu'il pensait.

— En route, dit-il.

Une grimace dubitative aux lèvres, Cami restait plantée comme une souche sur la rive, observant tour à tour le canoë gonflable que Tanner venait de poser à ses pieds, et les eaux tumultueuses de la rivière.

— Vous m'emmenez faire du canoë ?

— Ce n'est pas aussi romantique qu'une croisière de luxe, remarqua-t-il, en lui tendant une rame. Mais c'est sûrement beaucoup plus amusant.

Tandis qu'il stabilisait l'embarcation, Cami se glissa à l'arrière, en essayant de faire bonne figure.

— Vous croyez que c'est la bonne recette pour ne plus penser l'un à l'autre ?

Tanner prit place en face d'elle, et scruta son visage, où se lisait une appréhension qu'il commençait tout juste à comprendre.

— Je crois que vous devriez me parler de vos rêves, dit-il. Que je sache enfin pourquoi vous voulez à ce point vous en débarrasser.

Cami rougit violemment.

— Ils n'ont rien d'extraordinaire.

Détournant un instant son attention de la jeune femme, Tanner s'écarta de la rive en poussant sur sa rame, puis il plaça le canoë dans le sens du courant.

— Je suis sûr du contraire, affirma-t-il, alors qu'il évitait à temps une branche tombée.

— Pas du tout ! s'entêta Cami, les doigts crispés sur le rebord de l'embarcation. C'est une très mauvaise idée. Je le savais. J'ai accepté parce que j'ai eu peur de vos représailles. Vous auriez pu peindre mes murs en vert pâle, comme dans une clinique. Vous imaginez le tableau ?

— Votre maison ne pourrait pas être pire qu'elle ne l'est, croyez-moi. Mais est-ce la vraie raison de votre présence ?

Ce ne serait pas plutôt à cause de cette attirance que nous avons découverte ?

— Je n'ai rien découvert du tout !

— Ce qui explique pourquoi je vous ai trouvée toute vibrante et langoureuse, marmonnant dans votre sommeil.

— Je n'étais pas du tout…

Ecarlate, la jeune femme prit une profonde inspiration, et s'exhorta au calme.

— Ne comptez pas sur moi pour participer, annonça-t-elle d'une voix tranquille.

Puis, elle se laissa aller en arrière, ferma les yeux, et offrit son visage au soleil.

Dans la lumière dorée, sans aucun maquillage, sa magnifique chevelure répandue sur les épaules, elle était loin de se douter à quel point elle était séduisante et désirable. Et Tanner réalisa combien il lui serait difficile d'échapper à la fascination.

— Finalement, ça me plaît, admit-elle d'un ton paisible, les paupières toujours closes. J'habite la région depuis toujours, et je n'avais jamais fait ça.

— Je n'habite ici que depuis un an, et je viens toutes les semaines.

Cami se redressa, surprise.

— Vous n'habitez ici que depuis un an ?

— Mon père ne supportait plus le climat de Los Angeles. Il y faisait beaucoup trop chaud pour lui. Nous sommes venus ici, durant sa convalescence, et nous n'avons plus voulu en repartir. Il s'est installé à Tahoe City, dans une résidence pour personnes âgées, et je ne l'ai jamais vu aussi heureux qu'à présent.

— Vous avez l'air de l'aimer beaucoup.

— C'est vrai.

— Moi, je n'aurais jamais déménagé pour mon père, avoua Cami. Pas plus que je ne lui aurais consacré une année de ma vie pour l'aider à guérir.

Elle eut une petite moue désabusée.

— Ça en dit long sur ma personnalité, non ?

— Ça dit juste que vous n'êtes pas très proches. Ce sont des choses qui arrivent plus fréquemment qu'on ne le croit.

— Je déteste la femme avec qui il vit en ce moment. Vous trouvez ça normal aussi ?

— Pourquoi la détestez-vous ?

— Parce qu'elle a beaucoup plus d'allure en maillot de bain que moi.

Tanner enveloppa sa silhouette d'un regard appréciateur, regrettant à part lui qu'elle fût aussi couverte.

— J'ai du mal à le croire.

Cami lui adressa un sourire ravi.

— Ça, c'est vraiment gentil.

Elle s'apprêtait à s'étendre de nouveau, quand un bruit suspect lui fit tendre l'oreille.

— Qu'est-ce que c'était ?

Tanner écouta à son tour, et reconnut le bruit caractéristique d'une fuite d'air.

— Une crevaison, je suppose, annonça-t-il d'un ton prudent.

Cami s'immobilisa, les yeux écarquillés de frayeur.

— Vous voulez dire que le canoë est en train de se dégonfler ?

— Il semblerait, dit Tanner, en lui lançant un gilet de sauvetage. Apparemment, vous êtes vraiment maudite.

— Vous me faites une blague ?

— Vous savez nager ?

— Répondez à ma question ! Vous me faites une blague ?

— Ce n'est pas le moment. Mais j'y penserai pour plus tard.

— Oh, mon Dieu !

Elle enfila à la hâte le gilet de sauvetage, sans quitter des yeux l'eau sombre et tourbillonnante. Comme un fait exprès, ils se trouvaient à l'endroit le plus profond et le plus dangereux de la rivière.

— Il n'y a pas de requins, la rassura Tanner.

— Je ne pouvais pas en dire autant lors de ma soirée avec Joshua.

En quelques gestes rapides et précis, Tanner vérifia le gilet de sauvetage de sa passagère.

— Je regrette d'avoir confisqué votre préservatif.

Cette remarque fit naître un sourire sur les lèvres de Cami.

— Oh, non, vous ne regrettez rien.

— Admettons. Mais je suis vraiment désolé pour le canoë.

— Ce n'est pas grave. Ça reste quand même ma meilleure sortie avec un homme depuis… un certain temps.

— Donc, vous êtes d'accord pour recommencer ?

La jeune femme éclata de rire.

— Pas question !

— Allez, je vous en prie… Nous réaliserons un autre de vos rêves.

— Non. Cette expérience avait pour but de me débarrasser de vous, et c'est fait. Vous ne me faites plus aucun effet.

— Vous êtes sûre ? Je vais être obligé de vous demander une preuve.

— Un baiser, par exemple ? Je suis certaine de rester complètement indifférente.

Un bras passé autour de sa taille, il l'attira doucement à lui, et ils se retrouvèrent à genoux dans le canoë qui s'emplissait lentement d'eau. Son autre main se posa sur la nuque de la jeune femme, ses doigts plongèrent dans sa magnifique chevelure, et il la vit retenir son souffle.

— Toujours indifférente ?

— Plus que jamais.

L'eau commençait à monter dangereusement dans l'embarcation, mais ni l'un ni l'autre n'y prêtaient attention.

Ses lèvres effleurèrent la gorge de Cami, là où palpitait follement une petite veine, lui arrachant un gémissement sourd.

— Aucune réaction ?

— Pas la moindre.

Alourdi par le poids de l'eau, le canoë sombrait lentement et la jeune femme s'agrippa au gilet de Tanner.

— S'il vous plaît, gémit-elle, alarmée.

— Encore un baiser.

Les lèvres de Tanner se posèrent sur les siennes et, sans plus chercher à résister, elle s'abandonna à cette étreinte. C'était un baiser d'une infinie douceur, et elle aurait aimé qu'il dure toujours. Mais l'eau leur arrivait maintenant à mi-cuisses, et elle s'écarta, le souffle court.

— Vous parlez d'une sortie réussie !

— Taisez-vous, et nagez ! lui ordonna Tanner.

Chapitre 9

— Doux Jésus ! s'exclama Sara-Lynn Anderson, après avoir écouté le récit des mésaventures de sa fille. Avez-vous su ce qui avait provoqué la fuite ?

— Le destin, je suppose.

Son téléphone portable calé entre l'oreille et l'épaule, portant d'une main une lourde valise d'échantillons, et de l'autre un sac de voyage, Cami remontait l'allée goudronnée qui menait à sa maison. Elle venait de passer deux jours à San Francisco chez un client, à discuter tapis, tentures, et gamme de couleurs, et elle avait hâte de se mettre au travail.

Et, bien qu'elle ne l'eût avoué pour rien au monde, elle brûlait d'impatience à l'idée de revoir Tanner.

— Et ensuite, que s'est-il passé ? insista sa mère. Ne fais pas durer le suspense.

— Nous avons nagé jusqu'à la rive.

— Et puis ?

— Et puis, rien, dit Cami sur un ton aussi neutre que possible.

Mais ce fut peine perdue. Elle aurait pourtant dû savoir que sa mère était capable de repérer un mensonge à des dizaines de kilomètres à la ronde.

— Tu ne me dis pas tout, protesta Sara-Lynn, son antenne radar visiblement déployée et en parfait état de marche. Je sens qu'il y a autre chose.

Cami s'arrêta sur le seuil de la maison, et posa ses bagages.

— Maman !

— Raconte-moi la suite.

— Nous avons marché jusqu'à l'endroit où il avait laissé sa camionnette.

— Elle n'était pas en panne, quand même ? Ne me dis pas qu'il t'a abandonnée sur la route comme l'autre goujat.

— Oh, ça, elle fonctionnait ! L'employé de la fourrière n'a eu aucun mal à la déplacer.

— Quoi ?

Cami eut un rire amer. C'était tellement ridicule ! Et il n'y avait plus aucun doute, désormais : elle était maudite.

— Tanner s'était garé sur une zone réservée aux canards et le garde-pêche a fait enlever sa camionnette.

— Qu'est-ce que c'est que cette plaisanterie ?

— C'est très sérieux. Il existe des endroits protégés le long de la rivière où les canards rassemblent leur petite famille de canetons.

A l'autre bout de la ligne, sa mère s'esclaffa bruyamment.

— Oh, tu peux rire ! Tout ça, c'est ta faute, et celle de papa.

— Ah bon ? Et puis-je savoir comment tu en es arrivée à cette conclusion ?

— Eh bien, papa est toujours à la recherche de quelqu'un de mieux que la femme avec qui il vit. Quant à toi, tu décourages tous les hommes qui t'approchent parce que tu ne les juges pas assez bien pour toi. T'es-tu déjà demandé pourquoi j'acceptais les rendez-vous minables que tu me proposes ? Parce que je sais que ça ne marchera jamais. Ce qui m'évite de m'engager dans une vraie relation, au risque de rompre en cours de route. Ou d'être quittée, ce qui est plus vraisemblable.

— Personne n'aurait l'idée de te quitter, ma chérie.

— Bien sûr ! Je suis tellement parfaite…

Cami introduisit la clé dans la serrure, et constata que la porte n'était pas verrouillée. Au loin, lui parvenaient des bruits de marteau, et elle sentit son estomac se serrer.

Tanner !

Une impression de malaise diffus l'envahit. Malaise qui pouvait tout aussi bien être dû aux cinq beignets qu'elle avait avalés au petit déjeuner. Mais peut-être pas.

Soudain, elle comprit qu'elle s'était menti à elle-même durant des années. Elle prétendait vouloir vivre avec un homme, tout en affirmant qu'il n'y en avait pas un seul de valable. En réalité, elle n'autorisait aucun homme à lui démontrer ses qualités. Elle fuyait avant.

Bon, elle n'était pas plus avancée, maintenant. Elle avait toujours entendu dire qu'un problème identifié était à moitié résolu. Mais c'était loin d'être le cas en ce qui la concernait.

Elle avait peur. Bien plus que lorsqu'elle avait dû dormir dans la stupide voiture de ce stupide Ted. Bien plus que lorsqu'elle avait dû repousser les avances de Joshua.

Tanner ne comprendrait probablement pas qu'elle ait peur de lui. Il en serait sans doute meurtri après les efforts qu'il avait accomplis pour briser le mur de protection dont elle s'entourait…

— Chérie, j'hésite à te parler de ça…

— Ça m'étonne. D'habitude, tu n'hésites jamais à me donner ton avis.

— Tais-toi ! Je n'allais pas te faire de remontrances à propos de ta lessive.

Tant mieux ! En ce moment, Cami était tellement à court de linge, qu'elle avait dû employer les grands moyens : pas de petite culotte. Si sa mère apprenait cela, elle en aurait une attaque.

— J'ai un nouveau voisin. Il est jeune, et…

Oh, Seigneur ! Voilà que ça recommençait.

— Stop ! Je ne veux rien savoir de plus. Essaie plutôt avec Dimi. Il me semble qu'elle est chez elle. Probablement en train de dévorer toute la nourriture qu'elle a piquée chez moi, la sale voleuse.

— Ta sœur n'est pas une voleuse.

— Oui, c'est ça. Bon, il faut que je te laisse. Je t'embrasse.

— Attends une minute…

— Au revoir, maman.

D'un geste décidé, Cami interrompit la communication, puis elle hocha la tête. Certaines choses ne changeraient jamais.

Elle traversa le salon, se débarrassa de son téléphone, puis de ses bagages, et se laissa tomber sur le canapé.

— Cami ?

En entendant cette voix, elle ne put réprimer un frisson. Ils ne s'étaient pas beaucoup vus depuis leur mésaventure. Elle travaillait, et lui… En juger par sa tenue, ce n'était pas son cas.

Il se tenait dans l'embrasure de la porte, tellement beau qu'elle en serait tombée assise si cela n'était pas déjà fait. Elle ne l'avait jamais vu autrement vêtu que d'un T-shirt et d'un jean, et il semblait complètement différent avec cette chemise noire, coupée dans une étoffe incroyablement douce à l'œil, portée par-dessus un pantalon de même couleur. Ses cheveux noirs, légèrement humides, balayaient le col de sa chemise, et il était pieds nus.

Cami s'était toujours imaginé que les pieds des hommes étaient abominablement laids, et elle n'y avait jamais accordé d'attention.

Mais il n'y avait qu'un mot pour qualifier ceux de Tanner : sexy.

— J'ai pris une douche, expliqua-t-il. J'espère que ça ne vous dérange pas.

La déranger ? Elle aurait bien aimé être au courant avant. Cela lui aurait évoqué des images propres à alimenter ses fantasmes pendant au moins un an.

— J'ai quelque chose pour vous, annonça-t-il, tout à coup.

L'imagination de Cami se mit aussitôt en marche.

— Vous venez avec moi ?

Tanner lui tendit la main et l'entraîna vers le corridor, dont les murs venaient d'être fraîchement repeints, et le sol recouvert de parquet ancien. Il avait modifié l'installation électrique, ce qui allait enfin lui permettre d'éclairer à la fois sa chambre et la salle de bains sans faire sauter les fusibles.

— C'est magnifique, murmura-t-elle, en tendant la main pour éprouver la texture du mur.

— Ne touchez pas ! dit Tanner, en lui prenant la main. La peinture n'est pas tout à fait sèche. Et si c'est beau, c'est parce que vous avez un goût très sûr.

Elle lui fit face, ses deux mains désormais prisonnières des siennes, et scruta son visage, cherchant à lire sur ses traits ses pensées secrètes. Une lueur malicieuse brillait dans ses yeux d'ambre, comme s'il s'apprêtait à lui faire une bonne blague, et elle se troubla.

— Que mijotez-vous ?

— J'ai un nouveau rendez-vous à vous proposer. Avec moi, bien sûr. Mais, cette fois, il ne s'agit pas d'une surprise.

— Non, murmura-t-elle, sans grande conviction.

Pourtant, il lui fallait refuser. Elle l'avait trouvé quasiment irrésistible la dernière fois, même si la balade avait tourné au cauchemar. Elle ne pouvait pas prendre ce genre de risque une deuxième fois.

— Je croyais que nous nous étions débarrassés de notre attirance mutuelle, raisonna-t-elle.

— J'ai menti.

— Eh bien, pas moi, risposta Cami, d'une voix qui manquait d'assurance.

Elle s'éclaircit la gorge et fit une autre tentative.

— Vous ne me faites plus aucun effet.

— Chut ! fit Tanner en lui posant un doigt sur les lèvres.

Puis il la prit par le bras et la guida jusqu'à la chambre.

Il avait complètement terminé la pièce. Les poutres d'origine avaient été dégagées de leur gangue de ciment et de plâtre et nettoyées pour retrouver leur jolie couleur chêne. Le parquet était en place, et les boiseries anciennes qu'elle avait choisies pour recouvrir en partie les murs étaient posées. Au-dessus, l'enduit à la chaux était exactement de la couleur qu'elle désirait.

Tanner avait même remis son lit en place, avec le couvre-lit et les coussins qu'elle aimait tant.

C'était le seul meuble de la pièce.

Mais ce n'était pas ça le plus impressionnant. Partout, sur le rebord des fenêtres et sur le sol, brillaient des dizaines de bougies blanches. Une musique douce jouait en sourdine et, au pied du lit, était posé un panier débordant de victuailles.

Tanner se tourna vers elle et, dans la lumière vacillante des bougies, elle décela sur son visage une expression inquiète.

— Voici votre soirée de rêve. Un bon repas, des bougies, de la musique. nous pouvons parler, danser… Vous n'avez qu'à me dire ce que vous voulez. Tout est possible.

Oh, bon sang ! Elle allait se trouver mal.

— Dites-moi ce que vous voulez, Cami, insista-t-il, d'une voix caressante.

— Et après, vous me laisserez tranquille ?

Elle aurait pu jurer voir une lueur de déception ternir ce visage d'une incroyable beauté, mais elle disparut si vite qu'elle s'imagina avoir rêvé.

— C'est juré.

Persuadée qu'elle pouvait lui faire confiance, la jeune femme fit un effort pour se détendre.

— Vous vous êtes donné tellement de mal, constata-t-elle, admirative.

Tanner se dirigea vers le panier, en sortit une bouteille de vin et deux verres de cristal, qu'il emplit avant de revenir vers elle.

Lorsqu'il lui tendit son verre, ses doigts effleurèrent par mégarde ceux de Cami, et elle laissa échapper un petit cri de surprise, en proie à un tumulte de sensations hors de proportions avec un geste aussi simple.

— Quelque chose ne va pas ?

En dépit de la vive chaleur qu'elle sentait monter à son visage, la jeune femme se força à sourire et à paraître détendue.

Elle allait boire une gorgée de cet excellent cru, avec toute la sophistication dont elle était capable. Elle connaissait les usages du monde, que diable ! Et elle allait prouver à cet homme qu'elle maîtrisait parfaitement la situation.

Cela aurait pu marcher si elle n'avait pas été si nerveuse, si elle n'avait pas avalé de travers, et si elle ne s'était pas mise à tousser de la façon la moins sophistiquée qui fût.

Tanner lui prit le verre des mains, tandis qu'elle continuait à tousser, les yeux emplis de larmes, le visage écarlate.

— Je vais bien, parvint-elle à articuler, en grimaçant un sourire.

Elle était complètement ridicule ! Comment faire pour rattraper cette bévue ? Un peu d'alcool lui permettrait peut-être de surmonter son embarras…

D'un geste brusque, elle tendit la main vers Tanner pour reprendre son verre, et réussit l'exploit improbable d'en renverser le contenu sur sa chemise.

— Oh, zut ! Je suis désolée. Laissez-moi arranger ça.

Sans plus réfléchir, elle enfouit son visage dans le col ouvert de sa chemise et se mit à lécher du bout de la langue le torse musclé où perlaient quelques gouttes de vin.

Sous le choc, Tanner se figea.

— Attendez ! Laissez-moi poser les verres.

Mais, déjà, Cami s'attaquait avec fébrilité aux boutons de sa chemise, glissait les mains sur sa peau, se perdait en caresses sensuelles.

— Ne bougez pas, lui ordonna-t-elle.

Lentement, elle fit glisser le vêtement sur ses épaules, et il se trouva bientôt prisonnier, empêché dans ses mouvements par le verre qu'il tenait dans chaque main.

Enhardie, elle traça un chemin de baisers, de ses pectoraux à la musculature impressionnante, jusqu'à son estomac plat et ferme.

Parcouru d'un violent frisson, Tanner recula d'un pas, et la jeune femme en conçut un grisant sentiment de pouvoir.

— Cami…, essaya-t-il de protester.

Elle se plaqua contre lui et le fit taire d'un baiser. Elle refusait toute mise en garde. D'abord, parce qu'elle savait très bien qu'il s'agissait d'une aventure sans lendemain, et elle ne voulait pas laisser cette pensée déprimante entamer ses résolutions. Et puis, elle n'avait jamais autant désiré un homme.

La réaction de Tanner ne se fit pas attendre et, tandis qu'il répondait avec ardeur à son baiser, Cami sentit ses dernières peurs s'envoler.

— J'ai envie de vous, murmura-t-elle, contre sa bouche. A moins que vous ne préfériez dîner avant ?

Le rire rauque et profond de Tanner atteignit la jeune femme comme un coup de poing à l'estomac.

— C'est votre soirée, c'est vous qui décidez.

— Eh bien…

Elle sourit d'un air timide, en proie à un vertige d'une force incroyable. Le désir qu'elle éprouvait pour lui était comme une réaction chimique qui opérait au plus profond d'elle-même, un philtre en fusion qui irradiait dans ses veines.

— Ce que j'aimerais vraiment, c'est vous voir vêtu de votre ceinturon de cuir, et rien d'autre.

Cette fois, elle l'avait vraiment choqué.

— Mais, s'empressa-t-elle d'ajouter, on peut commencer par quelque chose de plus classique.

— Plus classique ?

Il avait l'air complètement abasourdi.

— Je peux poser ça d'abord ?

Elle laissa échapper un rire nerveux, lui prit les verres des mains, et s'accroupit pour les poser au sol.

Tanner l'aida à se relever, et l'attira contre lui.

Comme dans les rêves torrides qui venaient la hanter chaque fois qu'elle laissait le sommeil l'emporter, les mains de Tanner glissèrent sur le tissu délicat de son chemisier, commencèrent à défaire un à un les boutons, avec une lenteur qui galvanisa encore le désir qu'elle éprouvait déjà. Bientôt, il libéra ses seins de leur prison de dentelle blanche, les caressa de ses doigts habiles. Inclinant la tête, il prit entre ses lèvres le mamelon tendu de désir, le taquina du bout de la langue, le mordilla doucement, arrachant à la jeune femme des gémissements de plaisir. Dans un état second, elle le vit se débarrasser de ses vêtements et l'entraîner vers le lit. Il défit la boucle de sa ceinture, ouvrit son pantalon et le fit descendre le long de ses hanches. Au moment où elle allait se soulever pour mieux l'aider, Cami se souvint de quelque chose.

Et elle se figea.

Trop tard ! A en juger par son expression plus que troublée, Tanner avait déjà constaté qu'elle ne portait rien sous son pantalon.

— Cami, où est ta…

— J'ai décidé de m'en passer pour aujourd'hui.

Mutine, elle acheva de faire glisser son pantalon et enroula une jambe nue autour de la hanche de Tanner.

— Je ne crois pas que nous allons en avoir besoin ce soir.

Avec un grognement sourd, Tanner chercha à s'écarter.

— Attends.

Mais elle ne pouvait pas. Elle n'avait que trop attendu, et il était temps de libérer la passion qui la dévorait depuis tellement longtemps. D'un geste déterminé, elle attira Tanner contre elle, le fit rouler sur le dos, et s'installa à califourchon sur ses cuisses.

La caresse humide et tiède des lèvres de la jeune femme sur son visage et sur son torse éveilla aussitôt en Tanner l'irrésistible désir de la posséder sans plus attendre. Mais il se contint, ne voulant pas la priver de l'expérience qu'elle était en train de mener. Il laissa seulement ses mains vagabonder sur le corps de Cami, couvrant de lentes caresses sa peau satinée.

Son étrange passivité étonnait Cami. Son visage n'était plus qu'un masque de granit où ne passait aucune émotion. Ce n'était pas ce qu'elle s'était imaginé. Elle rêvait d'un corps à corps débridé, d'une étreinte sauvage, animale. Pour la première fois de sa vie, elle voulait perdre le contrôle, s'abandonner à la passion la plus tumultueuse qui eût jamais existé.

Se soulevant légèrement, elle se laissa glisser le long de son sexe dressé, s'émerveillant de sa capacité à l'accueillir en elle.

Un gémissement rauque jaillit de la gorge de Tanner, tandis qu'il rejetait machinalement la tête en arrière.

— Ça va ? s'inquiéta Cami.

Les doigts de Tanner se crispèrent dans la chair voluptueuse de ses hanches.

— Tu es en train de me tuer, murmura-t-il, d'une voix enfiévrée.

— Tant mieux !

Alors, elle se lança dans une danse frénétique, lui imprimant son propre rythme, avec une ardeur dont elle ne se serait jamais cru capable. Jamais elle n'avait éprouvé ce feu violent qui lui faisait trouver d'instinct les gestes du plaisir, jamais elle n'avait été autant à l'écoute de son corps.

Les joues en feu, les yeux brillants, sa magnifique chevelure en désordre, elle était bouleversante de sensualité et, pour la première fois de sa vie, Tanner s'autorisait un total abandon. Plus rien ne comptait que la sensation de ce corps uni au sien, que cette exaltation inédite de se sentir entraîné vers un monde de sensations nouvelles.

Il réalisait soudain que l'amour venait de frapper à sa porte. Il ne s'y attendait pas, il n'avait rien prévu, mais l'évidence s'imposait avec une clarté désarmante : il aimait Cami. Follement. Irrémédiablement.

Et c'était merveilleux. Il n'y avait aucune raison de chercher à s'y dérober.

Rien ne l'empêchait de vivre avec elle.

Même s'il devait pour cela balayer quelques-uns de ses beaux principes, et bousculer certains a priori qui jalonnaient la vie de Cami comme autant de garde-fous.

Chapitre 10

Contrairement à son habitude, Tanner émergea peu à peu du sommeil, reprenant difficilement contact avec la réalité.

L'ouïe lui revint en premier, et l'absence de bruit l'étonna. Puis vint une sensation de béatitude. Bien au chaud dans son lit, il se sentait détendu, sensible à son corps, au contact des draps sur sa peau.

A cette différence près qu'il ne se trouvait pas dans son lit.

Cami !

Soudain, il se rappela où il était, et ce qui s'était passé la veille : leurs corps à corps éperdus, les audaces incroyables de Cami, les heures magiques et tendres à tenter de se rassasier l'un de l'autre…

Un sourire réjoui aux lèvres, il se tourna vers la jeune femme, en énumérant mentalement les façons les plus agréables de la réveiller.

— Miaou.

Nez à nez avec Annabel, il se redressa et inspecta la pièce du regard. Les bougies étaient toujours là. Il n'avait donc pas rêvé.

Sur le sol gisaient encore les vêtements de Cami. Son chemisier, son pantalon…

Pas de culotte.

Ses sens s'enflammèrent à cette pensée. Il la voulait à côté de lui, tendre et offerte. Il voulait l'entendre de nouveau crier son nom.

Mais, plus que tout, il voulait lui faire part de ce qu'il avait découvert. Bien qu'il eût toujours refusé de s'engager, prétextant que son travail prenait toute la place dans sa vie, il se sentait prêt à changer.

— Désolé, Annabel, dit-il, en repoussant en même temps les couvertures et l'infortuné animal.

Une fois levé, il constata que ses vêtements avaient disparu. La seule chose qui fût encore là, c'était sa ceinture à outils qu'il était allé chercher, quelques heures plus tôt, pour se moquer des fantasmes de Cami.

Avec un petit sourire d'autodérision, il boucla la ceinture autour de ses hanches. Elle ne cachait pas grand-chose, mais tant pis.

Il trouva Cami dans la cuisine, occupée à siroter une tasse de café tout en regardant pensivement par la fenêtre. Apparemment, la vue de sa camionnette, garée devant le minuscule jardin, semblait la laisser perplexe.

Tanner se glissa derrière elle à pas de loup, et referma les mains autour de sa taille. Il la sentit tressaillir, esquisser un mouvement pour se retourner, et il l'obligea à rester immobile. Il avait besoin d'un peu de temps encore pour calmer les battements désordonnés de son cœur.

— Bonjour, murmura-t-il. J'ai quelque chose à te dire, et j'aimerais que tu ne m'interrompes pas.

— Mais…

— Non, s'il te plaît. C'est important. Je voulais te le dire hier soir, mais la situation m'a rapidement échappé.

La jeune femme sursauta.

— Je ne m'attendais pas à te rencontrer, Cami. Mais tu es entrée dans ma vie comme une bouffée d'air frais, alors que je n'avais même pas conscience d'étouffer.

Elle relâcha lentement sa respiration.

— Tanner…

— Je t'aime, Cami. Je sais que ça ne faisait pas partie du marché, mais…

S'arrachant à son étreinte, elle fit vivement volte-face.

— Comment ça, un marché ?

Tout à coup, elle prit conscience qu'il était nu. Elle ouvrit de grands yeux, parut un instant affolée, puis éclata d'un rire nerveux.

Ce n'était pas vraiment la réaction que Tanner espérait, et il se rembrunit.

— Cami, hurla-t-elle. Tu ferais bien de sortir de la douche. J'ai quelque chose à te montrer qui devrait te plaire.

Des bruits de pas martelèrent le plancher du corridor, et se dirigèrent vers la cuisine.

Tanner eut tout à coup l'impression de voir double. De surprise, il prit appui contre le comptoir, et s'en écarta aussitôt, saisi par le froid contact du marbre sur sa peau.

Cami numéro deux, vêtue en tout et pour tout d'une serviette, porta les mains à son visage.

Cami numéro un continuait à arborer une grimace hilare.

— Il a dit qu'il t'aimait, chérie. Essaie de te montrer charitable.

Elle saisit le torchon à vaisselle et le lança à Tanner qui tenta de s'en draper au mieux, sous le regard fasciné des deux Cami.

— Des jumelles, s'exclama-t-il, comprenant enfin la situation.

— Bravo, dit Cami numéro un. Vous êtes un rapide.

— Dimi, murmura la Cami qui se tenait près de la porte. Ma sœur.

Le regard de Tanner passa de l'une à l'autre, essayant de réaliser ce que cela impliquait.

— Mais, alors, chaque fois que je te croyais endormie, dit-il en désignant Cami, et que je te retrouvais dans la cuisine en train de manger des chips ou de marmonner des choses incompréhensibles, c'était…

Il se tourna pour pointer le doigt vers Dimi.

— C'était moi, reconnut cette dernière.

Tanner ne cessait de tourner la tête d'un côté et de l'autre, fasciné par la vision de ces deux femmes, si semblables, et pourtant si différentes.

— Je croyais que tu étais folle, dit-il à Cami.

— Elle l'est, affirma Dimi. Mais elle nous interdit d'en parler.

— Tais-toi, l'avertit sa jumelle.

Des dizaines de questions tourbillonnaient dans la tête de Tanner, la principale étant de savoir pourquoi Cami n'avait jamais mentionné cet aspect si important de sa vie.

Mais, à cet instant, quelque chose de plus grave encore le préoccupait.

Plus crucial que sa nudité, plus dramatique que le fait de s'être comporté comme un idiot en dévoilant son cœur à la mauvaise jumelle.

La bonne jumelle n'avait pas bronché en apprenant qu'il lui avait déclaré son amour.

— Bon, dit-il, les doigts crispés sur le torchon à vaisselle, qui avait une fâcheuse tendance à glisser de la ceinture. Je ne suis pas vraiment à mon avantage…

— Vous pourriez peut-être aller vous habiller, suggéra Dimi, sans bouger d'un iota.

Ce qui voulait dire que Tanner allait devoir lui tourner le dos pour regagner le hall, exposant ainsi la partie la plus charnue de son anatomie.

Horrifié à cette idée, il resta à sa place. Dimi fit de même, jusqu'à ce que Cami lui adresse un regard acéré.

— Bien, dit-elle, avec un soupir exagéré, dans la mesure où j'ai déjà vu l'essentiel, cela ne semble guère nécessaire. Mais, si vous y tenez…

D'un geste théâtral, elle se couvrit les yeux.

Cami n'en fit rien mais, au moment où Tanner passait près d'elle, elle s'écarta ostensiblement.

— Cami…

— Tu te poses sans doute des questions, murmura-t-elle, embarrassée.

— Non, tu crois ?

Elle eut une petite grimace d'excuse.

— Cami, je me suis adressé à ta sœur en la prenant pour toi, mais il faut que tu saches ce que j'ai dit exactement.

— Vous allez lui dire que vous l'aimez ? intervint Dimi, les yeux toujours masqués par sa main. Si c'est le cas, j'aimerais bien voir ça. D'abord parce que ce serait une grande première pour elle. Et parce que je l'aime aussi, et que je me sens un peu responsable de ce qui vient de se passer.

— Je vous interdis de regarder, lui intima Tanner.

Dimi n'en fit bien sûr qu'à sa tête, et posa sur Tanner un regard amusé.

— Laissez-moi vous mettre en garde, dit-elle d'une voix

douce. Ma petite sœur est persuadée que l'amour n'existe pas. A votre place, je ne commencerais pas par ça.

— C'est vrai ? demanda Tanner, en se tournant vers Cami.

— Et je doute qu'elle vous dise pourquoi elle ne parle jamais de moi. Voyez-vous, elle est persuadée que j'ai plus de succès qu'elle auprès des hommes et que, si elle me présente son petit ami, il la laissera tomber pour moi.

— Dimi, tais-toi ! Je n'ai jamais pensé ça.

— Bien sûr que si. Et tu te trompes complètement. Tanner est là pour te le prouver. Aussi, j'aimerais que tu l'écoutes attentivement, que tu fasses preuve d'ouverture d'esprit, pour une fois.

— Dimi…

— C'est bon ! Je me tais.

— Et si vous nous laissiez seuls ? suggéra Tanner.

Dimi se campa plus solidement sur ses pieds, tandis que son visage affichait une expression offensée. Tanner soupira. Après tout, il ne pouvait lui en vouloir alors qu'elle venait juste de l'éclairer sur l'état d'esprit de Cami. A ce stade, toute information devenait infiniment précieuse.

— Bon, je vais m'habiller, annonça-t-il à Cami. Reste là.

— Je ne bouge pas.

Conscient qu'il ne pouvait pas en exiger davantage, Tanner se dirigea vers le corridor, en essayant d'ignorer le tableau grotesque qu'il offrait.

— Déshabille-toi, ordonna Cami à sa sœur, dès que Tanner eut quitté la pièce.

— Pardon ?

— Tu m'as entendue.

Cami détacha la serviette qu'elle avait enroulée autour

de ses cheveux pour les préserver de la douche, et la lança à Dimi.

— Dépêche-toi.

Dimi ne fut pas longue à comprendre.

— Tu veux l'obliger à choisir entre nous deux ?

— Je veux voir s'il est capable de nous différencier.

— Non, ce que tu veux, c'est vérifier s'il te connaît vraiment bien. Ce n'est pas juste.

Malgré sa défiance, Dimi commença à retirer ses vêtements.

— Je me rends compte que tu n'as jamais joué franc jeu, et je t'ai toujours encouragée dans ce travers. Aujourd'hui, c'est différent. Ce pauvre garçon s'est mis à nu devant toi, et je ne parle pas de sa tenue ridicule. Tu ne crois pas qu'il serait temps de lui faire confiance ?

— J'en ai conscience. Mais le savoir et le faire sont deux choses différentes.

— Pourquoi cette mascarade ? Il ne pourra pas nous différencier. Personne n'en a jamais été capable.

Cami attendit que sa jumelle eût drapé la serviette autour d'elle, puis elle lui fit face. A ses yeux, les différences étaient frappantes. Le regard de Dimi était plus serein, ses traits plus fins, son port de tête plus confiant.

— Cami ?

La jeune femme sursauta en entendant au loin la voix de Tanner.

— Ecoute, murmura-t-elle nerveusement à l'oreille de sa jumelle. S'il me reconnaît, alors c'est qu'il est vraiment l'homme de ma vie.

— Tu es prête à en accepter les conséquences ?

Cami eut la sensation qu'un étau lui compressait le cœur.

— Je ne sais pas… Mais il n'y a aucune raison de s'inquiéter. Il ne pourra jamais faire la différence.

— Comme tu veux. Mais laisse-moi te dire que je me sens terriblement malheureuse pour lui.

— Ne triche pas ! chuchota Cami, au moment où Tanner entrait dans la pièce.

Une expression effarée se peignit sur son visage, à la vue des deux sœurs enroulées chacune dans une simple serviette de bain. Cami songea qu'elle aurait pu en rire si le moment n'avait pas été aussi crucial.

— C'est vraiment impressionnant, reconnut-il, d'une voix nerveuse.

Dimi lui adressa un petit sourire d'encouragement.

La gorge serrée, Cami comprit qu'elle devait intervenir avant que sa sœur ne lui donne un indice.

— Qui suis-je ? demanda-t-elle, de son ton le plus neutre.

Le regard de Tanner fit plusieurs fois l'aller-retour entre les deux sœurs. Puis il avança vers elles, et se mit à tourner lentement autour de Dimi, tout en l'examinant d'un œil acéré.

Sur des charbons ardents, Cami subit le même traitement. Il était presque impossible d'ignorer les picotements qui parcouraient tout son corps, l'accélération de son sang dans ses veines, les battements désordonnés de son cœur.

— Nerveuse ? demanda Tanner, en caressant du bout des doigts la chair de poule qui se formait sur ses bras.

Cami se contenta de hocher la tête. Comment ne pas se troubler sous l'intensité du regard qui la fixait ? Dans les profondeurs de ses étranges prunelles d'ambre, elle pouvait lire tant de choses : la tendresse, la chaleur, la complicité, mais aussi quelque chose d'autre, qu'elle n'aurait su définir, et qui la troubla profondément.

Il n'avait pas le droit de la regarder ainsi. Ça ne faisait pas partie du plan.

— Alors, qui de nous est Cami ? demanda Dimi. Elle ou moi ?

— Il y a quelque chose à gagner ? demanda Tanner, sans jamais quitter Cami des yeux.

— Moi, bien sûr ! affirma Dimi. Elle eut un petit sourire moqueur. Ou elle.

Les mots restaient coincés dans la gorge de Cami. Elle ne pouvait rien faire d'autre que d'avaler sa salive, terrassée par l'incroyable révélation qu'elle venait d'avoir.

Tanner l'aimait.

— Vous devriez peut-être ôter la serviette, suggéra Tanner, d'une voix doucereuse.

D'un même geste, les jumelles plaquèrent les bras autour de leur buste, et il éclata d'un grand rire moqueur.

— Je plaisantais ! Je sais déjà qui est qui. Je le savais au moment où je suis entré dans la pièce.

Un frisson parcourut Cami, tandis que Tanner la regardait de nouveau de haut en bas, et elle sentit le sol se dérober sous ses jambes. S'il avait vraiment deviné qui elle était, elle allait devoir honorer sa promesse. Ça voulait dire qu'il était vraiment l'homme de sa vie, et qu'elle ne pourrait plus se dérober à l'amour.

Et cette pensée était absolument terrifiante.

— Il faut que je vous prévienne, dit Tanner, d'un ton lourd de suspense. Je vais embrasser la femme que je crois être à moi.

A lui ! Le cœur de Cami fit un bond dans sa poitrine.

— Je vais l'embrasser à lui couper le souffle. Je vais

la ramener dans cette chambre qu'elle n'aurait jamais dû quitter, et je vais lui prouver à quel point je l'aime.

Les deux sœurs échangèrent un regard inquiet.

— Prêtes ? demanda Tanner, d'un ton doucereux.

Sûrement pas ! Cami ne pouvait plus supporter cette tension grandissante. Pourquoi avait-elle eu l'idée de ce jeu stupide ?

Et s'il se trompait ? S'il choisissait Dimi ?

— Prête, murmura cette dernière, avec une mine gourmande qui lui attira un regard réprobateur de Cami.

Tanner fit un pas en avant, et Cami retint son souffle.

Chapitre 11

L'une de ces deux femmes avait volé à jamais son cœur. Et il savait laquelle. Il ne bluffait pas lorsqu'il avait affirmé le savoir en entrant dans la pièce. Et, s'il avait eu le moindre doute, la nervosité de Cami aurait suffi à l'éclairer.

Pauvre petite. Elle était terrifiée à l'idée qu'il puisse l'aimer, et tout aussi terrifiée par la perspective de le perdre.

Pris de pitié, il se rapprocha encore d'un pas, posa les mains sur le haut de ses bras, et l'attira vers lui.

La tête légèrement inclinée, il s'apprêtait à l'embrasser, quand une main ferme se posa sur son torse.

— Je sais que c'est toi, murmura-t-il, les yeux plongés dans son regard apeuré.

— Quelle assurance !

Sa poitrine ronde et pleine se souleva, dans un effort visible pour retrouver une respiration normale.

— Toujours, quand il s'agit de toi.

— Oh, bon sang ! s'exclama Dimi. Ça mérite un dix sur l'échelle de la surprise.

— C'est bien la première fois que quelque chose te surprend, mademoiselle je-sais-tout.

— On ne joue plus, là, Cami. C'est important. Il t'aime. Il

t'a reconnue. A toi d'en tirer les conséquences. Maintenant, si ça ne t'ennuie pas, je vais vous laisser. Quelque chose me dit que tu ne vas pas garder longtemps cette serviette sur toi.

L'air effaré, Cami agrippa la main de sa sœur, mais cette dernière se dégagea.

— Ne m'en veux pas, chérie. Mais ce ne serait vraiment pas un scoop. Je vous ai déjà vus nus tous les deux, et j'ai une tarte au citron qui attend avec impatience mon légendaire glaçage meringué.

Elle ramassa ses vêtements, se dirigea vers la porte de sa démarche de reine, et tourna la tête pour s'adresser à Tanner.

— Allez-y doucement. Elle est vraiment nulle avec ces histoires de sentiments. Elle pourrait même prendre la poudre d'escampette si vous n'y prenez pas garde.

— N'importe quoi ! protesta Cami. Je suis là, et je n'ai pas l'intention de m'en aller.

— Dans ce cas, elle fera celle qui ne comprend pas. C'est sa deuxième porte de sortie.

— Me voilà prévenu, déclara Tanner, d'un ton faussement solennel. Merci. Je crois que je vais pouvoir m'en sortir.

Il le fallait. Parce que rien n'avait jamais autant compté à ses yeux.

Se tournant vers Cami, il lui prit le visage entre les mains.

— Enfin seuls.

— Elle t'a fait un signe, c'est ça ?

Tanner lui caressa doucement la mâchoire, glissa les doigts dans sa magnifique chevelure défaite. Il la sentit frémir, chercher sa respiration, mais son regard restait méfiant.

— Elle n'en a pas eu besoin, Cami. Je savais qui tu étais dès le début.

— Ça n'a pas toujours été vrai. Souviens-toi, tu me prenais pour une blonde écervelée incapable de décider ce qui était bien pour elle.

— Tout le monde peut se tromper. Maintenant, je sais que tu as toute ta tête, et que tu sais très précisément ce que tu veux.

— Tu crois ? demanda-t-elle, en le poussant jusqu'à ce qu'il heurte la table de cuisine. Qu'est-ce que je veux, à ton avis ?

— Je ne sais pas. A toi de me le dire.

Pour toute réponse, elle se hissa sur la pointe des pieds et déposa un baiser sur ses lèvres. Un baiser léger, qui s'enflamma, lui communiquant une vibrante exigence.

« Réfléchis, s'ordonna Tanner. Elle oublie quelque chose. Elle semble soulagée, mais… Oh, mon Dieu, elle détache sa serviette ! »

Ignorant les informations qui parvenaient à son cerveau, Tanner ne pensa plus qu'aux bras doux et blancs comme des ailes de colombe qui se nouaient autour de son cou, aux seins durcis qui se plaquaient contre son torse, aux mains habiles qui se glissaient sous son T-shirt.

Docile, il leva les bras, et se laissa ôter son vêtement.

— Aime-moi, Tanner, murmura-t-elle.

Très tendrement, il lui caressa les cheveux et la nuque. Puis, sa main glissa sous le menton de Cami, et lui releva gentiment la tête.

— C'est ce que je fais.

Longuement, les yeux fermés, presque sans bouger, ils s'embrassèrent, goûtant la joie d'être de nouveau ensemble.

Puis, leurs baisers se firent plus pressants, plus intenses, tandis que les mains de Tanner parcouraient les formes voluptueuses que la jeune femme offrait à ses caresses, tièdes, douces, imprégnées d'une odeur subtile de gel douche et de crème hydratante.

— Je regrette d'avoir raté l'épisode du ceinturon de cuir, le taquina Cami, tandis que ses doigts se refermaient sur le premier bouton de son jean. Tu pourrais peut-être me donner une autre chance ?

— Nous verrons.

Il ne lui fallut que quelques secondes pour jeter au loin son jean. Puis, prenant appui contre la table, il glissa les mains sous les fesses de la jeune femme, et la souleva. Les bras noués autour de son cou, les jambes enroulées autour de ses hanches, le nid humide et brûlant de sa féminité palpitant contre son sexe dressé, elle laissa échapper un gémissement.

— Je t'en prie, je t'en prie, murmura-t-elle.

Comme s'il pouvait résister plus longtemps ! Elle avait les doigts crispés sur sa nuque, la langue dans sa bouche, et les pointes durcies de ses seins menaçaient de lui perforer le torse.

Pivotant sur lui-même, il la renversa sur la table, impatient de posséder ce corps sublime. Frémissante, les yeux brillant d'un désir sans limites, elle s'offrait sans retenue, impatiente d'éprouver au plus profond d'elle-même les assauts redoublés de ses reins puissants.

Il l'entendit murmurer son nom, souffle à peine audible, tandis qu'il se perdait dans sa chaleur.

Il aurait voulu lui faire l'amour lentement, faire durer indéfiniment cette étreinte, mais il avait trop faim d'elle.

Cami semblait gagnée par la même frénésie et ils se laissèrent surprendre par un plaisir presque immédiat, irrésistible, qui déferla en eux comme une énorme vague.

— Cami…

— Ne dis rien ! Tu n'as pas trouvé ça bien ? dit-elle avec un sourire tendrement moqueur.

— Au contraire. Mais…

Le sourire de la jeune femme se ternit quelque peu.

— Oh, oh ! Il y a toujours une mauvaise nouvelle derrière un « mais ». Surtout quand c'est dit sur ce ton-là.

— Pas du tout.

— Tu es sûr ? Parce que mon expérience m'a appris qu'un « mais » précède toujours une forme de rejet.

— Tu vas me laisser parler, à la fin ? fit mine de s'énerver Tanner. Tu ne vois pas que j'essaie de te dire quelque chose.

L'expression de Cami se fit câline, séductrice.

— Tu n'aurais pas plutôt envie de m'embrasser ?

Les bras noués autour de son cou, elle se laissa glisser à terre, et se plaqua étroitement contre lui.

— J'adorerais, mais…

— Encore un « mais ».

— Mais, poursuivit Tanner, en posant le front contre celui de la jeune femme, il n'y a pas que le sexe dans la vie. Même si j'avoue que je trouve ça délicieux.

Avec une infinie délicatesse, il la repoussa à distance raisonnable, et chercha son regard.

— Cami, je…

— Attends ! s'écria-t-elle, brusquement saisie de panique.

Ce n'était pas possible ! Elle n'était pas prête. Mais, si elle lui expliquait ce qui lui faisait peur, si elle lui demandait de se montrer patient, que se passerait-il ?

Un homme tel que Tanner n'était pas du genre à s'asseoir et à bayer aux corneilles en attendant qu'une femme se décide.

Tandis qu'elle se torturait l'esprit, il se pencha vers le sol, ramassa la serviette dont elle s'était débarrassée quelques minutes plus tôt, et la drapa autour d'elle. Puis, il la poussa vers une chaise, et la fit s'asseoir.

— Cami, je t'aime, dit-il, avant qu'elle ait eu le temps de réagir.

— Attends ! Il faut que je m'assoie.

— Tu es déjà assise. Et ce qu'il faut que tu saches, c'est que cet amour-là est du genre à durer toujours.

Un hurlement de victoire se fit entendre derrière la porte de la cuisine.

— Tu vois ? dit la voix de Dimi. Tu es bien obligée de me croire, maintenant.

— C'est un miracle ! dit une autre voix, extatique.

— Ma mère, gémit Cami, en se prenant le visage dans les mains.

— Comment ça, ta mère ? Tu veux dire qu'elle est là ?

Soudain, il pâlit.

— Et la porte qui n'est même pas fermée !

Etant donné sa tenue, Cami n'avait aucun mal à comprendre son affolement.

— Ramasse vite ton pantalon, dit-elle, tout en s'assurant que sa serviette ne risquait pas de glisser.

Tanner enfila une jambe, puis se rendit compte que son jean était tout tirebouchonné. Sautillant sur un pied, il prit appui contre la table, et fit un deuxième essai.

— Trop tard, gémit Cami, tandis que Tanner enfilait tant bien que mal sa chemise. On ne peut rien cacher à ma mère. On dirait qu'elle possède un don de médium dès qu'il s'agit de moi ou de Dimi. Et, en plus, ta chemise est à l'envers.

Tanner lui jeta un regard horrifié.

— Tu veux dire qu'elle va deviner ce que nous avons fait sur la table de cuisine ?

— Arrêtez de vous inquiéter pour nous, déclara Sara-Lynn, en faisant irruption dans la cuisine, et terminez plutôt cette passionnante conversation. Cami, dis-lui que tu l'aimes, qu'on en finisse, et allez passer une tenue décente. J'ai hâte de faire la connaissance de mon futur gendre.

Les yeux de Tanner s'agrandirent comme des soucoupes. Il n'avait plus seulement l'air livide, il semblait sur le point de s'évanouir. Quant à Cami, elle ne rêvait que d'une chose, que le sol s'ouvre sous ses pieds et l'engloutisse.

— Tu n'en as pas assez de me gâcher la vie, maman ? Occupe-toi un peu de Dimi, pour changer.

— Elle est la prochaine sur ma liste.

— Va-t'en !

— Au risque de louper ce qui va se passer ? Tu veux rire, je suppose ?

Tanner s'acharnait avec maladresse sur les boutons de sa chemise. Il avait les cheveux en bataille, l'air d'un enfant pris en train de faire une bêtise, et Cami sentit son cœur déborder d'amour.

Cet homme incroyablement beau et sensuel était amoureux d'elle.

— Tu vas dire oui ? s'impatienta Sara-Lynn. Je meurs de soif, et je prendrais bien une tasse de thé.

— Je suis désolée, dit Cami, avec une petite grimace à l'attention de Tanner.

— Tu m'avais dit qu'elle était un peu autoritaire, murmura ce dernier, en guise de réponse.

— Attention, Tanner ! Pour le moment, je suis de votre côté, mais ça pourrait changer. Quel est son nom de famille ? demanda-t-elle à une Dimi anormalement silencieuse.

— Je crois que nous allons devoir remettre cette conversation à plus tard, constata Tanner.

— Je t'ai dit que j'étais désolée ? murmura Cami, penaude.

— C'est fait. Mais, en réalité, je pense que tu es soulagée.

— Soulagée que ma mère me fasse honte ?

— Merci, chérie, dit cette dernière, feignant d'être vexée.

— Cami, soit honnête ! Tu n'étais pas vraiment prête à aborder ce sujet.

Cami plongea les yeux dans son regard tendre et compréhensif, et reconnut qu'il avait raison. Elle tenait à lui, mais, pour le reste… C'était une idée beaucoup trop terrifiante.

— C'est vrai, admit-elle, je ne suis pas prête.

— Ce n'est pas grave. Tu prendras ta décision le moment venu. L'important, c'est qu'elle vienne vraiment de toi. Surtout, ne te laisse pas influencer.

Bon sang ! Il n'était quand même pas en train de lui faire ses adieux ? Ce n'est pas parce qu'elle avait besoin d'un peu de temps qu'il devait l'abandonner.

— Tanner ? demanda-t-elle, d'une petite voix mal assurée.

— N'aie pas peur ! Et ne renonce pas à tes principes si tu crois qu'ils peuvent te rendre heureuse. Penses-y en ton âme et conscience. Promis ?

— Mais…

Il posa un doigt sur ses lèvres.

— C'est toi qui as dit « pas de mais ». Tu te souviens ?

Incrédule, elle le regarda saluer sa mère et sa sœur, avant de disparaître dans le couloir.

Chapitre 12

Tanner passa le week-end chez lui. Il avait un millier de choses passionnantes à faire : mettre à jour sa comptabilité, faire les courses, et regarder un match de base-ball.

Finalement, il ne fit rien de tout cela, et se contenta de rester couché sur le canapé, à contempler le plafond.

Pour la première fois, il avait permis à une femme de prendre le contrôle de sa vie, d'en faire partie intégrante, et elle ne voulait pas.

Croyait-elle être la seule à avoir peur ?

S'autorisant un moment d'apitoiement, il ferma les yeux et laissa les souvenirs torturer son esprit.

Il revoyait Cami lui ouvrir la porte, le jour de leur première rencontre, incroyablement émouvante avec ses yeux lourds de sommeil, sa moue boudeuse… et sa couverture.

Il revivait sa partie de cache-cache avec Annabel, tandis qu'elle essayait de sauver une stupide araignée des griffes de l'animal.

Il se remémorait sa colère après ses rendez-vous cauchemardesques.

Et son regard vibrant de passion lorsqu'ils avaient fait l'amour.

— Une peine de cœur ?

Tanner sursauta si fort qu'il manqua tomber du canapé.

Son père se tenait devant lui, un plateau à la main.

— Tu es tellement perdu dans tes rêves que tu n'as même pas entendu la porte.

— Que fais-tu ici ?

— Tu le vois bien, je t'ai préparé un petit en-cas.

Le vieil homme posa le plateau sur la table basse et prit place sur le canapé.

— Alors, quoi de neuf ?

— L'équipe des Angels s'est fait battre à plate couture.

— Je ne parlais pas de base-ball, fiston, mais de tes relations avec les femmes. Ou peut-être devrais-je employer le singulier ?

— Il n'y a rien de spécial à dire.

— Ce qui explique que tu sois dans un état à faire peur.

— Pas du tout. Je vais très bien.

Renonçant à mentir, Tanner prit une bouchée de sandwich au thon, et la fit passer avec une gorgée de bière.

— Je l'aime, avoua-t-il, l'air misérable.

— Je sais, dit son père.

— Mais elle n'est pas prête.

— Eh bien, ça vous fait déjà un point commun. Toi non plus, tu n'étais pas vraiment prêt, jusqu'à ces jours derniers.

— Ouais…

Le vieil homme sourit devant l'expression désenchantée de son fils.

— Ne t'inquiète pas ! Chez les James, les hommes ont un charme auquel il est difficile de résister. Ta mère, par exemple, il ne lui a pas fallu longtemps pour se décider.

— Mais j'ai toujours cru que maman avait eu le coup de foudre pour toi.

— J'aurais bien aimé. Evidemment, je ne la laissais pas indifférente. Le vieil homme eut un petit clin d'œil coquin. J'étais assez beau gosse, il faut le dire. Mais elle a dû peser le pour et le contre, décider si elle aurait assez de force pour changer mes mauvaises habitudes.

— Maman t'a fait changer ?

— C'est ce qu'elle s'est toujours imaginé. Il eut un petit sourire attendri. Et cet arrangement a plutôt bien fonctionné.

Tanner hocha la tête.

— Je veux que Cami m'accepte tel que je suis.

— Et c'est le cas.

— Comment le sais-tu ?

— Parce que tu es mon fils. Comment une femme ne pourrait-elle pas t'aimer ?

Tanner aurait bien aimé croire son père, mais, lorsqu'il revint travailler, le lundi matin, il avait le moral en berne.

La radio était branchée sur sa station préférée et diffusait du rock.

Etrange ! Cami détestait ce genre de musique.

Elle était assise par terre, dans le salon, et parlait au téléphone avec quelqu'un.

— Non, c'est impossible pour moi. J'ai un rendez-vous très important. Le plus important de toute ma vie. Alors, ce sera mardi ou pas du tout.

Le peu d'espoir qui restait à Tanner s'évanouit complètement. Cami avait pris une assurance qu'il ne lui connaissait pas. Elle savait désormais ce qu'elle voulait, et n'hésitait pas à le faire savoir haut et fort.

Le téléphone à peine raccroché, elle reprit la ligne, avant que Tanner ait eu le temps de signaler sa présence.

— Maman ? dit-elle, avec une énergie inhabituelle. Oui, je sais qu'il est tôt. J'ai eu ton message. Je suis désolée que tu m'en veuilles parce que je ne t'ai pas offert le spectacle que tu espérais, l'autre jour, mais ma vie privée m'appartient. Et dorénavant, j'apprécierais que tu gardes tes commentaires pour toi. Surtout en ce qui concerne les hommes. D'ailleurs, à ce propos, plus de rendez-vous arrangés. Par contre, tu peux casser les pieds de Dimi autant que tu veux, tu as ma bénédiction. Maintenant, ma petite maman, il faut que je te laisse. J'ai quelque chose de très important à faire.

Elle coupa la communication, et composa très vite un autre numéro.

— Dimi ? Je viens de prévenir maman, et je te le dis à toi aussi : plus de rendez-vous arrangés… Non, pas question ! Non, je te dis, c'est terminé. Au fait, je lui ai conseillé de s'occuper de toi. Bonne chance, sœurette adorée. Bon, il faut que je me dépêche. J'ai un truc très très spécial prévu dans dix minutes… Je sais, il est affreusement tôt. Mais tu sais quoi ? J'ai découvert que j'adorais les matins… Eh bien, oui, j'ai changé d'avis ! Tu n'as qu'à me faire un procès. Salut, ma vieille.

D'excellente humeur, Cami raccrocha, et poussa un soupir de soulagement.

— Ah ! Ça fait vraiment du bien, dit-elle à haute voix.

Tanner ne pouvait qu'approuver. Elle avait l'air en pleine forme, parfaitement épanouie, et heureuse de sa nouvelle capacité à dire non.

Le seul problème, c'est que la nouvelle Cami avait encore à régler ses comptes avec une personne : lui.

C'était au-dessus de ses forces, il ne pouvait pas essuyer une fin de non-recevoir aujourd'hui. Reculant à pas prudents, il tenta de regagner la porte.

Comme un fait exprès, il marcha sur la queue d'Annabel, qui poussa un miaulement à fendre l'âme.

Par réflexe, il cria à son tour.

Et Cami se rua sur lui, manquant le faire tomber dans son enthousiasme.

— Salut, dit-il, maladroitement.

— Tu es en avance.

— Pas tellement.

— De dix minutes, précisa-t-elle, visiblement agitée. Tu es là depuis longtemps ?

Suffisamment pour savoir qu'il devait s'attendre à une terrible déception.

— Disons que j'ai eu un petit aperçu de ta nouvelle personnalité.

— Oh !

Elle grimaça un sourire nerveux, dont il ne comprit pas la raison. Maintenant, c'était à son tour de se faire rembarrer.

— Et ça te plaît ?

— C'est toi qui me plais.

Le visage de la jeune femme se décomposa.

— Bien. Je te plais. C'est très bien.

D'une main tremblante, elle s'empara de son porte-documents et se dirigea vers la porte. Elle n'avait pas la moindre idée de l'endroit où elle allait. Une seule chose était sûre : elle avait besoin d'air. L'homme dont elle était éperdument amoureuse, celui dont elle était prête à partager la vie, avait fini par réaliser qu'il la trouvait plaisante. Sans plus.

— Où vas-tu ? s'enquit Tanner.

— Voir un client.

Et tenter de rassembler toutes les pièces de son cœur brisé.

Le hasard voulut que leurs yeux se rencontrent, et elle comprit qu'elle faisait fausse route. N'était-ce pas cet homme qui lui avait dit de suivre son cœur ? De décider ce qui était bien pour elle, sans se laisser influencer ?

— Et puis, zut ! s'exclama-t-elle, jetant son porte-documents sur une chaise.

Puis, elle envoya valser ses sandales, et se planta devant Tanner, l'air décidé.

— Tu pensais vraiment ce que tu m'as dit ?

Tanner sembla peser prudemment la question.

— J'ai dit beaucoup de choses…

— Qu'il n'y avait pas que le sexe, dans la vie ?

— C'est exact.

— Que tu voulais autre chose ?

— Toujours exact.

— Que tu m'aimais ?

— Je m'en souviens. Mais que fais-tu là à ergoter sur tout ce que j'ai dit ? Je croyais que tu avais un rendez-vous.

— C'est toi mon rendez-vous. D'ailleurs…

Elle eut un regard inquiet vers sa montre, et courut monter le son de la radio.

— Que fais-tu ?

— Chut ! dit-elle, tandis que le présentateur commençait à parler.

— Et voici un message pour l'un de nos plus fidèles auditeurs, j'ai nommé Tanner James, qui habite à Truckee.

Les yeux fixés sur l'homme qu'elle aimait, le cœur battant à tout rompre, Cami guettait sa réaction avec anxiété. Pour le moment, il ouvrait de grands yeux ébahis, regardant tour à tour le poste de radio et la jeune femme.

— Tanner, mon vieux, je te conseille de t'asseoir, annonça le présentateur.

De plus en plus ébahi, Tanner se laissa tomber sur le canapé.

— Tanner, aujourd'hui est un jour à marquer d'une pierre blanche. La femme que tu aimes… Ça va, vieux, tu tiens le coup ? La femme que tu aimes, donc, me demande de te dire qu'elle s'est trompée. Hé, vous entendez ça, les amis ? Prenez des notes, vous n'aurez peut-être pas l'occasion de vivre ça deux fois. Une femme avoue devant des milliers d'auditeurs qu'elle s'est trompée. Elle l'a laissé se dévoiler, lui dire qu'il l'aimait, sans rien lui répondre en retour. Aïe ! Ça doit faire mal, hein ? Elle est désolée, mon vieux.

— Je regrette, murmura Cami.

— Tanner, elle veut que tu saches qu'elle t'aime.

— Je t'aime, répéta Cami.

— Et, maintenant, attention ! annonça le présentateur avec emphase.

Un roulement de tambour entretint quelques instants le suspense, puis il reprit, d'une voix exagérément enjouée.

— A toi de jouer, Cami.

— Je veux t'épouser, dit-elle, en venant s'asseoir près de Tanner. J'ai compris que je t'aime et que je veux vivre avec toi pour toujours. Tu es d'accord ?

— Tanner, sacré veinard ! Allez, rien que pour toi, une

chanson d'amuuuuur. Et chez vous, les gars, on monte le volume !

La musique emplit la pièce, et Cami croisa les doigts, le cœur battant, tandis que Tanner peinait à émerger de son hébétude.

— Je croyais que tu allais me laisser tomber.

— Je suis désolée.

— Je croyais que j'allais passer le reste de ma vie à panser mes blessures.

— Je suis désolée.

— J'étais loin de m'imaginer…

— Tanner, ça t'ennuierait de répondre à ma question ?

Il la regarda sans comprendre, et Cami ne put se retenir de rire devant son air abasourdi.

— Je t'ai demandé de m'épouser, et j'aimerais bien savoir ce que tu en penses.

— Ah bon ? Je ne t'ai pas répondu ?

Un lent sourire narquois se dessina sur ses lèvres.

— Je me demande si je ne devrais pas laisser passer quelques jours… C'est une décision qui ne se prend pas à la légère.

— Tanner, dit-elle d'un ton suppliant. Tu es en train de me faire mourir.

Doucement, il lui caressa la joue.

— Alors nous sommes deux dans le même cas.

Une lueur moqueuse au fond de ses yeux d'ambre, il prit le temps de déposer un baiser sur ses lèvres.

— Oui, dit-il enfin. La réponse est oui. Je t'aime, et je veux passer le reste de ma vie avec toi.

— C'est vrai ?

— Oui. Mais j'ai une petite faveur à te demander.

— Je t'écoute.

— Tu crois que nous pourrions nous marier en cachette, rien que nous deux ?

— On dirait que ma famille te fait peur.

— Eh bien… oui.

— Oh, Tanner, c'est tellement mignon !

DEUXIÈME PARTIE

DIMI

Chapitre 1

— *Vingt-cinq secondes avant l'antenne !*

Dimi ne tint compte ni de l'annonce ni de la maquilleuse qui poudrait généreusement son visage, et continua sa conversation avec Suzie.

— Tu penses que je n'ai pas fait assez d'efforts ?

Suzie consulta son bloc-notes, claqua des doigts pour attirer l'attention de deux assistants qui se tenaient au garde-à-vous, prêts à intervenir, et soupira.

— Il n'y a que la vérité qui blesse.

— Mais j'ai vraiment essayé. J'ai tout essayé.

Le visage de Suzie reflétait la plus parfaite incrédulité.

— Tu as déjà passé une petite annonce ?

— *Vingt secondes !*

— Les annonces, c'est pour les cas vraiment désespérés, les gens impossibles à caser. Mais, à part ça, j'ai vraiment tout fait : les sites de rencontres sur Internet, les agences matrimoniales, le supermarché, le zoo… Tout, je te dis !

C'était vraiment frustrant, cet échec systématique. Elle avait horreur de l'échec. C'était peut-être à cause de son père, et de ses sept divorces, ou de sa mère qui mettait son grain de sel partout. Ou bien, c'était le fait de rentrer seule chaque soir, alors que tout le monde dans son entourage était accompagné.

— De toute façon, l'homme idéal n'existe pas, soupira-t-elle.

— *Quinze secondes !*

Suzie hocha la tête avec commisération.

— Je t'ai vue à l'œuvre, dans les soirées.

— Et alors ?

— Alors, tu sembles beaucoup plus intéressée par les amuse-gueules que par les hommes qui rôdent autour du bar.

D'accord, elle adorait manger. Et alors ?

— De toute façon, les hommes qui rôdent autour du bar ne sont intéressés que par une seule chose…

Dimi se tut un instant pour laisser Lucy appliquer une touche de brillant sur ses lèvres.

— Toi aussi, il me semble, remarqua Suzie, tandis qu'elle ajustait le micro de Dimi. Après tout, ce que nous voulons toutes, c'est une bonne partie de jambes en l'air.

Dimi faillit s'étouffer, tandis que Lucy éclatait de rire.

— Hmm ! Pas exactement, murmura-t-elle, en affectant d'ignorer les regards narquois de son équipe.

En fait, elle voulait plus, bien plus, que l'accomplissement d'un désir uniquement physique.

Quoique, à la réflexion, cela ne devait pas être si désagréable…

Mais le problème n'était pas là. Ce qu'elle voulait, c'était le monospace, la jolie maison avec des clôtures blanches, les quatre enfants, et le labrador.

Elle voulait pouvoir se blottir la nuit dans des bras forts et rassurants.

Et elle voulait peut-être même quelqu'un qui puisse sortir les poubelles. Et alors, où était le mal ? On pouvait être une jeune femme ambitieuse, reconnue dans son milieu, bien gagner sa vie, et vouloir accomplir son rêve de petite fille.

— J'aurais dû me douter que ce n'était pas le sexe qui t'intéressait, remarqua Suzie. Après tout, ça fait des années que tu n'as pas…

— Hé ! Ça ne fait que deux ans.

— C'est déjà trop. Avec un corps comme le tien, tu devrais profiter un peu plus de la vie.

Dimi tira sur la jupe de son tailleur de flanelle bleu marine. La tenue était peut-être un peu sévère, mais c'était la seule dans laquelle elle pouvait encore rentrer sans passer la journée à retenir sa respiration. Elle allait devoir songer sérieusement à faire l'impasse sur les beignets au petit déjeuner. Oui, mais il n'y avait que ça à la maison, et l'idée de faire les courses la déprimait encore plus que de sortir la poubelle.

— Tu as déjà essayé la laverie automatique, vers 20 heures, n'importe quel soir de la semaine ?

Dimi écarquilla les yeux.

— Quel rapport avec notre conversation ?

— C'est un vrai réservoir d'hommes.

— Tu rigoles ? Ça doit être d'un déprimant ! Personne n'aurait l'idée d'aller y chercher un homme.

— Tu veux parier ?

Suzie se pencha pour inspecter le visage de Dimi, émit un petit claquement de langue réprobateur, et désigna son nez, qui fut aussitôt repoudré.

— *Et cinq, quatre…*

— J'en ai assez de chercher, de toute façon, annonça Dimi.

— Tu es beaucoup trop raisonnable. Détends-toi un peu.

— C'est vrai que je prends parfois les choses trop au sérieux. Mais je n'ai pas l'intention de changer d'avis. Fini les minables. Fini les rendez-vous.

— Dégagez le plateau !

Toute l'équipe se dispersa comme une volée de moineaux, à l'exception de l'assistante un peu trop persévérante de Dimi.

— Tu ne peux pas renoncer comme ça, protesta Suzie, en sortant du champ de la caméra.

— C'est ce que tu crois !

Dimi se redressa sur sa chaise, à la recherche d'une position plus confortable.

— Je ne plaisante pas, Suzie. Les hommes, c'est fini. Ter-mi-né !

Au moment même où elle prononçait cette phrase, Dimi vit le régisseur lever le doigt pour annoncer l'antenne. Le rouge était mis, la caméra était braquée sur elle.

Et elle venait d'annoncer en direct qu'elle renonçait aux hommes pour toujours.

Un peu à l'écart, Suzie était secouée d'un fou rire silencieux. Oh oui, très drôle ! Mais Dimi Anderson, ancienne Miss université, et supportrice acharnée de l'équipe locale de football, n'en était pas arrivée là en cédant lamentablement à l'humiliation publique.

En digne présentatrice de l'émission culinaire *Tous à table*, Dimi adressa un sourire éblouissant à la caméra, et fit pétiller son regard d'ironie.

— Vous avez tous compris, bien sûr, qu'il s'agissait

d'une plaisanterie. Je voulais juste vérifier que vous étiez bien réveillés. Alors, bienvenue dans notre émission *Tous à table*.

Hors caméra, mais directement dans le champ de vision de Dimi, Suzie tendait à bout de bras une pancarte où on pouvait lire : « Il faut que le corps exulte ! »

En parfaite professionnelle, Dimi ne cilla pas.

— Aujourd'hui, nous allons faire ensemble…

Suzie écrivait frénétiquement sur sa pancarte, et Dimi ne pouvait s'empêcher de la surveiller du coin de l'œil, tout en offrant à la caméra un sourire exagérément chaleureux.

« Espérons que cela t'arrive durant ce millénaire ! »

— … une carbonade flamande et une tarte au citron, continua Dimi, stoïque.

Par miracle, Dimi parvint à terminer l'émission sans anicroche, en dépit des pancartes de plus en plus audacieuses de son assistante.

La tarte au citron était si réussie, si délicieusement alléchante qu'elle s'en garda trois parts pour plus tard. De toute façon, aucun homme ne remarquerait les quelques kilos en trop sur ses hanches, puisqu'il n'y aurait plus jamais d'homme dans sa vie.

Tout allait bien, vraiment. Elle possédait une jolie maison, et son job, qui lui apportait déjà une certaine notoriété et un confortable niveau de vie, lui permettait aussi de grignoter toute la journée. Que pouvait-elle demander de plus ?

Beaucoup de choses, apparemment, à en juger par l'étrange sentiment de vacuité qui la rongeait tandis qu'elle roulait vers le quartier historique de Truckee. Elle aurait pu, comme souvent, s'arrêter chez sa sœur jumelle, de l'autre côté de la rue, et dévorer avec elle un sachet géant de chips, ou un paquet de cookies aux pépites de chocolat.

Seulement, les choses avaient changé. Cami n'était plus seule désormais. Elle avait Tanner. Et, à en juger par le sourire béat qui ne quittait plus le visage de sa jumelle, elle avait trouvé autre chose pour égayer sa vie que la nourriture.

C'était un vrai miracle, d'ailleurs, considérant que Cami n'avait pas eu jusqu'à présent beaucoup plus de chance qu'elle en amour. Cependant, Dimi n'était pas jalouse de ce nouveau bonheur. Tout ce qu'elle voulait, c'était connaître la même chose. Mais ça ne risquait pas de lui arriver.

Oh, et puis qu'importe ? Elle avait Brownie, son hamster. Et trois parts de tarte au citron.

Assise en tailleur sur le sol du salon, qu'elle n'avait pas encore trouvé le temps de meubler, après avoir quitté la maison où elle vivait jusqu'à présent avec sœur, le carton à gâteau sur ses genoux, elle attaqua la tarte au citron avec un soupir d'apitoiement.

— Tu sais quoi, dit-elle, en tournant la tête vers la cage de Brownie, j'ai décidé de tirer un trait sur les hommes. Désolée pour toi, mais tu n'auras pas de papa.

Le hamster blanc et roux pointa le nez hors de sa petite cabane de bois et posa sur Dimi ses minuscules yeux noirs et brillants, qui semblaient refléter une vive curiosité.

— Et en direct, en plus. Tu aurais dû voir de quelle manière j'ai rattrapé ma gaffe. Ça mériterait un prix.

Le petit animal fronça le nez, soudain captivé par la tarte au citron.

— Ah, je te reconnais bien là, petite coquine. Toujours droit à l'essentiel !

Attendrie, Dimi cassa un morceau de croûte, et le tendit au hamster qui s'en empara aussitôt, avant de disparaître dans sa cabane.

— Même les animaux ne veulent pas de ma compagnie, gémit Dimi.

Qu'avait-elle fait pour en arriver là ? Pourquoi ne parvenait-elle pas à trouver l'amour ? Le vrai, celui qui coupe le souffle, qui fait les jambes molles et la tête légère ?

Le téléphone n'arrêta pas de sonner ce soir-là chez Dimi. Comme quoi, le fait d'avoir renoncé publiquement à la vie conjugale pouvait avoir des conséquences imprévisibles. Impossible de rester seule, même si elle l'avait voulu.

Ses amis, d'abord, ne se privèrent pas de lui faire savoir ce qu'ils pensaient de son annonce : totalement hystérique !

Puis, il y eut sa sœur.

— N'importe quoi ! déclara cette dernière. Le meilleur moyen de gâcher toutes tes chances. Imagine que quelqu'un dans ton entourage ait des vues sur toi.

— Ça ne risque pas ! Et occupe-toi plutôt de ton fiancé.

Sur ces mots, elle raccrocha violemment, et en éprouva une sorte de joie libératrice.

Mais il n'y avait décidément pas moyen d'être tranquille. Presque immédiatement, le téléphone se remit à sonner.

— Qu'est-ce que j'apprends, ma fille, tu as renoncé aux hommes ? Comment as-tu pu me faire ça ?

— Maman… tu as regardé l'émission ?

— Evidemment que je l'ai regardée ! Je la regarde

toujours. Mais ça n'est pas la question. Que t'arrive-t-il, Dimi ? Tu sais que je veux des petits-enfants.

— Maman…

— Regarde ta sœur. Elle au moins, elle a su tomber amoureuse. Ce n'est quand même pas si compliqué…

Aux grands maux les grands remèdes ! Ecartant le téléphone de ses lèvres, Dimi simula une mauvaise réception en soufflant entre ses dents.

— Désolée, maman, il n'y a plus de réseau, ça va couper.

— Dimi Anderson ! Je te signale que je n'appelle pas sur ton portable.

— Hé, tu as entendu ? C'est la sonnette de l'entrée. Il faut que j'aille voir.

Juste avant de raccrocher, Dimi eut le temps d'entendre sa mère soupirer :

— Ne me prends pas pour une idiote ! Je sais bien que tu n'as pas de sonnette.

Lorsque Dimi arriva au studio, le lendemain matin, son équipe au grand complet l'attendait sur le parking, l'air exceptionnellement solennel.

— Hé, les gars ! Haut les cœurs. Ce n'est pas parce que j'ai dit une bêtise à l'antenne…

— C'est bien plus grave que ça, l'interrompit Suzie.

Dimi observa un à un les visages fermés.

— Ça n'a vraiment pas l'air d'aller. Que se passe-t-il ?

— L'audience est en chute libre, la renseigna Ted, le cameraman.

— Comment est-ce possible ? s'étonna Dimi, en songeant aux appels qu'elle avait reçus après l'émission de la veille. Tous les gens que je connais m'ont dit qu'ils avaient regardé.

— Pas possible ? Tous les deux ? ironisa Ted.

— Dis donc ! Je connais davantage de monde que ça.

— Vous ferez de l'humour une autre fois, intervint Grace, la conseillère technique. J'ai entendu dire que des têtes allaient tomber.

— Ça sent vraiment le roussi, renchérit Ted.

Tout le monde tournait vers Dimi un regard plein d'espoir, comme si le fait de présenter l'émission en faisait une sorte de gourou. Ils avaient l'air d'oublier qu'elle était, une fois de plus, la dernière à être au courant des bruits de couloir.

— Si seulement on nous changeait de tranche horaire, comme je ne cesse de le réclamer. Comment voulez-vous concurrencer le *Debbie Dee Show* ?

— C'est vrai que nous ne risquons pas de faire le poids face à des sujets comme « j'ai tourné des vidéos pornos pour sauver mon mariage », remarqua Suzie d'un air maussade.

Quelque part derrière le petit groupe monta un bruit de tonnerre, comme si le ciel lui-même compatissait à la mort annoncée de leur show bien-aimé.

Pas un nuage, pourtant, au-dessus de leurs têtes. Rien qu'un soleil insupportablement optimiste.

La Harley leur apparut alors au coin de la rue. Le motard, vêtu de cuir noir, coupa le moteur et se gara non loin d'eux.

Dans le silence enfin revenu, l'équipe échangea des regards catastrophés.

— Nous pourrions peut-être changer le ton de l'émission, suggéra Leo, le décorateur. Tu sais, quelque chose d'un peu plus… Il agita les mains d'un geste gracieux. Je ne sais pas moi… aventureux.

— Non, protesta Dimi. Les gens qui nous regardent s'attendent à un programme de qualité. Quelque chose de sérieux.

Et elle-même n'était-elle pas une fille assurément sérieuse ?

— Allez, plaida Ted, immédiatement gagné à la cause, si nous surfions sur la vague new-age ? La cuisine des naturistes, ce serait sympa…

L'air exagérément égrillard, il sourit à Suzie qui leva les yeux au ciel.

— Je ne te conseille pas de faire frire du bacon dans le plus simple appareil, remarqua Grace, toujours consciencieuse sur les questions de sécurité. Très très mauvaise idée !

— Ritchie n'est toujours pas arrivé, remarqua Suzie. Apparemment, ce serait vrai qu'il…

Baissant la voix, elle jeta un regard de conspirateur autour d'elle, comme pour s'assurer que personne de la direction ne pouvait l'entendre.

— On dit qu'il a été… *viré.*

Un concert de protestations se fit entendre.

— On dit aussi qu'un nouveau directeur des programmes aurait été désigné.

— Qui ? demanda l'équipe, dans un bel ensemble.

— Mitchell Knight.

Tout le monde, à l'exception de Dimi, qui n'en avait jamais entendu parler, se mit à grommeler.

— Ouh, c'est un vicieux, murmura Grace.

— Peut-être, mais il est splendide, s'extasia Leo. A tomber par terre.

— Ça ne l'empêche pas d'être intraitable en affaires, dit Ted, l'air abattu. Carrément impitoyable. Il adore virer les gens.

— C'est le genre liquidateur, expliqua Suzie, à l'attention d'une Dimi toujours aussi perplexe. Les sociétés de production comme la nôtre l'appellent quand une émission bat de l'aile. Il commence par faire tomber les têtes, puis il reprend tout à zéro.

— Il est pourri, je te dis, insista Ted. Pourri jusqu'à la moelle.

— C'est une fichue ordure, renchérit Grace. Et il paraît qu'il doit venir aujourd'hui.

— C'est tout à fait exact.

La voix très virile fit se retourner tout le groupe, qui découvrit le conducteur de la Harley. Sa haute stature semblait tout à coup les rabaisser au rang de fourmis, et ses lunettes d'aviateur aux verres miroir leur renvoyaient leur propre reflet pétrifié d'horreur.

Avec ses traits volontaires, son teint hâlé, sa bouche ferme et bien dessinée, ses cheveux d'ébène qui balayaient ses épaules, et son diamant à l'oreille, il ressemblait à un pirate, farouche et indomptable. Tout en lui était sombre, inquiétant comme un ciel d'orage.

En tant qu'homme, et en tant que supérieur hiérarchique, il semblait particulièrement… dangereux.

Fascinée, en proie à un étrange sentiment de noyade, Dimi ne pouvait en détacher les yeux. Elle avait l'impression qu'un poids la tirait vers le bas, vers un lieu profond et obscur, d'où toute évasion serait impossible.

Il se dégageait de lui une impression de force et d'assurance, et quelque chose aussi de résolument viril. Bizarre qu'elle y soit aussi sensible ! Elle n'avait jamais vraiment aimé ce genre rebelle et cynique. Et pourtant, il l'attirait indéniablement.

Dommage qu'elle ait justement renoncé aux hommes. Mais, comme le répétait Suzie, les hommes les plus beaux n'étaient pas forcément les meilleurs amants.

Devant leur mutisme, le motard agita la main.

— Vous dormez, ou quoi ?

Tout le monde, à l'exception de Dimi, recula de quelques pas, et le groupe se sépara, l'air vaguement fautif.

L'homme ôta lentement ses lunettes de soleil, et posa sur Dimi un regard sombre et profond comme la nuit. Son beau visage aux lignes dures avait quelque chose de menaçant qui fit frissonner la jeune femme.

— Mitch Knight, dit-il, avec un petit signe de tête. Votre nouveau directeur des programmes.

Puis il se tourna vers Ted.

— J'adore votre idée d'émission naturiste. Mais je crains que la commission de censure ne soit pas de mon avis.

Ted éclata de rire, avec un empressement quelque peu servile, et Dimi sentit la colère la gagner. Il n'y avait vraiment pas de quoi plaisanter.

— Et Ritchie ? demanda-t-elle d'un ton brusque. Que va-t-il devenir ?

Mitch reporta son attention sur elle, le visage glacé.

— Vous tenez réellement à le savoir ?

Probablement pas, décida-t-elle. Ritchie passait son temps à hurler, et à promener sur le plateau sa silhouette d'une corpulence considérable, mais avec lui au moins on était sûr de ne pas avoir de mauvaises surprises.

Son nouveau responsable glissa ses lunettes de soleil dans sa poche de poitrine, et se campa devant elle, jambes écartées, bras croisés, comme s'il possédait la Terre entière.

— J'imagine que la cuisine diététique californienne ne vous passionne pas, remarqua Dimi, d'une voix prudente.

— Ce qui me passionne, ce sont les points d'Audimat. Que savez-vous au sujet des parts de marché ?

La voix de Mitch était basse, autoritaire, et Dimi se tourna vers son équipe, quêtant du regard un signe d'encouragement. Peine perdue ! Ils s'étaient éparpillés comme une volée de moineaux effarouchés.

— Apparemment, pas grand-chose, reconnut-elle.

— C'est pire que je ne le craignais, soupira Mitch. Pour commencer, il va falloir redynamiser tout ça.

— Qu'est-ce à dire ?

— On pourrait essayer l'humour, dans un premier temps.

— Je ne donne pas dans ce genre-là.

— C'est pourtant bien ce que vous avez fait hier, en annonçant votre souhait de rester vieille fille.

Dimi sentit ses joues s'empourprer violemment.

— Vous avez dit « dans un premier temps ». A quoi d'autre pensez-vous ?

— Au sexe.

Il sembla à la jeune femme que ses yeux allaient lui sortir de la tête.

— *Je vous demande pardon ?*

— L'humour et l'érotisme, c'est ce qui vous manque.

Il n'arrivait pas souvent à Dimi de rester bouche bée, mais ce fut le cas, cette fois-ci.

— C'est ce qui me manque ?

Une lueur d'ironie passa dans les prunelles sombres de l'homme.

— Je faisais allusion à l'émission.

Et sur ces mots, il lui décocha un sourire dévastateur qui la laissa encore plus désemparée.

L'espèce de…

— Retrouvons-nous dans mon bureau à… Il jeta un œil à sa montre. Disons, 17 heures ?

Comme si elle avait le choix ! C'était un ordre, évidemment. Déguisé peut-être, mais un ordre quand même.

— Vous allez me licencier ?

Il leva un sourcil hautement réprobateur.

— Je n'ai pas pour habitude de parler affaires sur un parking.

Oh, bon sang ! Elle était cuite.

Chapitre 2

Indifférent aux têtes qui se tournaient sur son passage, Mitch traversa à grandes enjambées le couloir qui menait à son bureau. Il avait l'habitude de semer la terreur sur son passage et n'en éprouvait aucun état d'âme.

Ce n'était pas politiquement correct de martyriser son personnel ? Et alors ? La peur n'était-elle pas le meilleur des stimulants ?

Il n'allait pas se faire beaucoup d'amis. Cela tombait bien, il n'était pas là pour ça. Et puis, l'amitié, il n'avait jamais vraiment très bien su ce que cela voulait dire. Fils de militaire, il avait passé son enfance à déménager. Et qu'aurait-il fait d'un ami, quand il avait son frère ?

Depuis deux ans, Daniel n'était plus là. Mais pas question de sympathiser avec qui que ce soit. Il n'était dans la région que pour quelques semaines, le temps de remettre l'émission *Tous à table* sur les rails. Puis, il pourrait retourner en Californie.

Ou n'importe où ailleurs. Cela n'avait plus d'importance maintenant.

De toutes parts, les commentaires allaient bon train, et des bribes de conversation lui parvinrent.

— Il a l'air redoutable, murmura une secrétaire à sa collègue.

— Ouais, mais tellement sexy, répliqua cette dernière.

Mitch retint un sourire. Redoutable et sexy. Pas mal, pour un premier jour ! Il avait entendu bien pire.

Dommage qu'il ne lui reste que quelques minutes avant son rendez-vous avec Dimi Anderson. Il aurait volontiers houspillé quelques tire-au-flanc. Mais, à en juger par ce qu'il avait vu d'elle, il était prêt à parier… Eh oui, elle était déjà là, campée devant la porte de son bureau, arborant l'air effaré et pitoyable d'un agneau avant le sacrifice. Pauvre petite chose ! Evidemment, elle était en avance. Le contraire aurait été inconcevable pour un bourreau de travail comme elle.

Et comme elle semblait sérieuse ! Personne ne lui avait donc dit qu'il fallait profiter de chaque instant comme s'il s'agissait du dernier ?

Il n'y avait pas que le travail dans la vie. Loin de là. Il en avait pris conscience de la plus cruelle des façons après le décès de Daniel. Depuis, il s'était juré de faire passer le plaisir avant toute chose. Et Dieu sait qu'il ne s'en privait pas.

Ce qui ne l'empêchait nullement de rester le meilleur dans son domaine. Et, pour le moment, il avait une décision cruciale à prendre. Devait-il se séparer de la jeune femme pour donner à l'émission un ton nouveau ?

L'observant à la dérobée, il constata qu'elle était plutôt jolie. Grande, blonde, tout en courbes voluptueuses, elle possédait incontestablement des atouts que n'aurait pas reniés une pin-up des années 1950. Même si, dans cette jupe trop longue et cette veste de tailleur trop épaulée, elle était tout sauf sexy. Sans compter qu'elle n'avait pas une once d'humour. Elle était peut-être une excellente cuisinière, mais son émission était assommante.

Il allait y avoir du travail pour changer tout ça !

Mitch s'en sentait évidemment capable. N'était-il pas le spécialiste des cas désespérés ? Le tout était de savoir s'il en avait vraiment envie.

Dans un geste de désarroi, Dimi porta soudain les mains à son visage.

— Mon Dieu, et s'il me licencie ? murmura-t-elle.

Presque aussitôt, elle releva la tête.

— Eh bien, je trouverai un autre job.

Elle leva la main, prête à frapper à la porte, laissa échapper un petit gémissement, et appuya le front contre le panneau de bois.

— Je ne sais rien faire à part cuisiner.

Fasciné par cette démonstration de panique, et plutôt amusé, Mitch prit appui contre le mur d'en face, pour mieux profiter du spectacle.

— Je pourrais travailler dans un restaurant.

Elle eut un lourd soupir.

— Ou alors, me marier.

— Et renoncer à votre vœu de chasteté, remarqua Mitch.

Dimi poussa un cri de surprise et fit volte-face, en portant une main à son cœur. Lorsqu'elle le découvrit, ses yeux s'étrécirent de colère.

— Vous écoutiez aux portes ! s'exclama-t-elle, d'un ton accusateur.

— Apparemment, vous aviez beaucoup de choses à lui dire. J'espère au moins qu'elle a été de bon conseil.

La jeune femme ne daigna même pas sourire. C'était bien ce qu'il pensait : aucun humour ! Il allait falloir qu'elle fasse de gros efforts si elle voulait rester.

— Ecoutez, si vous voulez me virer, je préfère le savoir tout de suite.

— Vous voulez dire, à la seconde ?

— Oui.

— Dans ce couloir, où des dizaines de personnes tendent discrètement l'oreille pour savoir ce qui va vous arriver ? dit-il à haute et intelligible voix.

Une soudaine effervescence agita les lieux, avant que chacun ne regagne ses occupations.

— S'ils se cachent, c'est parce qu'ils sont inquiets, expliqua Dimi. Ils n'ont pas l'habitude des gens comme vous.

— Qu'entendez-vous par là ?

— Disons que Ritchie avait une approche différente…

— C'est ce qu'il me semble aussi.

— Non, ce que je veux dire…

Elle le jaugea d'un regard presque désobligeant, et il songea qu'il avait imaginé la lueur d'intérêt dans ses yeux lorsqu'il s'était présenté sur le parking.

— Ritchie portait des jeans. Tous les jours. Lorsqu'il voulait avoir l'air habillé, il rentrait son T-shirt dans la ceinture de son pantalon. Et, compte tenu du fait qu'il manquait s'évanouir au moindre bobo, je suis prête à jurer qu'il ne portait aucun piercing.

— Ce n'est qu'une boucle d'oreille.

Elle le toisa de nouveau, et il se retint de rire devant

son air pincé. D'ordinaire, les femmes le jugeaient irrésistible. Il en connaissait même beaucoup qui n'auraient pas répugné à quelques faveurs pour conserver leur poste. Mais Dimi n'était à l'évidence pas ce genre de femme.

Il s'approcha d'elle, de ses cheveux blonds, souples et brillants comme de la soie, de son parfum étrangement envoûtant, de sa voluptueuse silhouette…

Bon sang ! Tout cela était diablement excitant.

Il ouvrit la porte du bureau, et lui fit signe d'entrer.

— A vous l'honneur. Je recevrai nos espions amateurs un peu plus tard.

— La première à monter sur l'échafaud ? Quelle chance !

Il écarquilla les yeux avec exagération, feignant la plus grande des surprises.

— Ne serait-ce pas un mot d'esprit ?

Elle passa devant lui, les épaules raides, la tête droite, et il se retint d'éclater de rire.

— Attendez ! Sortez-moi une autre plaisanterie de ce genre, et vous pourrez garder l'émission.

Elle fit brusquement volte-face, les yeux brillant d'espoir, avant de se rendre compte qu'il se moquait d'elle.

Une expression sérieuse et mesurée se peignit de nouveau sur son visage, et Mitch en éprouva une étrange culpabilité.

Intéressant. Il avait fait bien plus grave que ce genre de plaisanterie, et sans en éprouver le moindre remords. Pourquoi alors éprouvait-il un tel besoin de s'excuser ?

— Je vous en prie, dit-il en désignant un siège, asseyez-vous.

Elle prit place dans l'un des profonds fauteuils de cuir qui faisaient face au bureau, et Mitch nota avec une joie mauvaise qu'elle se crispa lorsqu'il s'assit à côté d'elle.

— Bon, ne perdons pas de temps, dit-il, d'un ton cassant. Nous avons deux problèmes. Ou, plutôt trois, en vous comptant.

Les yeux de la jeune femme lancèrent des éclairs meurtriers, mais elle garda le silence.

La capacité à se contrôler. Il aimait ça. Mais cela ne l'empêchait pas de conserver quelques doutes à son égard.

— Pour commencer, l'émission est beaucoup trop collet monté. Comme je vous l'ai dit, il nous faut de l'humour. Et il nous faut du sexe, Dimi.

— Pourriez-vous cesser de répéter cela ?

— Quoi donc ? demanda-t-il, d'un ton parfaitement innocent.

— Ecoutez, c'est une émission gastronomique. Je ne suis pas sûre que l'humour et… et le…

— Sexe ? suggéra-t-il, d'un ton ironique. C'est le mot que vous cherchez ?

Dimi croisa posément les mains sur ses genoux, parvenant à se donner un air d'institutrice sévère, en dépit de sa silhouette de rêve.

— Quoi qu'il en soit, nous n'avons pas besoin de cela. Si c'est vraiment ce que les gens recherchent, il y a l'émission de Debra Dee.

— Mais je ne veux pas qu'ils se tournent vers la concurrence. Je veux qu'ils trouvent ça chez vous.

Dimi se leva brusquement, et marcha jusqu'à la fenêtre.

— En quoi cela vous pose-t-il un tel problème ?

Le regard fixé sur la vitre, elle haussa les épaules.

— Je ne sais pas comment être drôle, ou sexy.

— Et alors ? Vous pouvez toujours apprendre.

Elle se retourna, et fut étonnée de se retrouver nez à nez avec Mitch.

— De quelle façon ?

— Je pourrais m'en occuper.

— Vous ? Dieu m'en préserve !

— Et pourquoi pas ? Je suis un excellent professeur, vous savez.

Elle rejeta la tête en arrière et contempla un instant le plafond.

— Génial ! Je suis tellement pitoyable qu'il me faut des leçons pour devenir une vraie femme.

Elle sentit le regard de Mitch se poser sur elle, s'attarder avec insistance sur ses courbes.

— Je n'ai jamais prétendu que vous n'étiez pas une vraie femme, Dimi, dit-il d'une voix plus rauque qu'il ne l'aurait voulu.

La jeune présentatrice se crispa aussitôt.

— Essayeriez-vous de flirter avec moi ?

— Je ne flirte jamais avec mes employées, répliqua-t-il aussitôt. Alors, acceptez-vous mon aide, ou non ?

— Si je refuse, je suppose que vous allez me renvoyer ?

— Vous êtes vraiment obsédée par cette histoire de licenciement !

Comme elle continuait à l'observer, le regard empli de crainte et d'espoir mêlés, cherchant à deviner quel sort il lui réservait, Mitch laissa échapper un soupir.

— Honnêtement, ce serait dommage de vous perdre. Vous, un génie de la cuisine. Votre voix est très agréable et, sous ces vêtements informes, je suis sûr que vous avez tous les atouts nécessaires.

En retour, il reçut un regard scandalisé qui le fit éclater de rire.

— Tout ce qui vous manque, c'est le moteur.

— Le moteur ?

— Il faut viser haut, Dimi, décrocher les étoiles. Je veux de l'énergie, du dynamisme. Je veux que vous soyez pétillante comme du champagne. En un mot, vivante.

— Vivante, répéta-t-elle, d'un air pincé. Je vois.

— Et ensorceleuse. Sexy. Vous voyez de quoi je parle ? Je veux des décolletés, et — mais oui, allez-y, levez les yeux au ciel en grommelant. Je regrette, mais les décolletés, ça fait vendre. Et je veux que votre corps parle, que chacun de vos gestes respire la sensualité. Essayez de balancer les hanches en marchant. Vous vous déplacez comme un soldat qui aurait avalé son sabre.

— Balancer les…

La jeune femme hocha la tête d'un air horrifié.

— Il n'en est pas question ! Je n'ai jamais fait ça de ma vie.

— Je m'en doute bien. Mais, il est temps de vous y mettre.

— Et, il n'est pas question que je montre mes seins.

Comme il haussait un sourcil, Dimi redressa le menton avec tellement d'emphase qu'il n'eût pas été surpris de la voir basculer en arrière.

— De toute façon, à quoi ça servirait ? Je ne vais pas faire du charme à la caméra. Ce genre de procédé fonctionne quand il y a un échange entre deux présentateurs, une mise en scène…

— Justement, je ne vous ai pas tout dit.

L'air moqueur, il fit le geste d'ôter un chapeau, et lui offrit un salut des plus théâtral.

— J'ai l'honneur de vous présenter votre nouveau coéquipier.

— Vous plaisantez ?

— Pas le moins du monde.

— Je n'ai besoin de personne pour présenter mon émission.

— Oh, que si !

— Et si je refuse ?

Il se contenta de lui adresser un regard éloquent.

— C'est votre offre, ou c'est la porte ? J'ai bien compris.

Devant la mine consternée de Dimi, Mitch éprouva un vague embarras qu'il s'empressa de chasser de son esprit. Ce n'était qu'un job comme un autre. Il allait remettre l'émission sur les rails et passer à autre chose, en ne laissant rien derrière lui qui lui donne envie de se retourner.

— Mon offre, ou la porte, confirma-t-il posément.

Dimi sortit du bureau en état de choc.

Balancer les hanches, porter des décolletés. Miséricorde ! Elle allait étouffer. Il lui fallait un bon bol d'air frais. Tout de suite.

Quelques minutes plus tard, elle se retrouvait sur le parking, à faire les cent pas, quand elle entendit qu'on la hélait.

— Psst.

Surprise, elle tourna la tête de tous côtés, et ne vit rien d'autre qu'une rangée de voitures bien alignées.

— Par ici !

Elle fit volte-face, et découvrit son équipe installée à l'arrière de l'énorme pick-up rouge de Ted. Assis en rond, sirotant un gobelet de café, ils semblaient tenir un conseil de guerre.

— Alors, s'exclama Leo. Que s'est-il passé ? Tu es restée tellement longtemps dans son bureau, que je finissais par me demander si tu n'avais pas succombé au charme de ses beaux yeux noirs.

— Aurais-tu par hasard loupé l'émission où j'ai annoncé que je renonçais aux hommes ?

Tandis que tout le monde se mettait à parler en même temps, Dimi prit le gobelet des mains de Suzie, et prit le temps d'avaler plusieurs gorgées de café bien sucré. Si seulement elle était chez elle ! Elle aurait pu courir chez sa sœur et lui chiper un paquet de chips. Géant. Goût pizza. Elle avait désespérément besoin de nourriture bien calorique.

— C'est la catastrophe, se décida-t-elle à avouer.

— Il t'a virée ? murmura Suzie. J'en étais sûre, on va tous devoir pointer au chômage.

— Pire que ça ! murmura Dimi.

Elle prit une dernière gorgée de café avant d'affronter bravement son équipe.

— Il veut complètement changer le ton de l'émission. La rendre plus…

— Quoi ? s'écria le groupe, d'une même voix.

— Drôle.

— Ça, on le savait, remarqua Suzie. Ce n'est pas bien grave.

— S'il n'y avait que ça ! Mais il veut aussi plus de…

— Mais quoi ? s'écria Suzie, excédée. Tu vas cracher le morceau, oui ou non ?

— Sexe, murmura Dimi, les lèvres contre le rebord

du gobelet. Il veut que je sois souriante, que je plaisante, et que je fasse du charme aux téléspectateurs.

— Et c'est tout ? demanda Leo. Tu m'as fait peur.

— C'est plutôt facile, remarqua Ted.

— Pas du tout ! protesta Dimi. Il veut que je porte des décolletés, et que je balance… Elle baissa les yeux, s'empourpra légèrement. Disons que je dois aussi changer ma démarche.

Chacun la dévisagea avec stupéfaction, puis une vague de rire s'empara de l'équipe, si forte que le plateau du pick-up se mit à tanguer.

Dimi se croisa les bras et attendit, l'air pincé, que le calme revienne.

— Je ne vois vraiment pas ce qu'il y a de si amusant ! On voit bien que ce n'est pas l'un d'entre vous qui va devoir…

— Onduler ? Suzie s'assena une claque sur le genou, tout en s'esclaffant bruyamment. Oh, c'est trop drôle ! conclut-elle.

— Ah, tu trouves ? Eh bien, attends, le meilleur reste à venir. Il veut s'occuper personnellement de moi. Et si vous croyez que je vais accepter de prendre des leçons d'humour et de sensualité avec ce Mitchell Knight…

— Quoi ? l'interrompit Grace. L'homme le plus torride de la planète veut t'apprendre à devenir sexy ? Oh, mince, alors ! Elle s'éventa de la main, mimant un évanouissement imminent. Tu ne voudrais pas changer de job avec moi ?

— Ce n'est pas toi qui le traitais de vicieux, et de fichue ordure ? lui demanda Dimi.

— Je disais ça sur le plan professionnel, se défendit

Grace. Mais reconnais qu'il est craquant. Tu as vu ses yeux ? Sombres, intenses… Elle fit mine de frissonner. On ne doit pas s'ennuyer avec ce type-là.

— Grace a raison, approuva Suzie. Tu pourrais facilement arranger les choses, si tu voulais.

— C'est-à-dire ?

— Il est beau, intelligent, fortuné… C'est plutôt un bon début.

— Je vois très bien où tu veux en venir, mais c'est non. Je ne veux plus entendre parler des hommes.

— Il pourrait t'apprendre beaucoup de choses, remarqua Grace. Hou… rien que d'y penser, j'en ai les genoux qui tremblent. Je me demande s'il déploie autant de talent à faire l'amour qu'à tyranniser son personnel.

— Ça, c'est une bonne question, décida Suzie. Tu pourrais la lui poser pour nous. Et tu pourrais aussi lui demander s'il a prévu une augmentation pour l'équipe.

— Pendant que tu y es, intervint Leo, demande-lui s'il a des amis aussi mignons que lui à me présenter.

— Mais naturellement ! Et je pourrais aussi lui demander s'il se doute que je travaille avec des fous.

— Pas de problème ! La voix basse et rauque, et déjà beaucoup trop familière, venait de s'élever juste derrière elle. Posez-moi toutes les questions que vous voulez.

Zut, zut et *ZUT !* Elle se retourna lentement, en priant pour avoir rêvé. Mais il était là, appuyé contre l'aile d'une voiture, avec ce corps magnifique, cette aura de sensualité animale.

— C'est là que vous vous réunissez habituellement pour parler de votre nouvelle direction ?

— Euh, c'est-à-dire que nous n'avons pas eu de nouveau boss depuis longtemps, remarqua Leo, en sautant à bas de la plate-forme.

Un par un, ses collaborateurs abandonnèrent la jeune femme, fuyant comme des souris terrifiées par un énorme chat.

Mitch l'observa un moment en silence, le regard sombre et indéchiffrable.

— Les réponses sont : oui, non et oui.

— Pardon ?

— Oui, votre équipe sera augmentée si nous atteignons nos objectifs. Non, je n'ai pas d'amis gays à présenter à Leo. Et, oui, je réalise que tout le monde est cinglé dans cette équipe.

Il fit quelques pas vers elle, se rapprochant jusqu'à la toucher. Le vent s'engouffra dans la chevelure de la jeune femme, et une mèche blonde lui effleura le visage, provoquant en lui un étrange frisson. Il la saisit entre ses doigts, joua un instant avec, et la plaqua derrière l'oreille de Dimi.

— Et, pour finir : oui, murmura-t-il. Définitivement oui. J'adore faire l'amour.

Le regard affolé, Dimi fit un effort visible pour avaler sa salive.

— Voilà l'expression que vous devrez avoir demain durant l'émission, dit-il, d'une voix tellement sensuelle qu'elle sentit les picotements dans son estomac s'aggraver. Un peu agitée, un peu rougissante… En attente de quelque chose. Comme si votre amant était devant vous, et que vous aviez terriblement envie de lui.

Bonté divine ! Grace avait raison. Il était vraiment l'homme le plus torride de la planète, et il la regardait comme s'il n'allait faire qu'une bouchée d'elle.

— Je ne suis pas capable de faire ça.

— Mais si !

Dimi réfléchit très vite aux enjeux de cette discussion. Elle voulait garder ce job. C'était toute sa vie. Cela ne méritait-il pas quelques sacrifices ?

Elle se redressa de toute sa hauteur, s'assura que ses genoux ne tremblaient plus, et fit un pas en arrière.

— Très bien. Je suis prête à faire ce qu'il faut pour sauver l'émission.

— Vous m'en voyez ravi. Mais, puis-je vous demander comment vous comptez vous y prendre ?

— En… souriant ?

— Aussi charmant que puisse être votre sourire — ce dont je ne peux pas juger puisque vous vous obstinez à me faire la tête — je doute que cela suffise.

— Je ferai le reste aussi.

— Quel reste ?

Il voulait absolument le lui faire dire, cette espèce de…

— Je serai plus sexy. *Que le diable l'emporte !* Mais, entendons-nous bien, uniquement durant l'émission.

Il se contenta de sourire.

— Le reste du temps, je serai moi.

Le sourire de Mitch s'élargit.

— Je n'en attendais pas moins de votre part.

Non seulement elle allait s'en tenir strictement à ce qu'elle venait de dire, mais elle ferait tout pour éviter cet insupportable personnage. A compter de maintenant.

— Je ne vois pas ce qui vous fait rire, s'offusqua-t-elle.

— Moi si. Refaites-moi ce regard durant l'émission, et nous en ferons un succès.

— Quel genre de regard ?

— Celui qui me crie : « J'ai envie de toi, maintenant. Tout de suite. »

Chapitre 3

Le lendemain matin, Dimi contemplait avec angoisse le contenu de sa garde-robe, tout en étudiant ses fiches pour l'émission, lorsque Cami entra dans la loge.

Sa sœur jumelle contempla d'un air surpris le chemisier de coton boutonné jusqu'au cou, et hocha la tête.

— Je croyais que tu devais être sexy, remarqua-t-elle, en s'approchant pour déboutonner les deux premiers boutons. Voilà, c'est un peu mieux. Redresse-toi.

— Il faut que je relise ces notes. Nous allons expliquer toutes les astuces pour réussir son barbecue, et…

— Tiens-toi droite !

Dimi soupira et se redressa. Il n'y avait pas moyen de se débarrasser de Cami avant qu'elle ait eu le dernier mot. Quel qu'il soit.

— Enlève-moi ces mocassins. Il te faut des talons.

— C'est trop inconfortable.

— Peut-être, mais ça t'aidera à onduler des hanches.

Le sourire aux lèvres, Cami se mit à fouiller dans la penderie.

— Je n'arrive pas à croire que tu te sois laissé entraîner dans cette histoire.

— Figure-toi qu'il y a certaines petites choses dont je ne peux pas me passer. La nourriture, par exemple.

— Et voilà !

D'un geste triomphal, Cami brandit une paire d'escarpins à talons aiguilles.

— Ils feront tout à fait l'affaire. Fais quand même attention de ne pas te casser une cheville. Et ce nouveau patron, à quoi ressemble-t-il ?

— Oh non ! s'écria Dimi, pas dupe un seul instant du ton détaché de sa jumelle. Il n'est pas question que tu le rencontres.

— Maquillage ! cria Suzie, derrière la porte.

Et sans attendre d'y être invitée, elle pénétra dans la loge comme une tornade, accompagnée de la maquilleuse attitrée de Dimi.

— N'hésite pas à mettre le paquet, dit-elle à Lucy. Rouge ultra vif et eye-liner. Ooh ! Géniales, les chaussures.

— Tu vois ? se rengorgea Cami. Je te l'avais dit.

Dimi laissa échapper un soupir résigné, et assena une petite tape sur la main de Suzie, quand cette dernière voulut déboutonner un troisième bouton de son chemisier. Puis elle s'assit et se laissa bien sagement maquiller. Mais, derrière son apparence impassible, elle avait le plus grand mal à contrôler les battements désordonnés de son cœur. Pour la première fois depuis qu'elle présentait l'émission, elle avait le trac.

A cause de Mitch.

Lucy reposa ses pinceaux et, avant que Dimi n'ait eu le temps de protester, défit le troisième bouton.

— Parfait ! approuva Suzie, en arrachant Dimi à son siège. Et maintenant, ma petite, allons nous trémousser.

Tandis qu'elle traversait des kilomètres de couloirs pour gagner le plateau, Dimi continuait à négocier en son for intérieur la question du bouton numéro trois.

Un bouton ouvert, ça pouvait aller. Deux boutons… Eh bien, disons que cela pouvait être considéré comme sexy.

Mais trois, combiné avec les talons aiguilles et le rouge à lèvres écarlate…

Un long sifflement approbateur s'éleva quand elle franchit la porte du studio, puis des applaudissements crépitèrent pour saluer sa transformation.

— Oh, ça suffit ! grommela-t-elle.

Traînant dans son sillage Lucy, toujours prête à traquer à grands renforts de poudre la moindre trace de moiteur sur son visage, et Suzie, son sempiternel bloc-notes calé sous le bras, elle alla rejoindre sa place sous le feu aveuglant des projecteurs.

Les deux jeunes femmes exultaient littéralement, prenant pour elles les marques d'approbation, comme si c'était elles qui avaient tout fait.

Ce qui était évidemment le cas.

Indifférente à l'attention dont elle était l'objet, Dimi relut une dernière fois ses fiches. Et ce fut d'un geste machinal qu'elle assena une petite tape sur les doigts qui se crispaient de nouveau sur le bouton de son chemisier.

Une large main hâlée, puissante, chaude, et incontestablement masculine emprisonna la sienne, et elle releva les yeux.

— Vous savez, je commence à en avoir assez que tout le monde tripote mon décolleté, remarqua-t-elle, en s'efforçant de ne pas faiblir sous le regard ironique de Mitch.

— Je voulais juste…

— Ecoutez, je porte déjà le rouge à lèvres. Vous voyez ?

Elle fit une petite moue et, indifférente à la lueur brûlante qui s'allumait dans les yeux de Mitch, enfonça son talon aiguille sur le dessus de sa botte.

— Et j'ai aussi les chaussures. Mais je vous préviens que si je tombe et que je me casse quelque chose, je vous assigne en justice. Et pour ce qui est du bouton, je vous conseille de l'oublier. J'en ai déjà assez fait comme ça.

— Il vous manque pourtant quelque chose.

Ils étaient si proches que leurs visages se touchaient presque, et elle découvrit que les yeux de Mitch n'étaient pas noirs, comme tout le monde le croyait, mais d'un gris très sombre. La lumière des projecteurs y allumait des reflets bleutés qui ne les rendaient que plus troublants. Et plus d'une femme aurait été capable de tuer pour posséder de tels cils, incroyablement longs et fournis. Quel gâchis d'en avoir doté un homme !

— Quoi ? demanda-t-elle, sans aménité. Quelle autre torture m'avez-vous préparée qui soit pire que ces chaussures ?

— Une torture ? Pauvre chou, ça doit être vraiment très dur, en effet, de tourner la tête de tous les hommes.

— C'est tout ce que je déteste, siffla-t-elle entre ses dents serrées.

— Je m'en doutais. Mais il va falloir faire un effort. Sourire, par exemple.

Avec une douceur insoupçonnable chez un homme aussi fort, il lui prit le visage dans les mains et, du bout des pouces, lui releva le coin des lèvres.

— Essayez, l'encouragea-t-il. Ce n'est pas si difficile.

Elle grimaça un sourire. Ou, pour être plus exact, elle lui montra ses dents.

— Je crois que vous allez devoir vous entraîner un peu, constata Mitch, en reculant de quelques pas.

— Si vous y tenez.

Etait-il possible qu'elle s'en sorte aussi facilement ? Peut-être avait-il renoncé à présenter l'émission avec elle.

— Si vous n'avez plus rien à ajouter, vous pouvez peut-me laisser me concentrer, suggéra-t-elle.

— C'est-à-dire que…

Il la détailla longuement, et Dimi eut l'impression que sa peau s'enflammait partout où se posaient ses yeux.

— Pour un début, ça peut aller. Mais, demain, c'est moi qui choisirai votre tenue.

— Mais…

— Voilà que vous perdez votre sourire. Vous vous souvenez de ce que j'ai dit ? Chaleureuse, gaie, pétillante.

— Je me souviens, grommela-t-elle.

— Brave petite, dit-il, comme si elle n'était rien d'autre qu'un animal de compagnie obéissant. En route ! cria-t-il à l'équipe, tandis qu'il prenait place devant le comptoir.

Il claqua des doigts en direction du réalisateur, qui claqua des doigts à l'attention de son assistante, laquelle se rua dans le champ pour accrocher un micro au T-shirt de Mitch.

Apparemment, il restait.

Il prit alors la main de Dimi, et lui fit faire le tour du comptoir pour venir se placer à côté de lui.

— Mais, je commence toujours derrière. J'attaque directement avec la recette…

— Ça fait trop guindé, affirma Mitch, en l'attirant près de lui. Mettez-vous là, et n'oubliez pas…

Elle lui adressa un simulacre de sourire.

— Encore un effort, et vous y serez, murmura-t-il, tandis que le réalisateur entamait le compte à rebours.

— *Dix secondes !*

— Oh, et à propos de vos boutons…

Mitch leva une main vers elle, et Dimi lui adressa un regard d'avertissement.

— Ce que j'essayais de vous dire…

— Gardez-le pour vous.

— *Cinq* !

Elle porta les mains à ses oreilles. Ce n'était peut-être pas un geste très adulte, mais c'était comme ça.

— *Trois, deux… ça tourne !*

Depuis deux ans, Dimi avait toujours commencé l'émission de la même façon, et elle décida de ne rien changer.

— Bonjour à tous, bienvenue dans notre émission *Tous à table*. Aujourd'hui, nous…

Elle s'interrompit brusquement, alertée par les gestes de Suzie, qui désignait son décolleté.

Baissant la tête, elle découvrit avec horreur qu'elle offrait à la Terre entière — non, pardon, aux trois derniers téléspectateurs qu'il lui restait — une vue imprenable sur son soutien-gorge.

— J'ai essayé de vous prévenir, murmura Mitch.

Le gifler en direct ne serait pas du meilleur effet, songea Dimi, tout en portant une main à sa poitrine. Puis, une deuxième pensée la traversa : combien de temps allait-elle pouvoir rester ainsi sans avoir l'air d'une idiote ?

— Aujourd'hui, nous allons donc apprendre toutes les techniques pour réussir son barbecue.

— Mais avant, intervint Mitch, en se déplaçant légèrement pour obliger la caméra à le suivre, nous allons réaliser une délicieuse tarte aux cerises.

Hors-champ, Dimi se hâta de reboutonner son chemisier, puis l'information fit son chemin. Que venait-il encore d'inventer ?

— Eh bien, dit-elle en rejoignant Mitch. En voilà une surprise !

— N'est-ce pas ?

Les mains dans les poches de son pantalon, il semblait parfaitement à l'aise et, dans l'écran de contrôle, Dimi put vérifier combien son charme était encore rehaussé par la caméra.

— Bonjour, dit-il, avec un air angélique qui n'allait pas manquer de faire des ravages dans les foyers. Je suis Mitch Knight, le nouvel assistant de Dimi. Non qu'elle ait besoin d'aide pour la cuisine, mais…

Il adressa à la caméra un sourire absolument dévastateur.

— Après sa déclaration fracassante d'hier, je n'ai pas pu m'empêcher de venir vérifier si elle avait vraiment renoncé aux hommes. Alors, Dimi, dites-nous tout.

Tandis qu'elle faisait appel à toute sa volonté pour garder son calme, la jeune femme remarqua avec quelle justesse Mitch jouait son rôle. Il aurait dû avoir l'air ridicule dans une cuisine, avec cette carrure démesurée, cet air de voyou. Mais il était tout simplement irrésistible. Ses cheveux noirs prenaient des reflets bleutés dans la lumière, et une mèche rebelle tombait sur son front. Sa boucle d'oreille en diamant étincelait de mille feux. Son

T-shirt gris clair révélait la musculature puissante de son torse et de ses épaules, et son pantalon anthracite épousait son corps d'une façon qui devait faire saliver la ménagère de moins de cinquante ans. Mais, le pire, c'était son sourire. Un sourire carnassier, tellement sensuel et fascinant qu'il en arriverait probablement à persuader une religieuse de renoncer à son vœu de chasteté.

— Et si vous nous parliez plutôt de cette tarte aux cerises, suggéra-t-elle, d'une voix légèrement essoufflée. Je suppose que vous avez une recette sous la main.

— Toujours prêt, c'est ma devise, dit-il, avec un petit clin d'œil.

— Eh bien, mettons-nous au travail !

Elle se souvint qu'elle devait sourire, et retroussa le coin de ses lèvres. Juste ce qu'il fallait.

Mitch n'avait pas ce genre de problème. Le visage radieux, il désigna le réfrigérateur d'un signe de tête, et Dimi lui emboîta le pas, les yeux fixés sur…

Oh, mon Dieu ! Elle regardait ses fesses.

Et tout le monde avait dû le remarquer.

Relevant la tête, elle vit qu'il lui souriait par-dessus son épaule. « Trémousse-toi, bébé », semblaient lui dire ses yeux, pétillant d'ironie.

Et comment faire autrement avec ces ridicules talons aiguilles ?

Un à un, Mitch lui tendit les ingrédients, tout en parlant de tout et de rien. De la météo, du dernier match des Giants, et Dimi fit de son mieux pour soutenir la conversation.

— Maintenant, nous allons mesurer le sucre, annonça-t-il.

Pour ce faire, il dut contourner la jeune femme et, l'air de rien, il en profita pour lui effleurer la taille. Le vertige qu'elle éprouvait depuis le début de l'émission atteignit son comble. Les pointes durcies de ses seins subissaient le frottement agaçant de son chemisier, et un réseau de feu déroulait dans son ventre ses spirales. Ce tumulte de sensations était vraiment hors de proportions avec un geste aussi anodin, et Dimi accueillit avec soulagement la pause de publicité. Elle n'aurait pas pu donner le change une seconde de plus.

— A quoi jouez-vous ? s'exclama-t-elle, vibrante de contrariété, de gêne, de… Elle n'était pas sûre de ce qu'elle éprouvait d'autre, mais il s'agissait forcément de colère. Vous êtes en train de prendre le contrôle de l'émission.

— Rien ne vous empêche de parler, au lieu de rester derrière moi à baver d'envie en regardant mes fesses.

— Non mais, vous perdez la tête ?

Pas le moins du monde impressionné par son expression outrée, Mitch éclata de rire.

— Continuez à me regarder comme ça. J'adore. Venez, on va vérifier les appels.

— Personne ne téléphone jamais durant cette émission.

— Ah, non ?

Ils n'eurent pas le temps de quitter le plateau que Suzie se précipitait vers eux, les yeux brillant d'excitation.

— Le standard va exploser. Mitch, continuez à vous moquer d'elle, ils adorent. Et ils sont fous de ses efforts désespérés pour avoir l'air sexy.

— Comment ça, désespérés ? protesta faiblement Dimi.

— Ils adorent te voir rougir chaque fois que Mitch te regarde. Et ils ont beaucoup apprécié le coup du soutien-gorge.

— Ça suffit, marmonna Dimi. Qu'on m'apporte un gilet !

— Pour quoi faire ? s'étonna Mitch.

— Figurez-vous que j'ai froid.

— Ça m'étonnerait. Vous êtes toute rouge, et vous avez le visage qui brille.

Comme par enchantement, Lucy surgit pour la repoudrer.

— Suzie, va me chercher un gilet.

— *Vingt secondes ! Tout le monde en place.*

— Trop tard, chantonna Suzie, visiblement ravie du tour que prenaient les événements.

Mitch tendit galamment le bras à Dimi, qui le refusa, et se mit à trottiner sur ses talons trop hauts. Manquant trébucher sur un câble, elle laissa échapper quelques jurons bien sentis, et Mitch dut prendre sur lui pour ne pas rire.

Finalement, cette mission se révélait beaucoup plus amusante qu'il ne l'aurait pensé.

— *Cinq secondes !*

Il reprit place derrière le comptoir, et poussa du coude sa coprésentatrice, qui arborait une mine renfrognée.

— Souriez !

— Nous ne sommes pas à l'antenne, je vous signale.

— *Trois, deux…*

Le réalisateur fit un signe de l'index, et Mitch reprit où ils en étaient restés, en s'arrangeant pour toucher Dimi chaque fois que cela était possible.

L'émission se déroula sans embûche, jusqu'au moment où Mitch retira la tarte du four. Après l'avoir posée sur le comptoir, il se dirigea de sa démarche la plus sensuelle vers le réfrigérateur, et en sortit une bombe de crème Chantilly.

— Et maintenant…, dit-il avec une mimique suggestive.

Laissant sa phrase en suspens, il revint vers Dimi, qui se figea.

— Qu'allez-vous faire avec ça ?

Comme il se contentait de lui sourire, de son air le plus lascif, elle fit un pas en arrière.

— Mitch ?

— C'est moi, répondit-il, en agitant ostensiblement la bombe de crème Chantilly, conscient que les téléspectateurs devaient se délecter de cette scène.

— Qu'allez-vous faire avec ça ? répéta-t-elle, de plus en plus inquiète.

— A votre avis ?

Elle se mit à réfléchir à toute vitesse, puis un éclair de lucidité lui vint.

— Serait-ce pour la tarte ?

— Naturellement ! A quoi d'autre pensiez-vous ?

Dimi ne répondit rien, mais ses yeux lançaient des éclairs, et il sut qu'il ne couperait pas à une bonne dispute.

Et, bizarrement, il s'en réjouissait.

Chapitre 4

Tout en gardant un œil sur la circulation, assez dense à cette heure de la journée, Dimi ruminait encore.

Elle ne parvint à se calmer qu'en apercevant la surface bleutée du lac Donner, à peine ridée par quelques vagues que faisait danser une brise légère. La vue de l'eau avait toujours eu un effet apaisant sur ses nerfs, et elle adorait passer des heures à rêver au bord du lac.

D'ordinaire, elle se précipitait chez Cami pour lui emprunter de la nourriture ou un nouveau rouge à lèvres. Tous les prétextes étaient bons pour ne pas se retrouver seule chez elle. Elle détestait la solitude, ce qui expliquait pourquoi elle avait vécu si longtemps avec sa sœur. Puis, un beau jour, elles avaient décidé qu'elles devenaient trop dépendantes l'une de l'autre, et Dimi avait acheté une ancienne pension de famille des années 1900, à quelques mètres de chez Cami. Ce qui ne l'avait pas empêchée de passer le plus clair de son temps chez sa jumelle.

Mais, le mois dernier, Cami avait fait quelque chose d'inconcevable pour l'une comme pour l'autre : elle était tombée amoureuse. Depuis, elle voulait que la Terre entière connaisse le même bonheur. A commencer par

Dimi qu'elle ne cessait de harceler pour qu'elle trouve quelqu'un.

Mais il y avait si longtemps qu'elle cherchait l'homme de sa vie ! Elle n'avait plus envie de faire des efforts pour un résultat chaque fois plus décevant.

Persuadée que Tanner et Cami baignairnt à cet instant dans un écœurant bonheur quasi conjugal, Dimi passa sans s'arrêter devant chez sa sœur, et rentra chez elle.

La porte à peine ouverte, elle ôta ses escarpins qui la torturaient, et s'en voulut de ne pas avoir pensé à rapporter des restes de nourriture du studio.

Debout devant la fenêtre de la cuisine, elle observa un moment le lac et poussa un long soupir en réalisant qu'elle se sentait toujours aussi tendue.

Tout cela était la faute de Mitch, évidemment !

Elle avait plutôt bien pris l'épisode du soutien-gorge, elle avait accepté de se dandiner sur le plateau, pour le plus grand plaisir des téléspectateurs masculins. Elle avait même fait taire sa jalousie devant le nombre considérable d'appels réclamant que Mitch joue un plus grand rôle dans l'émission.

Mais l'épisode de la crème Chantilly… Alors là, il était vraiment allé trop loin.

Elle aurait sans doute pu éviter de tomber dans le piège. Si seulement il n'était pas doté de ces yeux incroyablement caressants, de cette bouche outrageusement sensuelle, et de ce sourire à couper le souffle.

Sa présence lui faisait perdre la tête. Et il le savait, ce diable d'homme. Il le savait et il s'en amusait.

Elle tourna l'interrupteur, déterminée à se concocter un dîner le plus calorique possible.

— Tu as faim ? demanda-t-elle à Brownie, qui pointait la tête hors de sa cabane.

Elle disposa quelques granulés dans le bol du hamster, qui les renifla d'un air dégoûté, avant de lever ses minuscules yeux noirs vers elle.

— Désolée, je n'ai pas pu aller piquer des chips chez Cami, aujourd'hui.

Brownie eut l'air de soupirer, puis elle alla se réfugier dans sa petite maison de rondins.

— Tu ne manges pas ? Pourtant, le vendeur de l'animalerie m'avait affirmé que tu aimerais cette variété.

Il y eut un bruit de remue-ménage, mais l'animal ne daigna pas se montrer.

— Je peux toujours te ramener là-bas, tu sais.

— Oh, bravo ! Je vois qu'on terrorise un pauvre petit animal sans défense.

La voix de sa jumelle la fit sursauter, mais Dimi se garda de la moindre remarque. D'abord, parce qu'elle pénétrait toujours chez Cami sans s'être annoncée, et surtout, parce que cette dernière tenait à la main un sac géant de chips goût pizza.

— Ouf ! se contenta-t-elle de dire.

Elle prit deux sodas dans le réfrigérateur, et un grand saladier, dans lequel elle versa tout le contenu du sachet, puis les deux sœurs se dirigèrent vers le salon.

— C'est toujours aussi vide ici, remarqua Cami, en s'asseyant à même le sol. Quand vas-tu te décider à acheter des meubles ?

La bouche pleine de chips, Dimi haussa les épaules.

— En plus, c'est vraiment moche. Tu devrais me laisser

refaire la décoration. Avec l'argent que tu gagnes, ce n'est pourtant pas un problème.

Dimi lécha ses doigts couverts de sel.

— Tu sais, je ne gagne pas si bien ma vie que ça. Et puis, je risque d'être renvoyée d'un jour à l'autre.

— Ça m'étonnerait, protesta Cami. J'ai vu ton émission, aujourd'hui. C'était formidable. Et ce Mitchell Knight, quel charisme !

— Tanner n'est pas jaloux de te voir baver devant un autre homme ?

— Il sait très bien qu'il n'a rien à craindre. Mais parlons plutôt de Mitch.

— Non.

— Tu ne sais même pas ce que je vais dire.

— Ça ne fait rien. La réponse est non quand même.

— C'est pourtant toi qui me faisais la leçon, il y a à peine un mois. « Laisse-lui au moins une chance, Cami », parodia-t-elle. Tu me disais que je m'arrangeais toujours pour saboter mes relations afin d'être bien sûre de ne jamais tomber amoureuse.

— Toi et moi, ce n'est pas la même chose, déclara Dimi, avant d'enfourner une énorme poignée de chips.

— En tout cas, je suis tombée amoureuse, et c'est merveilleux.

— Tout le monde ne rencontre pas l'amour.

— Je ne te parle pas forcément de bonheur conjugal. Et le bonheur des sens, qu'en dis-tu ?

Dimi éclata de rire.

— C'est sans doute très tentant, mais tu sembles oublier que j'ai renoncé aux hommes.

— Ce n'est pas une réponse ! Si ça se trouve, Mitch est l'homme de ta vie, et il est juste sous ton nez.

Dimi, qui venait d'avaler une gorgée de soda, manqua s'étouffer.

— Non, certainement pas ! Mitch ne peut en aucun cas être l'homme de ma vie.

— Et pourquoi pas ?

— Parce qu'il est… Parce que…

Bon sang, elle n'arrivait pas à mettre le doigt dessus.

— Dimi, il respire la sensualité. Que peux-tu attendre de mieux d'un homme ?

Dimi eut une grimace dubitative.

— Embrasse-le.

— Quoi ?

— Juste une fois.

— Sûrement pas !

Cami afficha un air de profond désappointement.

— De toute façon, je ne crois pas que je pourrais m'en sortir avec lui, admit sa sœur. Il est…

— Sexy.

— Beaucoup trop sexy !

— Tu es folle ? Ça n'existe pas d'être trop sexy.

— Non, je t'assure, répliqua Dimi d'un ton ferme. Si jamais je renonçais à ma politique de non-fréquentation masculine, ce que je me refuse à faire, je choisirais un gentil garçon sans histoire. Pas quelqu'un qui me fait les jambes en coton, merci bien.

Cami eut un petit sourire narquois.

— Tu as les jambes en coton quand tu es devant lui ?

— Ça suffit !

— Il faut que tu te lances.

— Et toi, il faut que tu rentres voir Tanner. Allez, vas-y !

Cami obtempéra, mais, une fois devant la porte, elle parut hésiter.

— Juste un petit baiser. Rien d'autre. Essaie de ne pas être aussi sérieuse, pour changer. Cela ne doit quand même pas être si compliqué.

Joliment laborieux, en vérité.

— Penses-y, d'accord ?

Cami attendit une réponse qui ne vint pas.

— D'accord ?

Comme si elle pouvait penser à autre chose !

— Mouais, finit-elle par grommeler.

Mitch rêva de crème Chantilly. Il en répandait sur le corps nu d'une femme, et traçait de la langue un chemin fiévreux de ses seins ronds et pleins à son ventre tendrement renflé. Il explorait son corps et l'embrasait par de troublantes caresses dans les régions les plus secrètes de sa féminité. Il la guidait vers un monde de sensations enivrantes qu'elle ne pourrait plus jamais oublier. Et, dans ses prunelles, couleur de chocolat au lait…

Bon sang ! Il était en train de rêver de Dimi.

Il se réveilla brusquement, et s'assit dans son lit, en pleine confusion.

C'était sa faute, aussi. Quel besoin avait-il eu de pousser la plaisanterie aussi loin ? Il avait peut-être déstabilisé la jeune femme, mais qui se trouvait tout seul dans son lit à 6 heures du matin, complètement réveillé, et incontestablement émoustillé ?

Tout en pestant, il alla prendre une douche et, tandis

que l'eau fraîche ruisselait sur son corps, il crut entendre la voix de Daniel. « N'oublie pas de vivre, mon vieux. Profite de chaque instant, saisis chaque opportunité. »

Il n'avait rien contre l'idée de profiter de la vie avec Dimi, mais il n'en était pas question. C'était une règle chez lui de ne jamais mélanger le plaisir et les affaires.

En tout cas, ce job s'annonçait divertissant à souhait.

Tout en s'habillant, il souriait encore à l'idée de persécuter Dimi, quand le souvenir de sa réaction de la veille vint le perturber. Elle était vraiment hors d'elle mais, au lieu de l'étriper comme il s'y attendait, elle s'était tout simplement évanouie dans la nature.

Et si elle ne se montrait pas aujourd'hui ?

Plus il y réfléchissait, plus cette hypothèse lui paraissait plausible. Il alla jusqu'au téléphone, prêt à appeler le studio pour demander qu'on envoie une voiture à Dimi.

Puis il se souvint qu'il n'était plus à Hollywood.

A Truckee, personne n'envoyait de voiture.

Avec un soupir, il vérifia les dossiers du personnel sur son ordinateur, et trouva l'adresse de Dimi. Qu'elle le veuille ou non, on lui fournirait aujourd'hui une escorte pour aller travailler.

Lui-même.

Le soleil venait de dissiper les brumes matinales, donnant à l'atmosphère une limpidité de cristal. Au loin, la chaîne des Sierras baignait dans une lumière froide. Quelques nuages laiteux semblaient jouer à cache-cache dans le ciel. La journée s'annonçait belle, et Mitch respira avec un plaisir nouveau l'air doux et parfumé. Citadin dans l'âme, il devait reconnaître que Dimi vivait dans un endroit exceptionnel.

Etrange qu'elle soit aussi nerveuse, alors qu'elle avait la chance de profiter d'un environnement d'où se dégageait une telle sérénité.

La porte d'entrée était dépourvue de sonnette, et il tambourina assez fort pour couvrir la musique qui s'échappait par une fenêtre. Il attendit quelques instants puis, comme il n'obtenait pas de réponse, il fit le tour de la maison. La porte de la cuisine était entrebâillée, et il la poussa en hélant la jeune femme.

Toujours pas de réponse. Mais il pouvait l'entendre chanter à tue-tête, et complètement à contretemps, ce qui lui arracha un sourire.

Aussi étrange que cela parût, la cuisine était équipée du strict minimum, et n'avait rien de fonctionnel. Sur le sol, à côté du réfrigérateur, il y avait une cage.

— Dimi, appela-t-il de nouveau, tout en s'agenouillant pour tapoter doucement sur la cage.

Un hamster pointa sa tête et se mit à l'observer d'un air solennel. Mitch commença à siffloter, et l'animal sortit de sa maisonnette. Passant un doigt entre les barreaux, Mitch lui caressa la tête, en le gratifiant de quelques compliments.

Derrière lui, la chanson allait en s'amplifiant, à mesure que Dimi se rapprochait.

— Oh !

La jeune femme s'arrêta soudain dans l'embrasure de la porte, effarée.

— Je suis désolé, dit Mitch, en se relevant. J'ai frappé, j'ai appelé, mais vous n'avez jamais répondu.

Elle avait porté une main à son cœur, mais ne semblait plus guère effrayée. Plutôt intriguée, ce qui ne manqua pas d'amuser Mitch.

— Vous auriez pu insister.

— Sans doute, mais vous chantiez tellement fort…

Elle haussa les épaules.

— Une vocation contrariée de star du rock.

La veille, elle avait fait tout son possible pour se tenir le plus loin possible de lui, et voilà qu'elle se rapprochait, un large sourire aux lèvres. Curieux ! C'était la première fois qu'elle souriait avec autant de facilité.

— Vous ne me demandez pas pourquoi je suis là ?

— Oh, mais oui, bien sûr !

Lentement, elle avança vers lui, l'obligeant à reculer jusqu'à l'évier. Puis, une main posée de chaque côté de lui, elle le gratifia d'un regard lourd de séduction.

— Alors, pourquoi êtes-vous là ?

— Je viens m'assurer que ma présentatrice a bien l'intention de se rendre au studio.

Elle l'étudia un moment, puis se pencha vers lui, les lèvres légèrement entrouvertes.

— Jusqu'où allez-vous poursuivre cette comédie ? demanda-t-il, à quelques millimètres de sa bouche.

— Cami !

Ce cri horrifié fit sursauter la jeune femme qui se trouva nez à nez avec… sa copie conforme.

A peine embarrassée, elle haussa les épaules.

— Ben quoi ? Je lui faisais juste croire que tu avais envie de l'embrasser. Comme ça, la prochaine fois, il aurait fait le premier pas sans que tu aies besoin de l'encourager.

— Oh, mon Dieu, s'exclama Dimi, en se couvrant les

yeux. Ce n'est pas possible, je suis en train de rêver. Je ne t'ai pas vue faire des avances à mon patron.

— Je ne l'ai pas vraiment embrassé, fit remarquer Cami. Inutile de jouer les tragédiennes.

— Je vais le dire à maman. Et à Tanner, aussi. Tu te rends compte de ce qu'il va penser ?

— Eh bien, vas-y ! Va jouer les rapporteuses, comme d'habitude.

Furieuse, Cami se dirigea vers la porte.

— C'est vraiment le comble ! Je fais tout pour t'aider, et tu ne penses qu'à me faire avoir des ennuis, poursuivit-elle.

Se tournant vers Mitch, elle eut un petit sourire contrit.

— Désolée de m'être jouée de vous, mais vous avez sûrement compris que je ne cherchais qu'à arranger les choses.

— Je comprends, affirma Mitch, en luttant contre l'envie de rire qui le gagnait.

— Ah, tu vois ? Lui, au moins, il me comprend, fanfaronna Cami, avant de sortir en claquant la porte.

Un silence de mort tomba sur la pièce.

— Je suppose que je ferais mieux de m'excuser, finit par suggérer Dimi, en évitant le regard de Mitch.

— Non.

— Comment ça, non ?

Mitch n'avait que faire de ses excuses. Il voulait le baiser qu'il avait failli recevoir, et il voulait que ce soit Dimi qui le lui donne. Il le désirait avec une force qu'il n'avait aucune envie d'analyser.

De toute façon, comment réfléchir en toute sérénité quand on le regardait avec ce mélange de confusion, de curiosité et de désir ?

— On pourrait aussi bien s'en débarrasser tout de suite, vous savez, suggéra-t-il, en avançant vers elle.

— Se débarrasser de quoi ?

— Vous le savez très bien.

Les yeux rivés sur la bouche de Mitch, Dimi s'humecta machinalement les lèvres.

— Absolument pas ! Je ne sais même pas ce que vous faites dans ma cuisine, à part subir le harcèlement sexuel de ma sœur.

— Je suis venu vous chercher.

— Ah.

L'information fit son chemin dans son esprit quelque peu embrouillé, et Dimi haussa la tête.

— Je vois. Après votre petit cinéma d'hier, vous avez pensé que je ne viendrais peut-être pas travailler. Parfait. Ça veut dire que je ne suis pas licenciée. Que vous avez encore besoin de moi.

— Oh oui, j'ai besoin de vous, murmura-t-il, surpris lui-même par l'intensité de ses émotions.

Tandis que la jeune femme reculait, Mitch avança jusqu'à ce qu'elle se trouve coincée contre un placard bas.

— J'ai horreur des hommes dominateurs, le prévint-elle.

Mitch la saisit par les hanches et ils pivotèrent, de façon qu'il se retrouve à son tour bloqué par le placard.

— Très bien ! Dans ce cas, dominez-moi. Je suis prêt à toutes les expériences quand il s'agit de…

— Ne dites surtout pas le mot sexe.

— Pourquoi pas ?

— Parce que ça me fait un truc bizarre dans les genoux.

— Vraiment ? dit-il, secrètement ravi.

Ils étaient dangereusement proches. Les yeux sombres

de Dimi, ses cheveux de miel, ses lèvres framboise légèrement entrouvertes le bouleversaient. Et la sensation était loin d'être désagréable.

— Embrassez-moi, Dimi.

— Euh… quoi ? Elle déglutit avec peine. Ce serait extrêmement imprudent.

— Pourquoi ?

— Pourquoi ? répéta-t-elle, l'air tout à coup perdu.

— Nous en avons envie tous les deux.

— Et vous cédez toujours à toutes vos envies ?

— Absolument ! C'est un des nombreux avantages de l'âge adulte. Je peux ne pas respecter le couvre-feu, refuser de manger des épinards, et embrasser qui je veux. Même si c'est extrêmement imprudent.

Elle l'observa un moment, l'air perplexe.

— Pensez au piment que ça va donner à l'émission, dit-il, en guise d'encouragement.

Ces mots à peine prononcés, il sut qu'il venait de dire une énorme bêtise, et le regard soudain glacial de Dimi le lui confirma.

— Bien sûr ! Il n'y a que l'émission qui compte. Eh bien, je vous propose de vous réserver pour les caméras, dit-elle en s'éloignant, les épaules raidies de colère, la tête levée.

— Petit pense-bête personnel, murmura Mitch : la prochaine fois que tu tiendras Dimi dans tes bras, évite de dire n'importe quoi.

Chapitre 5

Dimi s'apprêtait à appliquer son rouge à lèvres, quand on frappa à la porte de sa loge.

— Costume ! cria Leo.

Il n'y avait pas de costume pour cette émission, et Leo le savait très bien. Dimi avait toujours porté ses propres vêtements et, bien qu'elle eût bénéficié d'une prime pour refaire sa garde-robe, elle n'avait jamais trouvé le temps de faire du shopping.

Persuadée qu'il s'agissait d'une plaisanterie, elle ouvrit la porte avec prudence.

Leo se tenait sur le seuil et brandissait un cintre auquel était suspendu un soutien-gorge de satin noir à balconnets, une chemise en voile transparent et un pantalon corsaire noir, à la taille si basse qu'elle doutait de pouvoir y caser ses hanches. De l'autre main, il agitait une paire de sandales aux talons démesurés.

— Voilà pour toi, l'informa Leo, avec son enthousiasme habituel.

— Ah, ah ! Elle est bien bonne. Maintenant, rapporte cette tenue à la starlette à qui tu l'as empruntée, et dis à tout le monde que j'ai bien apprécié votre plaisanterie.

Leo se balança d'un pied sur l'autre, visiblement embarrassé.

— Quoi ?

— Euh… C'est-à-dire que ce n'est pas une plaisanterie. Mtich l'a fait envoyer pour que tu la portes aujourd'hui.

— Très drôle.

Leo avait l'air de tout sauf de s'amuser, et Dimi sentit l'angoisse la gagner.

— Leo, pourquoi ne ris-tu pas ?

— Parce que ça me plaît bien. Je veux dire, la tenue. C'est cool, c'est branché…

— Mais…

— C'est ta nouvelle image. Drôle et sexy.

— Mais…

Leo lui plaça d'autorité les vêtements dans les bras.

Cela lui correspondait si peu. Elle n'était en rien cette femme que Mitch voulait faire d'elle. N'avait-il donc rien compris ? Personne ne s'était-il donné la peine de lui expliquer ? Elle était sérieuse, réfléchie…

Et pas du tout sexy.

De toute façon, même si elle l'avait voulu, elle n'aurait jamais su comment s'y prendre.

— Chérie, crois-moi, tu es encore assez jeune pour te le permettre. Et, d'après les réactions de nos téléspectateurs, tu es aussi très excitante.

— Oh non !

Dimi eut un petit rire nerveux.

— Je ne suis certainement pas…. comme tu dis

— Ce n'était pas une insulte, Dimi. Et, avec ce genre de tenue, tu pourrais nous apporter davantage de téléspectateurs masculins. Ça nous ferait de l'audience en plus.

— Mais quand même ! Tu as vu comme c'est transparent.

— C'est parfait ! Ça fait diva du sexe. Et c'est exactement ce que Mitch avait en tête lorsqu'il a choisi cette tenue. Il avait raison, tu as vraiment tout à apprendre, ma pauvre chérie.

— Et il se verrait bien dans le rôle de mentor, c'est ça ?

— Oh, zut ! Je suppose que j'aurais mieux fait de ne pas répéter ce qu'il m'a dit. Tu ne lui diras rien, n'est-ce pas ?

— Mais bien sûr ! Je vais lui laisser me voler la vedette, choisir mes vêtements, et régenter ma vie. Ça te va comme ça, Leo ?

Ce dernier leva les yeux au ciel.

— Enfin, Dimi, il faut toujours que tu dramatises.

— En fait, je sais ce que je vais faire. Je vais le suivre partout comme un petit toutou, et le regarder avec des yeux adorateurs.

— Géniales, les fringues ! s'exclama Suzie, en prenant le cintre des mains de Leo. J'adore la matière de cette tunique, c'est tellement soyeux…

Tout à coup, la jeune femme remarqua l'expression accablée de Dimi.

— Que se passe-t-il ? Quelqu'un est mort ?

— Elle n'aime pas sa tenue, expliqua Leo.

— Mais elle est fabuleuse ! Rien que le pantalon a dû coûter une fortune.

— C'est Mitch qui choisi les vêtements, commenta Leo, d'un ton qui voulait tout dire.

— Oh ! s'exclama Suzie, en caressant subrepticement l'étoffe du pantalon. Ce qui bien sûr les rend affreux et importables, pas vrai ?

Dimi se contenta de fixer son assistante, ce qui arracha un soupir à cette dernière.

— Ecoute, tu peux détester ce type autant que tu veux, mais reconnais quand même qu'il a un goût excellent. C'est exactement ce qu'une jeune et talentueuse présentatrice se doit de porter.

— Je ne rentrerai pas dedans, protesta Dimi.

Chassant Leo d'un geste impatient de la main, Suzie poussa la jeune femme dans sa loge.

— Fais-moi voir ça.

— Avec plaisir.

Dimi se déshabilla, en pestant contre la température de la pièce, grommela en enfilant les vêtements, et vint se poster devant Suzie, l'air triomphant.

Puis, elle se décomposa en découvrant son reflet dans la glace.

Les vêtements lui allaient. Ils étaient honteusement ajustés, mais ils lui allaient. Le pantalon lui découvrait le nombril, et le soutien-gorge donnait à ses seins généreux… beaucoup plus de générosité.

— Bonté divine ! murmura-t-elle, en s'observant plus attentivement.

Suzie lui tendit la tunique, qui ne couvrait absolument rien.

— Ce n'est pas possible ! Je ne peux pas porter ça, gémit Dimi. C'est complètement transparent.

— Pas tant que ça. Tu es tout à fait décente.

— Mais je ne peux pas montrer mon nombril à l'antenne.

Suzie éclata de rire.

— Je ne sais pas si tu réalises, mais nous sommes au XXIe siècle.

— Ça te va bien de me dire ça ! Tu t'habilles en trente-six, ce qui est loin d'être mon cas.

— Oh ! Je suis tellement navrée que tu sois aussi grande et dotée de courbes aussi flatteuses. Quel calvaire ce doit être.

Dimi haussa les épaules mais, après avoir appliqué son rouge à lèvres et s'être brossé les cheveux, elle finit par admettre qu'elle avait l'air… Disons… bigrement séduisante.

— Eh bien, qui aurait pu croire que tu avais des seins aussi fantastiques, la complimenta Suzie. Et cette chute de reins. Bon sang, ma vieille, tu ne devrais porter que des pantalons. Heureusement que personne ne peut se douter que tu préfères les culottes en coton blanc.

— J'aime les textiles naturels, c'est bien mon droit.

— Tu sais que ça se fait en couleur, maintenant ?

— Pourquoi tout le monde trouve-t-il cela aussi amusant ? protesta Dimi, en essayant de remonter la ceinture du pantalon, sans succès. C'est dingue, si jamais je me penche en avant, les coutures vont craquer.

— Fais en sorte de ne pas avoir à te pencher.

Suzie se leva du fauteuil où elle s'était pelotonnée, et se mit à s'agiter, les yeux brillant d'excitation.

— Tu te rends compte, Dimi ? Cette fois ça y est, l'émission est sauvée. Fini la peur du chômage, la lecture des petites annonces et les entretiens d'embauche catastrophiques.

La jubilation presque enfantine de Suzie incita Dimi à garder pour elle ses commentaires acerbes. Elle n'était pas égoïste au point de gâcher la joie de son assistante.

Et il n'y avait pas que Suzie. L'avenir de tant de gens dépendait du succès de l'émission.

Zut !

— Au fait, j'ai failli oublier ! s'exclama tout à coup Suzie. J'étais venue te dire que Mitch voulait te parler avant l'émission. Il veut préparer votre conversation à l'antenne.

— Tu veux dire qu'il nous a écrit un dialogue ?

— Apparemment. Et si c'est aussi torride qu'hier, nous allons faire exploser l'Audimat.

La façon dont elle s'était troublée en regardant Mitch manipuler la nourriture, cuisiner, se mouvoir, avec une sensualité qui l'avait laissée sur sa faim, lui revint en mémoire, et elle se sentit rougir.

— Je ne peux pas faire ça, murmura-t-elle.

Mais Suzie avait déjà quitté la loge, et elle se résigna à aller le dire en personne à Mitch. Elle ne se laisserait pas manipuler. A partir d'aujourd'hui, elle s'habillerait, elle marcherait, et elle parlerait comme bon lui semblait.

Dans le couloir, elle croisa une équipe de six techniciens, qui portèrent théâtralement la main à leur cœur, et se laissèrent tomber à genoux sur le sol.

Elle passa en haussant les épaules, mais cet épisode ne fit qu'accroître sa nervosité. Et, quand elle s'arrêta devant la porte du bureau de Mitch, elle avait les mains moites et son cœur battait à tout rompre.

Et s'il lui adressait de nouveau ce regard ? Celui qui paralysait son cerveau et lui faisait désirer des choses délicieusement troublantes ?

Comme elle levait la main pour frapper à la porte,

Mitch l'ouvrit en grand, ce qui lui arracha un petit cri de surprise tout à fait inélégant.

— Vous êtes équipé d'un radar, ou quoi ? demanda-t-elle.

Il la scruta intensément, et il sembla à la jeune femme que sa peau s'enflammait sous la caresse de ses yeux.

— Ça vous va très bien.

— Vous pouvez m'expliquer en quoi être une diva du sexe peut apporter quelque chose à une émission de cuisine ?

Mitch grimaça en l'entendant élever la voix, la prit par le bras et l'entraîna dans son bureau. Là, elle se mit à faire les cent pas, dans une tentative désespérée pour éteindre l'incendie que son regard avait allumé en elle. Au moins, il ne portait pas de cuir noir, ni ces lunettes sombres qui ajoutait à son mystère. Et il ne chevauchait pas cette maudite Harley qui avait, de manière tout à fait intéressante, peuplé ses nuits de rêveries érotiques. De toute façon, il n'avait pas besoin de ça pour la troubler. Rien qu'à ce sourire et à ce regard brûlant, on pouvait sans hésiter le cataloguer parmi les hommes dangereux.

— Je n'ai pas employé le terme « diva du sexe », remarqua-t-il.

— C'est ce que Leo m'a…

— J'ai dit femme fatale.

Il ne put retenir un sourire en la voyant tiquer.

— Pour être tout à fait exact, j'ai dit que vous deviez subir un entraînement intensif pour passer du style de reine mère à celui de femme fatale.

Dimi se croisa les bras sur la poitrine.

— Et que vous étiez tout disposé à me servir de coach.

— C'est exact.

Cet aveu, prononcé sur un ton paisible, ne fit qu'aggraver la nervosité de la jeune femme.

— Et en quoi consistera cet entraînement ?

— Nous en avons déjà parlé. La démarche, les vêtements, le sourire.

— C'est tout ?

— Vous ne me semblez pas encore prête pour le reste.

Cette phrase sibylline ne fit qu'attiser son émotion. Mais ce petit frisson qu'elle sentait courir sous sa peau n'était que de la peur, on était bien d'accord ? Elle ne pouvait en aucun cas se sentir émoustillée par tout ça, n'est-ce pas ?

— Je pense que cela mérite un éclaircissement.

— Non.

Il y avait quelque chose d'infiniment troublant dans leur soudaine proximité. La bouche de Mitch n'était qu'à quelques centimètres de la sienne, et il semblait à Dimi que de mystérieuses radiations l'environnaient. Elle se sentait tiraillée par une force qui la poussait à s'enfuir et l'autre qui la clouait sur place. Si elle le voulait, il ne serait pas difficile de passer les bras autour du cou de Mitch et de s'abandonner contre son torse puissant.

Si elle le voulait.

Mais, bien sûr, elle ne le ferait pas.

— Ils ne vont pas s'en remettre, dit-il. Vous rendez-vous compte de l'allure que vous avez ?

— En tant que femme fatale, vous voulez dire ?

Mitch fit courir un doigt sur le voile qui recouvrait son épaule.

— Vous avez l'air d'une femme pleine de vie, sûre d'elle, et fière de montrer au monde entier ce qu'elle est capable de faire.

Le regard posé sur elle avec une intensité presque insoutenable semblait lui lancer un défi.

— Alors, qu'êtes-vous capable de faire, Dimi ?

Absolument n'importe quoi quand il la regardait de cette façon.

— Je veux choisir les recettes que nous préparerons, parvint-elle à dire. Si je dois absolument parler et m'habiller selon vos indications, vous pouvez au moins me laisser ça.

— Parfait. Quelle orientation souhaitez-vous donner à l'émission ?

A plusieurs reprises, elle avait essayé de persuader Ritchie de lui confier plus de responsabilités. Mais aucune de ses propositions n'avait été jugée digne d'intérêt. Elle s'était donc cantonnée à des recettes classiques et sans intérêt.

— J'aimerais essayer des choses nouvelles, expliqua-t-elle. Par exemple des recettes diététiques qui soient à la fois faciles à faire, économiques et amusantes.

Mitch hocha la tête en signe d'approbation.

Stimulée, Dimi se mit à parler d'un ton plus ferme et plus rapide.

— Je veux instaurer des thèmes pour chaque semaine, par exemple, la cuisine californienne, la cuisine mexicaine…

— Ça me semble intéressant.

— Vraiment ?

Un fol espoir l'envahit, mêlé à un sentiment de joie comme elle n'en avait pas souvent éprouvé. Ce qui faisait un peu trop d'émotions pour un homme qu'elle aspirait de tout son cœur à détester.

— Vous me faites confiance pour la mise en scène, et je vous laisse cuisiner ce que vous voulez.

— Merci.

— Ne me remerciez pas. Parce que vous conservez ces vêtements.

— Vous savez que je ne peux même pas me pencher ?

Une lueur malicieuse traversa le regard de Mitch.

— Eh oui !

A la fin de la semaine, la ville tout entière résonnait de commentaires sur la nouvelle version de *Tous à table*.

Le changement était à peine croyable, et le taux d'audience dépassait tous les espoirs de Mitch. A ce train-là, il n'aurait plus longtemps à attendre pour rentrer chez lui et se consacrer à d'autres projets.

Et c'était exactement ce qu'il voulait.

Alors, quelle pouvait être la raison de ce pincement à l'estomac ? Il ne s'agissait assurément pas de regrets. Sa place n'était pas dans une entreprise de taille aussi modeste. Il n'y avait pas assez d'espace pour lui dans une ville comme celle-ci.

Et puis, les regrets, ce n'était pas du tout son genre.

— Regardez ! s'exclama Suzie, durant la réunion de préparation quotidienne.

Dépliant la gazette locale, elle se mit à lire :

— *Tous à table* se modernise. Des invités prestigieux, une ambiance détonante, et des recettes fabuleuses. Un rendez-vous à ne pas manquer.

Mitch remarqua soudain la date en haut du journal.

— C'est celui de la semaine dernière.

— Oui, dit Suzie, avec un petit sourire d'excuse, je viens juste de finir d'éplucher la montagne de courrier que nous avons reçu.

— Et, que disent-ils de l'émission cette semaine ?

— Je n'en sais rien. Le journal n'est pas encore sorti.

Habitué à pouvoir acheter n'importe quel quotidien au coin de la rue, Mitch écarquilla les yeux.

— Vous voulez rire ?

— Pas du tout. Le journal ne paraît qu'une fois par semaine.

Voilà qui résumait tout ce qu'il pensait de cette ville, tellement dépourvue de surprises qu'un hebdomadaire suffisait à diffuser l'information.

Sur ces entrefaites, Dimi surgit dans la salle de conférences, chargée d'un mystérieux paquet enveloppé dans une serviette noire.

— Désolée ! Je suis en retard.

— Qu'est-ce que c'est ? demanda Leo.

Dimi risqua un coup d'œil vers Mitch, et glissa le paquet sous la table. Puis elle s'assit et croisa les bras, dans une attitude parfaitement calme.

C'est du moins ce qu'aurait pu penser une personne moins observatrice que Mitch. Elle semblait troublée, mal à l'aise, et terriblement distraite.

— Plus que trente minutes avant l'antenne, annonça Grace, en vérifiant sa montre.

— D'accord. Quelqu'un a-t-il quelque chose à ajouter ? demanda Mitch, les yeux rivés sur Dimi.

Cette dernière, pour ne pas changer, ne lui accordait même pas un regard.

— Continuez comme ça, dit Suzie, en ramassant son bloc-notes. Hier, les appels ont fait exploser le standard. Tout le monde a adoré.

— Ma nouvelle recette ? demanda Dimi, qui parut soudain faire surface.

— Euh… oui. Entre autres choses.

— Du genre ? demanda Mitch.

— L'alchimie qui s'est établie entre Dimi et vous. La séance de fabrication du pain a emballé les téléspectateurs.

— Cela ne m'étonne pas, remarqua Dimi, les yeux brillant de contentement. Cette une vieille recette polonaise que j'ai…

— Hmm, non, dit Suzie, en secouant vigoureusement la tête. Ce qui leur a plu, c'est de te voir pétrir la pâte avec Mitch.

Des images de leurs mains se frôlant dans la masse élastique et collante s'imposèrent à l'esprit de Mitch. Au premier contact, totalement inattendu, ils avaient sursauté, échangeant un regard avide, aussitôt intercepté par la caméra. Puis, c'était devenu un jeu, tout au moins pour lui. Anticipant la réaction enthousiaste du public, il s'était arrangé pour toucher Dimi aussi souvent que possible — le plus innocemment du monde, bien sûr — et leurs mains avaient bientôt entamé un ballet d'une sensualité torride.

— Les gens sont fous du nouveau look de Dimi, remarqua Leo. Ils n'arrêtent pas d'appeler pour demander qu'elle ne remette pas ses anciens oripeaux. Hmm… enfin, je voulais dire…

— Merci.

L'air pincé, Dimi se leva.

— Merci beaucoup

Prenant pitié du malheureux Leo, Suzie regarda ostensiblement sa montre.

— Oh, vous avez vu l'heure ? Dimi, tu dois encore te changer et te maquiller.

Une ombre de panique passa sur le visage de Dimi.

— Que m'avez-vous encore préparé comme horreur ?

Suzie échangea un rapide coup d'œil avec Mitch, et parvint à garder une expression impassible. Pourtant, ils savaient tous deux que la tenue d'aujourd'hui dépassait en audace tout ce qui avait été fait jusqu'à présent.

— Ce n'est pas si mal…

Un étrange couinement les fit tous sursauter. Dimi rougit, tenta d'arborer un air innocent, mais Mitch avait déjà deviné de quoi il retournait.

— Vous avez pris Brownie avec vous ?

— Il le fallait bien. Tanner est en train de refaire la peinture chez moi, et les produits pourraient être toxiques pour elle.

— Il faut y aller, les amis ! s'impatienta Suzie, en tapotant sur sa montre.

— Je m'occupe de Brownie, proposa Mitch.

— Mais…, commença à protester Dimi.

— Quoi ? Vous avez peur que je terrorise votre hamster ?

— Je vous préviens qu'elle ne se mettra pas à se trémousser et à sourire sur commande.

— Mais est-ce qu'elle sera au moins gentille avec moi ?

— N'y comptez pas ! Elle a ses têtes et ça ne m'étonnerait pas qu'elle essaie de vous mordre. A votre place, je ne mettrais pas les doigts dans sa cage.

— Compris.

Dès que la jeune femme eut tourné les talons, Mitch sortit la cage de dessous la table et tapota aux barreaux.

— Alors, ma toute belle, tu te souviens de moi ?

Le petit animal le considéra d'un air excessivement sérieux et fronça le nez, ce qui arracha un rire à Mitch.

— Regarde-moi ça ! Elle a même réussi à te faire adopter ses mimiques. Tu as faim ?

Il choisit une barre de céréales dans le distributeur, et en cassa un morceau qu'il tendit à Brownie, levant la main assez haut pour que l'animal se dresse sur ses petites pattes.

— Bravo ! approuva-t-il, en émiettant le reste des céréales dans la cage. Attends-moi là bien sagement. Je vais revenir t'apprendre d'autres tours. Rien que pour faire enrager Dimi.

Chapitre 6

— Tout d'abord, il faut les laver convenablement, annonça Dimi à la caméra.

Ignorant Mitch avec superbe, elle se dirigea vers l'évier et tourna le robinet. Puis elle plongea les légumes dans l'eau, sans s'inquiéter de mouiller ses manches. Comment l'aurait-elle pu alors qu'elle portait un débardeur trop court et trop étroit ? Et mieux valait ne pas parler de sa jupe. Il aurait dû être interdit par décret d'exposer à ce point ses jambes à une heure où les familles étaient réunies devant leur téléviseur.

Saisissant une courgette, elle fit courir ses doigts sur la peau épaisse et luisante.

— Vous avez une manière bien à vous de faire ça, murmura Mitch, d'un ton lourd de sous-entendus.

Tournant la tête, elle croisa son regard narquois et se crispa, réalisant aussitôt son erreur. Pourquoi diable, connaissant sa propension au libertinage, avait-elle choisi ces légumes à la forme un peu trop évocatrice ?

— Vous comptez observer ces courgettes toute la journée, ou bien les cuisiner ?

— J'entends bien les cuisiner. Saviez-vous que c'est

à cette période de l'année qu'elles sont les meilleures ? Coupées en tranches et grillées au barbecue, c'est un vrai délice.

— Je pensais à un truc…

— Oh, vraiment ? Je ne savais pas que cela pouvait vous arriver.

Mitch eut la bonne grâce de sourire.

— Je pensais, répéta-t-il, que l'émission pourrait s'appeler « La cuisine des sens ».

Que lui arrivait-il, tout à coup ? Rien de tout ça n'avait été écrit. Sans doute encore une de ses manœuvres pour la déstabiliser. Mais elle avait bien l'intention de ne pas se laisser faire.

— N'est-ce pas un peu…

— Audacieux ?

Le sourire de Mitch s'élargit. La lumière des projecteurs faisait briller son regard, et il se dégageait de lui une sensualité qui lui ôtait tous ses moyens. Ou presque.

— Mais, ma chère, ce que vous faites subir à ces légumes devrait être classé X.

Dimi ne put s'empêcher de rougir, tandis qu'elle essayait de refouler la sensation brûlante qui venait de naître au creux de son ventre.

— Pourquoi faut-il que les hommes salissent toujours tout ?

— Ce doit être inscrit dans nos gènes.

Elle eut une petite moue de réprobation, et s'empara d'un poivron. Un brave et innocent poivron rouge qui ne pouvait appeler aucun commentaire grivois.

Pendant un moment, il se tint coi, observant avec intérêt la façon dont elle tranchait les légumes. Exagérément serviable, il porta le plat jusqu'au grill, et lui tint le bol d'huile tandis qu'elle badigeonnait au pinceau les tranches de courgettes et de poivron.

— Merci, Mitch, vous m'êtes vraiment d'une aide précieuse, remarqua-t-elle, d'un ton qui manquait un peu de naturel.

Intrigué, Mitch la considéra du coin de l'œil.

— Mais je crois que demain je vais pouvoir me passer d'un assistant.

Il versa un peu plus d'huile dans le bol, en prenant bien soin que leurs doigts se touchent.

— Vraiment ?

Il la contemplait d'un air ironique, un sourcil levé, et elle se détestait d'être aussi sensible au moindre de ses gestes.

Elle savait qu'il s'agissait d'un jeu, elle aurait dû s'endurcir, ne plus prêter attention à ses démonstrations intempestives de charme. Mais lui, de son côté, il pourrait en faire un peu moins, comprendre combien tout cela la gênait.

— Eh bien, il se trouve que demain, j'ai prévu de faire des huîtres gratinées, accompagnées de riz sauvage aux crevettes. Et cela ne requiert pas la présence de deux personnes.

— Des huîtres ? Hmm.

Il s'imaginait sans doute que son petit sourire entendu était irrésistible. Mais, à partir de maintenant, elle avait décidé qu'elle ne s'y laisserait plus prendre.

— Qu'est-ce que ça veut dire ?

— Rien du tout. C'est juste que vous avez parlé d'huîtres.

— Oui, et alors ?

— Auriez-vous des problèmes de libido, Dimi ?

Soudain, elle se souvint des propriétés aphrodisiaques que l'on prêtait aux huîtres. Mais il était un peu tard pour ça.

Zut et re-zut !

— Hé ! s'écria tout à coup Mitch. C'est normal que les légumes prennent feu comme ça ?

Dimi retint un juron. A la télévision, cela ne se faisait pas. Alors, elle se composa une expression impassible et débrancha le barbecue électrique. Puis elle se saisit d'un vaporisateur d'eau et aspergea les flammes.

Un nuage de fumée s'éleva sur le plateau et, réprimant une envie de tousser, Dimi sourit à la caméra.

— Leçon numéro un : toujours surveiller la cuisson. Comme vous avez pu le constater, les choses peuvent très vite dégénérer.

— Et, quoi que vous fassiez, ajouta Mitch, en prenant Dimi par les épaules pour se pencher à son tour vers la caméra, ne vous laissez pas distraire par votre partenaire.

— Je ne me suis pas laissé distraire, protesta Dimi.

— Ah ! Alors, vous admettez que nous sommes partenaires ?

Une pensée bizarre traversa l'esprit de Dimi : ils étaient si proches qu'ils auraient pu échanger un baiser.

— Je n'ai jamais rien admis de la sorte ! riposta-t-elle avec fermeté.

— Ah bon ? C'est quand même grâce à moi que la cuisine n'a pas pris feu. Ce serait dommage de se passer de mes services. Charmeur, il adressa un clin d'œil à la caméra. Vous n'êtes pas d'accord avec moi ?

Son sourire était incroyablement chaleureux. Et il agissait sur elle comme un lent poison qu'elle sentait s'insinuer dans ses veines.

— On coupe ! annonça le réalisateur. C'est la pub. Trois minutes.

Dimi s'empressa de quitter le plateau, laissant Grace et Leo réparer les dégâts. Quant à Mitch, il pouvait bien faire ce qu'il voulait, ça ne l'intéressait nullement. Elle n'avait que trois minutes pour décompresser, et elle en avait désespérément besoin.

En quelques foulées rapides, elle gagna sa loge, poussa la porte, et découvrit Cami en train de fouiller parmi les vêtements disposés sur un portant.

— Qu'est-ce que tu fais là ?

Elle n'avait sans doute pas l'air très aimable, mais elle avait besoin de se vider la tête, de se débarrasser de ce désir vibrant que Mitch avait si bien su faire naître en elle.

Cami dissimula derrière son dos quelque chose de noir et de transparent.

— Rien. Je ne fais absolument rien.

— Tu es en train de me voler mes vêtements.

— Bon, j'avoue. Mais franchement, ma vieille, tu as un choix incroyable de fringues. Tu peux bien me prêter quelque chose. Et n'oublie pas que je t'ai toujours laissée me piquer des chips sans rien dire.

— Mais je croyais que tu adorais créer tes propres vêtements, remarqua Dimi, en se massant les tempes. Oh, et puis après tout, prends ce que tu veux. Il va falloir que j'y retourne.

— Dis donc, toi. Ta migraine ne serait pas provoquée par un certain Mitch ?

— Absolument pas ! Que vas-tu chercher ?

— Si tu le laisses t'échapper, après tout le mal que je me suis donné, je t'en voudrai à mort.

— Tu m'en veux toujours à mort.

— Je le dirai à maman.

Dimi haussa les épaules.

— Je m'en moque.

— Tu te souviens de tous ces rendez-vous désastreux qu'elle m'avait organisés ?

— Comment pourrais-je les oublier ?

— Si tu le laisses partir, c'est ce qui t'arrivera.

— Si je le laisse partir. Dimi hocha la tête. De quoi parles-tu ? Il n'est pas à moi.

— Il est à ta merci. Il te suffit de claquer des doigts.

Sa pauvre sœur avait totalement perdu la raison. Depuis qu'elle était amoureuse de Tanner, son cerveau s'était transformé en bouillie.

Dimi regagna le plateau juste à temps pour se faire repoudrer le visage et refixer son micro.

Son cœur se mit à battre la chamade lorsqu'elle rencontra le regard sombre de Mitch.

Il lui suffisait de claquer des doigts pour l'avoir. Mais oui, bien sûr ! Elle n'avait jamais agi de la sorte. Et même si, par un invraisemblable miracle, c'était possible, en avait-elle vraiment envie ?

Tandis qu'elle accrochait le micro de Dimi, Suzie perçut la tension qui régnait entre les deux présentateurs.

— Au fait, murmura-t-elle, tu ne peux pas te séparer de ton assistant.

— Ah non ? Pourquoi ?

— Quand tu as dit ça à l'antenne, les téléphones se sont mis à sonner sans interruption.

La bouche de Mitch s'incurva en un sourire moqueur, mais il eut l'intelligence de se taire.

— Les gens ont vraiment peur que tu te débarrasses de lui. Ils te supplient de réfléchir.

— *Quinze secondes, tout le monde !*

Suzie s'empressa de quitter le champ et, à l'expression supérieurement triomphante de Mitch, Dimi comprit qu'il n'y avait rien de plus à ajouter.

Elle allait être coincée avec lui pour le reste de ses jours.

A la fin de la deuxième semaine, le succès de l'émission était indiscutable, et tous ceux qui travaillaient avec Mitch n'étaient pas loin de voir en lui un héros.

Tous, à l'exception de Dimi, bien sûr, dont l'avis lui importait justement beaucoup. Et cette réaction l'agaçait pour plusieurs raisons. Premièrement, il ne comprenait pas ce qui l'attirait tant chez elle, alors que tout un monde les séparait. Disons plutôt une galaxie.

Deuxièmement, il ne comprenait pas qu'elle ne lui accorde pas au moins un peu d'intérêt. Un tout petit peu.

Oh, bien sûr elle avait envie de lui ! Il avait fait ce qu'il fallait pour ça. Mais c'était pour le travail, et uniquement pour le travail.

Ce qui l'amenait au point numéro trois : il n'avait jamais mélangé le plaisir et les affaires.

En conséquence de quoi, ce genre de pensées était complètement ridicule, conclut-il en arrêtant sa moto devant une pizzeria où il avait invité toute l'équipe à fêter leur succès.

Une légère brise nocturne soufflait. Mitch inspira à

pleins poumons et se laissa envelopper par l'odeur de la montagne. Rien n'était plus éloigné des rues bruyantes et illuminées de Los Angeles, et pourtant, il se sentait étrangement bien. Le ronronnement de la Harley, tandis qu'il progressait sur cette route étroite, nimbée de lambeaux de brume qui ajoutaient au caractère féerique et irréel de l'endroit, le mince ruban lumineux du phare trouant la nuit, le vent qui lui giflait le visage, tout cela l'avait apaisé. Et, l'espace d'un moment, il en avait oublié la violence d'un désir qu'il s'acharnait à refouler depuis trop longtemps.

Mais, sur le parking, quelqu'un était là pour le lui rappeler. La seule personne qui ne l'eût pas encore remercié d'avoir sauvé sa carrière.

Son pouls s'emballa à l'idée que Dimi avait peut-être attendu ce soir pour le remercier. L'excitation de la balade à moto, essaya-t-il de se convaincre, en sortant de la poche de son blouson un journal plié en quatre.

— Qu'avez-vous là ?

Elle semblait essoufflée et mal à l'aise. Parfait ! Au moins n'était-il pas le seul à se sentir frustré. D'un autre côté, tout cela était entièrement son œuvre, et il n'avait personne d'autre que lui-même à blâmer.

— Rien, répondit-il, mû par un incompréhensible besoin de ne pas la déstabiliser davantage.

Après tout, elle apprendrait la nouvelle bien assez tôt.

Une main posée au creux de sa taille, il l'invita à entrer dans la salle bruyante et enfumée.

Tout le monde était là. Grace et son mari, Leo et un ami, Ted et sa fiancée, et enfin Suzie, seule et fière de l'être. Il y avait aussi Tanner et Cami, dont le visage irradiait de bonheur.

— Hé, s'écria Leo, est-ce que quelqu'un a lu la presse ?

Mitch hocha discrètement la tête pour le faire taire, mais Leo, excité par quelques bières, et par le désir d'impressionner son petit ami, ne se rendit compte de rien. D'un geste théâtral, il fit taire l'assistance, s'éclaircit la gorge, et sortit de sa poche un morceau de papier soigneusement plié.

— Nous sommes tous fiers de notre réussite, annonça-t-il, tandis qu'il dépliait la page de journal, et si nous avons bien pensé à remercier Mitch, il me semble que nous avons oublié la principale responsable de ce succès. C'est pour toi, ma chérie, annonça-t-il, en tendant la page de façon que Dimi puisse lire la une.

« Quand le sexe et la cuisine font bon ménage. »

Chapitre 7

Il y eut quelques secondes de silence, puis tout le monde se répandit en compliments et en rires.

Mitch risqua un œil vers Dimi. Comme il l'avait présagé, elle n'avait pas vraiment l'air de se réjouir. Il serait même plus exact de dire, à en juger par les éclairs meurtriers que lançaient ses yeux, qu'elle était absolument furieuse.

— Vous savez, c'était dit comme un compliment, lui murmura-t-il à l'oreille.

— Vraiment ? Avec une feinte amabilité, elle hocha la tête. Je suppose que vous êtes content de vous.

— Je ne vous ai rien appris que vous ne sachiez déjà.

— Ah bon ? Vous m'avez fait du chantage pour que je change d'apparence. Je le sais, et vous le savez. Et vous voudriez encore me faire croire que tout ça s'est fait naturellement ? Vous voulez que je vous dise ce que je pense, monsieur le directeur des programmes ? Vous n'êtes qu'un beau parleur. Oh, bien sûr, vous êtes grand et musclé et malheureusement un peu trop séduisant…

Elle s'interrompit alors qu'il faisait mine de paraître surpris.

— Ne faites pas l'innocent ! Vous savez très bien que vous êtes attirant. Mais je me suis laissé dire que…

Elle se pencha davantage vers lui, sans qu'il sache si elle ne voulait pas être entendue par les autres, ou qu'elle craignait de le regarder dans les yeux.

— Que quoi ?

— Que vous n'en savez pas autant que vous le prétendez au sujet de… hmm… ces histoires de sexe.

— Ça ressemble à un défi.

— A vous de voir.

Mitch fit un effort pour masquer sa surprise. Finalement, elle avait appris bien plus qu'il ne le pensait, la petite diablesse.

— Vous avez faim ? demanda-t-il.

— Non.

— Alors, le moment n'est pas plus mal choisi qu'un autre pour une leçon particulière.

Il lui tendit la main, et elle y glissa la sienne sans l'ombre d'une hésitation.

— Hé, s'écria Leo. Vous n'allez pas déjà partir ?

Cami se pencha vers lui et lui pinça le bras.

— Tais-toi, espèce d'idiot.

Puis elle se mit à lui chuchoter à l'oreille quelque chose qui arracha au jeune décorateur un cri d'enchantement. Tout le monde voulut savoir et se mit à parler en même temps.

— Allons-y, murmura Mitch, en profitant du brouhaha.

— Où allons-nous ? demanda Dimi, tandis qu'ils débouchaient sur le parking.

Il n'en avait pas la moindre idée. Il n'arrivait même pas à réaliser combien il était stupide de se retrouver seul avec elle. Mais comment penser quand son corps était en train de prendre le dessus sur la raison ?

Dimi s'était arrêtée devant la moto et la contemplait avec un mélange de frayeur et d'admiration.

— Qu'est-ce que ça fait de sentir le moteur vibrer entre ses jambes ?

— A peu près ce que vous êtes en train d'imaginer.

— Je peux conduire ?

Mitch lui tendit son casque et enjamba la selle.

— Sûrement pas !

— Oh, allez ! Ça pourrait faire partie de la leçon.

— Montez, Dimi.

— Vous n'êtes pas drôle.

— Et encore, vous n'avez rien vu. Allez, en selle !

Elle obtempéra et Mitch dut faire un effort pour contrôler son trouble lorsqu'elle plaqua contre lui son corps aux formes si voluptueuses.

Ils s'enfoncèrent dans la nuit, longeant la rivière Truckee, avant de s'engager sur l'autoroute 89 et de bifurquer vers le lac Tahoe.

Malgré la brise fraîche qui lui sifflait aux oreilles et faisait voler ses longs cheveux blonds, Dimi ne parvenait pas à apaiser le feu qui courait dans tout son corps.

Et les vibrations puissantes du moteur sous ses jambes ne faisaient rien pour arranger les choses.

Etroitement plaquée contre le corps de Mitch, elle ferma les yeux, appuya la joue contre le cuir lisse et doux de sa veste et, grisée par l'odeur de son eau de toilette, se laissa envelopper d'une bulle de bien-être.

Il lui fallut un moment avant de réaliser que la moto ralentissait. Emergeant de sa rêverie lorsque Mitch coupa le moteur, elle jeta un regard autour d'elle. Lorsqu'elle découvrit l'enseigne lumineuse qui jetait sur le parking une violente lumière rouge, elle sentit tout son courage l'abandonner.

Un club de strip-tease.

« Oh, mon Dieu, dans quoi suis-je allée me fourrer ? Et pourquoi n'ai-je pas pris mon téléphone portable ? Et comment vais-je lui dire que je n'ai plus du tout envie de… »

Le rire de Mitch, tandis qu'il lui ôtait le casque, vint interrompre ses atermoiements.

— Si vous pouviez voir votre tête.

— C'est facile pour vous de rire à mes dépens ! Mais je vous préviens que je ne rentrerai pas là-dedans, dit-elle en désignant le cabaret.

Une fraction de seconde, Mitch parut ne pas comprendre, puis il éclata de rire.

— Seigneur ! Vous avez une de ces imaginations !

Il lui saisit le poignet et lui fit pointer le doigt vers un panneau de l'autre côté de la rue, où était inscrit : plage publique.

— Je pensais que nous pourrions compter les étoiles, allongés sur le sable. A Los Angeles, il y a tellement de lumières qu'on ne peut même pas les voir.

— Vous voulez regarder les étoiles ?

— Pourquoi pas ?

Elle eut une mimique embarrassée.

— Ah.

— Et maintenant, si vous me disiez ce que vous

pensiez que j'allais vous demander de faire dans cette boîte ?

— Hmm…

Il hocha la tête, eut ce rire odieusement sensuel dont il était coutumier, et lui prit la main pour l'entraîner vers la plage.

L'eau scintillait sous le clair de lune, le sable était semblable à de la soie. Au-dessus d'eux, les branches se balançaient doucement au gré du vent. Une brise odorante et fraîche les entourait, s'engouffrait dans leurs cheveux.

Ils marchèrent un long moment en silence, s'abandonnant à la magie de cet instant d'harmonie et de complicité. Dimi respira à pleins poumons comme pour mieux s'imprégner de la douceur qui flottait dans l'air. Elle se sentait tellement bien en compagnie de cet homme qu'elle avait cru détester au premier regard. Mitch n'avait plus rien du citadin arrogant, même si avec ce jean noir et cette veste de cuir plus noire encore, il offrait l'image parfaite d'un homme sûr de lui et quelque peu blasé. Mais elle avait appris à voir au-delà des apparences. Après ces deux semaines passées ensemble, ils n'étaient plus des étrangers. Elle savait ce qui lui plaisait autant que ce qui pouvait l'irriter, et tout ce qu'elle avait appris de lui l'avait irrémédiablement séduite. Contre toute attente, c'était un homme intègre, respectueux et attentif. Même s'il prenait plaisir à la faire sortir de ses gonds durant l'émission, il n'avait jamais dépassé les bornes ni cherché volontairement à la blesser.

Et, malgré le climat de séduction qu'il avait instauré entre eux, jamais il ne lui avait fait la moindre avance.

Pas même lorsqu'elle lui avait fait comprendre qu'elle n'y était pas opposée.

Ce qui lui procurait un désagréable sentiment de malaise et d'humiliation.

Longtemps, elle s'était protégée de son charme en se disant qu'elle ne représentait rien d'autre pour lui qu'un défi professionnel. Mais la façon dont il l'observait maintenant, la tête légèrement penchée de côté, faisait battre plus vite son cœur et naître en elle toutes sortes de réactions des plus intéressantes.

Comme elle aurait voulu à cet instant être ce personnage qu'il avait créé pour la télévision ! Etre libre, séduisante et sûre d'elle.

Elle s'arrêta soudain de marcher et lui fit face.

— Mitch, que sommes-nous en train de faire ?

— Vous ne le savez vraiment pas ?

— Non.

Il eut l'air surpris et l'entraîna vers un rocher plat au bord de l'eau, où il la fit asseoir tout près de lui.

— J'espérais sincèrement que vous aviez compris à quoi rime tout ceci.

— Vous voulez dire cette envie bizarre que j'ai de vous embrasser et de vous gifler en même temps ?

— C'est à peu près à ça que je pensais.

— Je n'en sais rien. Je n'arrive pas à comprendre ce qui m'arrive, et ça me fait peur, vous savez. Et ça n'a absolument rien à voir avec le fait que j'ai renoncé aux hommes, ou que vous soyez en quelque sorte mon employeur. Ce qui me gêne le plus, c'est que je ne sais pas grand-chose de vous, finalement.

Mitch se laissa aller en arrière et, les mains croisées derrière la tête, se perdit dans la contemplation des étoiles.

— Que voulez-vous savoir ? Je n'ai aucun secret.

— Oh, oui, c'est ça !

— Non, sérieusement ! Allez-y, demandez-moi tout ce que vous voulez.

— Je ne voudrais pas être indiscrète, hésita-t-elle.

Puis, la curiosité l'emporta sur la politesse, et elle décida de le prendre au mot.

— Très bien. Pour commencer, je voudrais savoir pourquoi vous prenez toujours tout à la légère, comme ça.

— Sous-entendu, par opposition à moi qui suis si raisonnable, se moqua gentiment Mitch.

Elle hocha la tête, et il redevint sérieux.

— Il m'arrive d'être préoccupé par un certain nombre de choses, vous savez.

— Comme quoi ?

— Ma moto.

— Citez-moi quelque chose de vraiment important.

— Mais ma Harley a beaucoup d'importance à mes yeux.

— Vous voyez ? protesta Dimi, franchement agacée. Vous ne prenez rien au sérieux.

— Et la vie ? Je prends cette fichue vie diablement au sérieux.

Quelque chose en lui avait changé tout à coup. De chaque côté de sa bouche, un pli dur s'était creusé et ses yeux gris si rieurs avaient perdu de leur insouciance. Tout dans son attitude trahissait une peine secrète qui lui donnait un air vulnérable.

— Que s'est-il passé ? demanda Dimi, soudain attendrie. Avez-vous… perdu quelqu'un ?

— Oui, répondit-il d'une voix froide et impersonnelle, comme s'il parlait de quelqu'un d'autre. Mon frère, Daniel. Il n'avait que vingt-neuf ans.

— Vous étiez proches ?

— Proches ? Vous voulez rire ! Nous étions bien trop occupés à travailler jusqu'à dix-huit heures par jour pour passer du temps ensemble. Dans notre famille, le travail est toujours passé avant tout. Et maintenant, il n'est plus là.

Il tourna la tête vers elle, et dans ses yeux se lisait une souffrance si cruelle, l'impression d'être seul au monde, qu'elle sentit sa gorge se nouer.

— Ça replace l'ambition à son juste niveau, ce genre d'expérience, non ?

— Je suppose, dit la jeune femme, d'une voix très douce. Mais il me semble que vous êtes toujours très ambitieux.

— Non. Je quitte le bureau à une heure raisonnable. Plus de stress, plus de repas pris à la va-vite… Simplement, j'essaie de bien faire mon travail.

— Je ne peux que vous approuver, dit-elle, avec un petit sourire.

— Vous avez l'air parfaitement détendue, remarqua Mitch, en lui caressant la joue. Qu'est-ce qui vous rend aussi nerveuse, d'habitude ?

— Vous. Enfin, il n'y a pas que vous. C'est un tout : l'émission, les gens qui dépendent de moi… C'est une telle responsabilité. Et je déteste l'échec. Elle prit appui sur un coude et se tourna pour lui faire face. C'est pourtant bien ce qui allait nous arriver si vous n'étiez pas venu à la rescousse.

— Mais pourquoi avoir tant résisté au changement ? Vous êtes si à l'aise dans ce rôle. Pragmatique et pourtant terriblement sensuelle. Pourquoi avez-vous dissimulé si longtemps cet aspect de votre personnalité ?

— Vous voulez rire ? Ça n'a absolument rien de naturel. Vous avez bien dû entendre les histoires qui courent à mon sujet. Je suis lamentable lorsqu'il s'agit de… des hommes. Il suffit de voir mon palmarès !

— Vous n'avez peut-être pas choisi le bon.

Les yeux levés vers un ciel incroyablement lumineux, Dimi écouta un moment le bruit de l'eau qui venait mourir sur les rochers. Elle n'avait jamais vu d'endroit aussi beau et paisible. Quoique, à la réflexion, elle n'ait pas beaucoup voyagé.

Contrairement à l'homme étendu près d'elle, qui avait tout vu et tout fait.

Une traînée lumineuse déchira soudain la nuit, et elle se redressa, gaie comme une enfant.

— Oh, une étoile filante ! Vous avez vu ?

— Oui.

Elle tourna la tête et vit qu'il avait le regard fixé sur elle.

— Vous savez ce que ça signifie, n'est-ce pas ?

— N-non…

— Que vous devez embrasser la première personne à qui vous avez parlé après l'avoir vue.

Elle n'avait pas l'intention de sourire, mais c'était plus fort qu'elle. Il avait décidément beaucoup trop de charme.

Mais son expression empreinte d'une innocence facétieuse s'évanouit au moment précis où leurs regards se croisèrent. Pendant un long moment, Mitch et elle se contemplèrent gravement.

— Vrai… vraiment, balbutia-t-elle ?

— C'est une loi qu'il ne faut à aucun prix transgresser.

— Ah…

Les yeux fixés sur ses lèvres, Dimi sentit quelque chose se relâcher en elle, comme une barrière qui tombe.

— Arrêtez de réfléchir, dit-il d'une voix douce, tandis qu'il glissait une main sous ses cheveux.

— Je ne peux pas m'en empêcher. Il faut toujours que j'analyse tout.

Malgré les efforts de Dimi pour reprendre ses esprits, le contact de ses doigts sur sa nuque et le souffle chaud qui caressait ses lèvres provoquaient en elle un émoi incontrôlable.

— Ce n'est pas ma faute. Ça fait partie de ma personnalité. Comme mon goût exagéré pour le chocolat et les chips…

Elle disait n'importe quoi. Mais c'était plus fort qu'elle, il fallait qu'elle parle, qu'elle essaie de se donner une contenance.

— C'est comme ça, on ne me changera pas…

— Dimi ?

Elle avala sa salive avec peine.

— Qu-quoi ?

— Taisez-vous, et embrassez-moi !

Les doigts de Mitch se crispèrent sur sa nuque, cherchant à l'attirer un peu plus près, et elle se pencha pour venir effleurer ses lèvres d'un baiser fugitif.

— Ça allait, comme ça ?

Elle s'efforçait de paraître calme, mais elle avait la gorge sèche et son cœur battait à tout rompre. Dans le silence paisible de la nuit, il lui semblait même qu'il faisait un bruit assourdissant dont Mitch pouvait percevoir l'écho.

C'était probablement l'air de la montagne qui lui tournait la tête. A moins que…

Vibrant de tout son corps, elle écrasa sauvagement sa bouche sur celle de Mitch.

Bientôt balayée par une onde puissante et irrésistible de plaisir, elle noua les bras autour de son cou et se laissa consumer tout entière dans la violence et la passion de cette étreinte. Il y avait si longtemps qu'un homme ne l'avait pas prise dans ses bras, qu'elle n'avait pas gémi…

Le gémissement, à peine audible, n'était pas sorti de sa gorge mais de celle de Mitch, réalisa-t-elle soudain. Et pour la simple raison qu'elle était en train de l'étouffer.

— Désolée, balbutia-t-elle en s'écartant, épouvantée par sa maladresse.

Mais il ne la laissa pas s'échapper.

— Ça va, dit-il, en caressant du pouce son front soucieux. Après tout, la respiration, ce n'est pas si important.

Ressassant son humiliation, Dimi n'avait pas le cœur à plaisanter. Puis, une petite voix lui souffla que ce n'était pas si grave. *Il faut viser haut, décrocher les étoiles*, entendit-elle. Alors, sans réfléchir davantage, elle posa de nouveau ses lèvres sur celles de Mitch, et s'abandonna bientôt à la caresse experte de sa langue qui en explorait sans retenue l'intimité.

Son baiser était renversant, et elle sentit le désir sourdre au plus profond d'elle-même. Déjà toute pensée raisonnable lui échappait, et elle crispa la main dans ses cheveux.

Les doigts de Mitch vinrent bientôt dénouer les siens,

et elle réalisa qu'elle tirait de toutes ses forces sur les soyeuses mèches d'ébène.

— Je suis désolée, murmura-t-elle en s'écartant, le visage en feu.

A quoi donc avait-elle pensé ? A quoi sa sœur avait-elle pensé ? Elle ne pouvait pas faire ça.

— Je crois, dit-elle d'une voix tremblante, que j'ai un peu faim.

— Vous êtes sûre ? Vous ne voulez pas plutôt refaire un essai ?

— Non, j'ai envie d'aller dîner.

Il chercha son regard, laissa échapper un soupir, et se releva.

— La prochaine fois, dit-il en lui tendant la main, je me laisserai stoïquement arracher les cheveux plutôt que de vous arrêter. Souvenez-vous-en !

Qu'il compte plutôt sur elle pour oublier ce rendez-vous grotesque ! Et le plus vite possible.

Chapitre 8

— Vous avez des messages, cria Suzie.

Comme toujours en pleine effervescence, elle prit à peine le temps de s'arrêter pour tendre à Mitch un paquet de notes écrites sur papier rose fluo.

— Celui du dessus est super urgent.

Elle avait raison. Le message venait de son bureau de Los Angeles.

Mitch, nous avons une autre émission en péril à vous confier. Envoyons remplaçant pour Tous à table. *Bon boulot. Rappliquez dès que possible.*

Sous le choc, Mitch s'arrêta au beau milieu du couloir grouillant de monde et fixa la dernière phrase.

Quelqu'un le bouscula et se mit à ronchonner. Puis le jeune assistant pâlit en voyant à qui il avait affaire.

— Oh, désolé, monsieur.

Hébété, Mitch releva les yeux de son message.

— Hein ?

— Vous ne devriez pas rester en plein milieu, suggéra gentiment le jeune homme, ça pourrait être dangereux avec le passage qu'il y a à cette heure-ci.

— Ouais, grommela-t-il, en se plaçant à l'écart.

Une semaine plus tôt, un message de cette nature l'aurait comblé de joie. Or, il ne ressentait aucun enthousiasme.

Il allait rentrer chez lui.

Il avait beau se répéter ces mots mentalement, cela ne marchait pas. A croire que, petit à petit, sans qu'il y prête attention, il s'était attaché à cette émission, à cette ville… A ces gens. A une personne en particulier.

Dimi, la femme aux yeux trop sérieux et à la bouche si peu sage.

Dans un état second, il gagna le plateau et y découvrit Dimi. Assise sur le comptoir, elle balançait ses longues, longues jambes, audacieusement mises en valeur par une courte robe d'été à fines bretelles, et semblait absorbée par la lecture du journal.

— *Cinq minutes* ! cria le réalisateur.

— Vous savez, vous devrez bien me parler un jour ou l'autre, remarqua Mitch, agacé par l'ostentation qu'elle mettait à l'ignorer.

Chose qu'elle réussissait d'ailleurs parfaitement depuis leur baiser au clair de lune.

La jeune femme se mit à battre du pied plus rapidement, tout en continuant à regarder ailleurs.

— Dites-moi quelque chose.

— D'accord. Elle tourna enfin la tête vers lui. J'ai appris que vous alliez partir.

Il soupira, et ne prit même pas la peine de souligner qu'il venait lui-même d'avoir le message trois minutes plus tôt. *Merci, Suzie.*

Dimi était-elle heureuse de son départ, ou si affectée qu'elle ne trouvait pas la force d'en parler ? Comment le savoir ?

— Vous voulez en parler ?

Pour toute réponse, elle se remit à lire.

Très bien ! De toute façon, elle allait être obligée de faire l'émission avec lui. Là, plus moyen pour elle de l'ignorer.

— J'ai cru comprendre que nous préparions un rôti d'agneau, aujourd'hui ? dit-il sur le ton de la conversation, tandis qu'on lui fixait un micro à la chemise.

— Hmm, marmonna Dimi.

Ne sachant visiblement où fixer le micro de la jeune femme, l'assistant le lui tendit. Tout aussi indécise, Dimi le garda en main et contempla sa tenue d'un regard de plus en plus anxieux à mesure que les secondes passaient.

Mitch sentit son humeur s'alléger considérablement.

— On dirait que vous avez un problème, dit-il en se rapprochant.

Avant qu'elle ait pu protester, il s'empara du micro.

— Effectivement, ça semble bien compliqué, dit-il en la jaugeant de la tête aux pieds.

— Je peux me débrouiller.

— Non, j'ai trouvé, annonça-t-il, en glissant un doigt sous la fine bretelle qui retenait la robe.

Il sentit la jeune femme frémir et retenir son souffle, et un lent sourire se dessina sur son visage.

— Finalement, je ne crois pas que ce soit une bonne idée. Mais, peut-être…

Il fit courir son index le long du décolleté, frôlant sa peau crémeuse.

— Ici, décida-t-il enfin.

D'une main qui ne tremblait pas, il souleva la fine étoffe et fixa le micro à l'attache de la bretelle, juste au-dessus de son sein gauche.

Dimi avala sa salive avec effort, consciente de la tension soudaine de ses seins, à la pointe dressée comme un bourgeon prêt à éclore.

— Ça vous amuse, n'est-ce pas ?

— Je ne vois pas de quoi vous parlez, affirma-t-il, d'un ton innocent. Vous avez froid, Dimi ?

— Non, je…

Elle s'interrompit, vexée par son sourire triomphant.

Il pencha la tête, offrant à l'équipe qui s'affairait dans son dos l'image innocente d'un présentateur aidant une collègue à fixer son micro.

Mais ce qu'il éprouvait à cet instant n'avait rien d'innocent. Grisé par son parfum, par le contact de sa peau si douce, il inclina un peu plus la tête et lui vola un baiser dans le cou. Un baiser long et appuyé, presque une morsure.

Un gémissement à peine perceptible jaillit de sa gorge, puis elle plaqua les mains contre son torse, sans doute pour le repousser. Plus rapide qu'elle, il laissa courir sa langue sur l'endroit qu'il avait mordillé et Dimi crispa les doigts sur sa chemise.

— *Vingt secondes !*

Dimi s'écarta avec brusquerie et l'observa, les yeux brillants. Comme attiré par un aimant, le regard de Mitch s'arrêta sur la rondeur pleine de sa poitrine qu'il voyait se gonfler et se creuser selon un rythme de plus en plus rapide, comme un écho aux battements de son propre cœur.

— Eh bien ! murmura-t-il.

— Mmm, approuva Dimi avant de rejoindre ses marques.

Elle rejeta ses cheveux en arrière, frottant l'une contre l'autre ses lèvres fardées de rouge, et tenta de reprendre contenance.

Elle était visiblement à mille lieues de se douter combien elle était séduisante et désirable. Elle avait les joues en feu, les lèvres humides et gonflées… Ah, cette bouche ! Jamais elle n'avait incarné avec autant de conviction son rôle de diva de la cuisine et du sexe.

— *Dix secondes !*

— C'est vrai ? demanda-t-elle à voix basse. Vous partez ?

— Oui. Ma mission est terminée, on me rappelle.

Elle eut un petit signe de tête et détourna le regard.

Mitch se mit en place, mais il se sentait déstabilisé et, pour la première fois de sa vie, il ne parvenait pas à se ressaisir. La frontière entre cette émission et le plaisir qu'il éprouvait avec Dimi avait tendance à s'amenuiser de plus en plus. Il avait même l'impression que son cœur, emprisonné dans un carcan de glace depuis la mort de Daniel, commençait doucement à se réchauffer.

La vie lui jouait décidément un drôle de tour !

— *Cinq, quatre…*

Le moment n'aurait pu être plus mal choisi, non plus, pour découvrir qu'il n'avait absolument pas envie de rentrer à Los Angeles.

— *Trois, deux…*

Dimi prit une profonde inspiration, mais ne réussit pas pour autant à se vider la tête. Comment penser à autre chose qu'à la bouche chaude et exigeante de Mitch ?

— *Et c'est à vous !*

Dimi adressa un sourire à la caméra, surprise de constater qu'elle n'avait plus à se forcer pour paraître enthousiaste et chaleureuse. Elle avait tellement changé depuis le jour où Mitch Knight avait posé le pied dans ce studio.

Mais bientôt il serait parti, et elle aurait tout loisir de

redevenir la Dimi d'autrefois. Seulement, quelque part en route, cette femme lui était devenue une étrangère.

— Bienvenue, chers amis. Toute cette semaine, nous allons faire une quantité de recettes plus délicieuses les unes que les autres. Demain, je vous apprendrai à réaliser des *frittelle alla pancetta*, parfumés au romarin.

— Des quoi ? demanda Mitch, en écarquillant les yeux.

Elle imagina sans peine que, derrière leur poste, des milliers de téléspectatrices étaient en train de fondre devant son expression d'innocente ignorance. Seulement, elle était bien placée pour savoir qu'il n'y avait rien d'innocent en lui.

— Des beignets à la mode piémontaise, expliqua-t-elle. Mais, pour le moment, nous allons nous intéresser au rôti d'agneau.

Sans trop savoir comment, Dimi parvint à terminer son introduction, en dépit du trouble grandissant que provoquait en elle la présence de cet homme infiniment trop séduisant. Et infiniment trop calme et silencieux.

— Nous allons également apporter un petit changement dans l'émission d'aujourd'hui, annonça soudain Mitch.

Dimi ouvrit de grands yeux. Elle aurait dû deviner que son mutisme n'allait pas durer éternellement.

— Nous allons prendre des appels en direct, dit-il, d'un ton tout à fait neutre.

Dimi manqua trébucher sur ses hauts talons.

— Quoi ?

— Une petite minute, je vais vous expliquer ça, dit-il, en se dirigeant vers le réfrigérateur.

C'était censé être à elle de sortir la viande du réfrigérateur, et elle lui arracha le plat des mains.

C'est vrai, quoi ! Chacun son rôle.

— J'essayais juste de vous rendre service, dit Mitch, avec un sourire naïf. Je ne voudrais pas que vous preniez froid dans cette petite robe légère.

Elle avait déjà la chair de poule par sa faute, mais elle se garda bien de le faire remarquer.

— Merci, Mitch. La femme qui vous épousera aura bien de la chance.

Elle offrit son plus beau sourire à la caméra, et déposa la viande sur le comptoir. Puis elle se saisit d'un petit maillet en bois, s'attirant une mimique effrayée de Mitch.

— Qu'allez-vous faire avec ça ?

— Attendrir la viande.

Il fit mine de frissonner.

— Faites-moi penser à ne jamais vous mettre en colère.

— Trop tard, c'est déjà fait, répliqua-t-elle, d'une voix doucereuse.

Comme elle levait le maillet d'un geste décidé, l'une des bretelles de sa robe glissa sur son épaule, et elle lança un regard courroucé à l'homme qui avait choisi cette tenue. Puis elle remonta la bretelle et se concentra sur sa tâche.

Le rôti fut bientôt prêt à passer au four, et Mitch annonça qu'ils allaient prendre les premiers appels.

— Bonjour, dit-il, les yeux fixés sur la caméra. Vous êtes à l'antenne. Allez-y, vous pouvez poser votre question.

— Oh, là, là ! Qu'est-ce que je suis contente de vous parler ! C'est Millie de Fernley, à l'appareil.

— Comment allez-vous, Millie ? Il adressa à la caméra un sourire, dans lequel passait une tendresse et une chaleur que chaque téléspectatrice devait croire adressées à elle seule. En quoi pouvons-nous vous aider ?

Bien qu'elle ait probablement passé plus de soixante ans à fumer, et peut-être presque autant à conduire un semi-remorque, leur interlocutrice se mit à glousser et à minauder comme une adolescente.

— Eh bien, disons que… je me demandais… Enfin, j'aimerais savoir si vous et Dimi sortez ensemble.

Mitch affecta un air gêné, et se tourna vers la jeune femme.

— La réponse est non, répondit cette dernière.

— Quel dommage ! Un si bel homme. Ne me dites pas que vous ne l'avez pas remarqué ?

— Auriez-vous une question en rapport avec la cuisine, chère Millie ?

— Oui, j'ai une autre question. J'aimerais bien savoir avec qui vous fricotez, s'il ne s'agit pas de Mitch.

Dimi ouvrit de grands yeux.

— Je vous demande pardon ?

— Quelqu'un vous a embrassée, il n'y a pas longtemps.

Dimi força un petit rire.

— Quelle imagination vous avez, Millie ! Mais je vous rappelle qu'il s'agit d'une émission culinaire. Avez-vous une question à nous poser, ou une astuce à nous faire partager ?

— Non. Tout ce que j'aimerais connaître, c'est le nom de celui qui vous a fait cette marque dans le cou. Vous êtes sûre qu'il ne s'agit pas de Mitch ?

Dimi échangea un regard avec son coanimateur, puis l'antenne fut coupée le temps d'une pause publicitaire.

Suzie se précipita sur le plateau, un miroir à la main et, au prix de quelques contorsions, Dimi réussit à apercevoir ladite marque à la base de son cou.

— Oh, zut !

Le téléphone portable de Suzie sonna, et elle décrocha aussitôt, sans quitter Dimi des yeux.

— Oui, elle est à côté de moi. Mais elle n'a que trois minutes. Fais vite, conclut-elle, avant de tendre l'appareil à Dimi.

— Sacré cachottière, s'écria Cami, sans s'embarrasser de périphrases. Alors, ça y est ? Tu l'as fait ?

— Cami !

— Tu l'as fait sur le plateau, plaquée contre le réfrigérateur, tellement vibrante de désir que tu as oublié que quelqu'un pouvait entrer à tout moment ?

Dimi leva les yeux au ciel, puis elle fit l'erreur de regarder Mitch. Il étudiait un dossier que venait de lui tendre un assistant mais, à l'instant où ses yeux se posèrent sur lui, il regarda dans sa direction comme si elle l'avait appelé de ses pensées. Elle se sentit soudain mise à nu, percée jusqu'au plus profond de l'âme.

Inutile désormais de se demander s'il était capable de la coincer contre le réfrigérateur. C'était tout à fait son genre et, à cette pensée, une vague de chaleur lui traversa le ventre.

— Cami, il faut que je te laisse.

— Tu l'as fait ! Contre le frigo. Oh, bon sang, sœurette, c'est vraiment cool !

— Mais pas du tout ! C'est juste que… Elle baissa la voix jusqu'à ce qu'elle ne soit plus qu'un murmure à peine audible. Il fait tout pour me rendre folle, Cami.

— Tu veux dire pour te donner envie de lui à en crier ?

— Exactement.

— Eh bien, dans ce cas, tu n'as qu'à le prendre à son

propre jeu. Ne le laisse plus te manipuler. Arrange-toi pour le rendre fou à ton tour.

— Mais…

— Mais rien. Fais-le, un point c'est tout !

Une fois de plus, son regard se posa sur l'homme qui lui faisait perdre tous ses moyens.

— Je ne sais pas si j'en suis capable.

— Quoi ? Tu te moques de moi ? Tu t'es regardée dans un miroir, récemment ? Nous sommes de vraies bombes, ma petite. Nous avons tout ce qu'il faut, alors pour l'amour du ciel, sers-t'en.

Dimi s'efforça de détailler Mitch d'un œil neutre, comme si elle le voyait pour la première fois. Le noir halo de sa chevelure, son visage à l'expression cynique, sa haute stature à la musculature impressionnante… Tout chez lui était extraordinaire.

Et elle le désirait comme elle n'avait jamais désiré aucun homme.

Peut-être éprouvait-il pour elle la même chose, tout en parvenant à se contrôler. Etait-elle capable de lui faire perdre son sang-froid ?

Quoi qu'il en soit, elle savait déjà qu'elle ne l'aurait jamais tout à elle. Bientôt, il serait parti…

— Fais-le, cria Cami dans son oreille.

En était-elle capable ? Pour s'en assurer, Dimi chercha le regard de Mitch, et s'humecta lentement les lèvres.

L'expression de Mitch marqua la confusion, et il laissa tomber ses papiers.

Ça ne pouvait quand même pas être aussi facile que ça.

Elle devait en avoir le cœur net. Passant la main dans

ses cheveux, elle lui adressa un regard langoureux entre ses cils baissés.

Elle le vit battre des paupières et déglutir avec peine.

— Dimi ? Tu es toujours là ?

— Oui, je suis là.

Dimi esquissa un sourire tandis qu'elle prenait enfin conscience du pouvoir de sa féminité.

— Je suis là, et prête à sortir le grand jeu.

Chapitre 9

Depuis deux jours, Mitch était en ébullition. Le visage moite, le corps brûlant, il avait le plus grand mal à se concentrer sur son travail.

Et son impression de malaise n'avait rien à voir avec le front chaud en provenance du golfe du Mexique qui s'était abattu sur la région.

— Mitch ?

Un léger coup frappé à sa porte accompagna cette voix douce et familière, et il interrompit un instant ses allées et venues à travers le bureau.

Dimi. La source de tous ses problèmes.

— Je ne suis pas là, répondit-il d'un ton rogue.

Derrière la porte, Dimi éclata d'un rire frais et cristallin qui lui fit grincer des dents.

Que lui était-il arrivé ? Soudain, il n'avait plus à la pousser pour qu'elle se montre drôle et sexy, elle l'était naturellement.

Sans le moindre effort…

Et, tout à coup, c'était lui qui se trouvait dans l'embarras. Et il pouvait dire exactement quand cela avait commencé : à la minute précise où elle s'était mise à le dévorer des yeux, à la manière d'une femme qui mourrait de faim devant un repas gargantuesque.

Elle ouvrit la porte et entra dans le bureau d'un pas léger, presque dansant. Elle portait…

Oh, Seigneur ! Il plaqua une main sur ses yeux, s'attirant un nouveau rire léger.

— Parfait ! Je vois que ça vous plaît.

Ça faisait évidemment référence à sa tenue, qui consistait en deux débardeurs à fines bretelles superposés, l'un blanc et l'autre rouge vif, et d'une courte jupe portefeuille en jean, qui couvrait et dévoilait tour à tour ses longues jambes, à mesure qu'elle avançait vers lui.

La caméra allait tout bonnement la dévorer. Et c'est ce qu'il ferait si elle s'approchait davantage.

Depuis deux jours, elle n'avait cessé de le poursuivre, envahissant son espace, lui souriant sans cesse comme si elle détenait un lourd secret, faisant, pour tout dire, de sa vie un enfer.

— Je suis venue vous dire qu'il restait quinze minutes avant l'antenne, dit-elle d'une voix qui s'apparentait à un ronronnement. Dépêchez-vous, tout le monde a besoin de vous. Et moi, en particulier.

Comme attiré par un aimant, son regard s'arrêta sur ses seins, qu'il vit se durcir sous la caresse de ses yeux.

— Vous ne portez pas de soutien-gorge ?

— Bien sûr que si !

Il observa plus attentivement la rondeur pleine et ferme de sa poitrine.

— Je vois bien que non.

Avant qu'il ait pu deviner son geste, elle fit glisser les

deux bretelles du débardeur sur son épaule droite, et retourna légèrement l'étoffe, révélant le haut de son sein.

— Mais, que faites-vous ? demanda-t-il, réellement effaré.

— Il faut bien que je vous montre, puisque vous ne voulez pas me croire. Suzie a cousu des bonnets séparés au tissu. Vous voyez ?

Il hocha la tête, mais ce n'était pas l'ingénieux procédé qu'il regardait. Non, il dévorait des yeux les courbes affolantes que le soutien-gorge retenait à peine, la peau blanche et crémeuse qui le faisait saliver d'envie.

— Vite, dit-elle, nous allons être en retard.

Elle remit de l'ordre dans sa tenue et, comme s'il était un enfant désobéissant, elle le saisit par la main et l'entraîna hors de la pièce.

Il la suivit sans résistance, les yeux fixés sur le balancement de ses hanches, que les hauts talons rendaient plus sensuel encore.

Pouvait-il s'agir de la jeune femme timorée et mal dans sa peau des débuts ? Elle, quelconque et sans attraits ?

Ah ! Qu'on le laisse en rire !

Si toutefois il avait encore assez de tonus pour ça. A force de concentrer toute son énergie à ignorer la lave brûlante qui déferlait dans tout son corps chaque fois qu'il se trouvait en sa présence, il se sentait épuisé.

Elle jeta un regard par-dessus son épaule et lui adressa un sourire qui ne fit qu'accélérer un peu plus la course de son sang dans ses veines. Incapable de trouver les mots pour lui expliquer qu'il connaissait le chemin du plateau et qu'il pouvait très bien s'y rendre seul, il la suivit sans broncher, sans être vraiment sûr qu'il lui restait assez de fonctions intellectuelles pour animer l'émission.

Une fois sur le plateau, il se laissa tomber dans le premier fauteuil venu et se massa lentement les tempes, en se demandant si un homme pouvait mourir de trop refréner son désir.

— Que se passe-t-il ? demanda Dimi, d'une voix douce et caressante comme de la soie. Vous avez mal à la tête ?

Avant qu'il ait eu le temps de répondre, elle s'était placée derrière lui. Les mains autour de son cou, elle le força à incliner la tête jusqu'à ce qu'elle repose contre sa poitrine. Puis, d'un geste doux et lent, elle commença à lui masser le cuir chevelu.

Tout son corps frémit comme sous une invisible bourrasque, et il essaya de se rappeler les raisons qu'il avait de lui résister.

Pourquoi ne lui saisissait-il pas les poignets pour lui faire contourner le fauteuil et l'attirer sur ses genoux, cédant à ce qui les torturait tous les deux depuis des jours ?

Tout simplement parce qu'il allait partir, et qu'il n'avait pas envie avec elle d'une aventure sans lendemain.

Dans le même temps, il n'était pas sûr de vouloir ouvrir son cœur à quelqu'un qui risquait de compter un peu trop. La perte de son frère avait failli l'anéantir, et il savait qu'il n'aurait pas la force de souffrir ainsi de nouveau.

Juste au moment où il commençait à se ressaisir, elle se pencha et lui frôla l'oreille de ses lèvres.

— Ça va mieux ?

Ordre leur fut alors donné de rejoindre leurs places, et il accueillit avec soulagement cette diversion.

*
* *

Dimi avait parfaitement conscience de jouer avec le feu. Cela faisait partie de son plan, mais elle se sentait comme un patineur contraint de réaliser des prouesses sur une glace si fine qu'elle menaçait de craquer à tout moment.

Elle voulait que Mitch se consume de désir pour elle, sans jamais lui laisser la moindre chance de parvenir à ses fins. Mais elle sentait ses résolutions s'affaiblir de jour en jour. Cette… *chose* entre eux menaçait d'échapper à tout contrôle.

Ce n'était qu'un jeu, ne cessait-elle de se répéter, une façon de se venger de ce qu'il lui avait fait endurer.

Seulement, elle devait bien s'avouer qu'elle adorait ce qu'il avait fait d'elle. Elle aimait les vêtements qui la faisaient se sentir si désirable, elle aimait cette sensation de liberté qui la faisait plaisanter et prendre les choses un peu moins au sérieux. Elle souriait tout le temps, et cela n'avait rien à voir avec les consignes que Mitch lui avait données.

Elle se sentait bien plus heureuse qu'avant.

Mais elle n'était pas assez sûre d'elle pour faire l'amour avec Mitch. Elle savait qu'elle ne pourrait s'empêcher d'y laisser une partie de son cœur.

Et puis il y avait ce tout petit détail, oh ! tellement dérisoire, que constituait son départ imminent. Mieux valait donc ne jamais rester seule avec lui.

Un jour, pourtant, c'est ce qui arriva.

Les deux assistants qui déjeunaient avec eux à la cantine du studio finirent en hâte leur repas, et les abandonnèrent à table.

Dimi, qui avait renoncé à ses mauvaises habitudes alimentaires pour que ses tenues tombent mieux, se leva presque aussitôt.

— Je la finirai plus tard, annonça-t-elle, en s'emparant de sa barquette de légumes.

Mitch lui saisit le poignet.

— Je vous fais peur ?

Elle vit une lueur de défi dans ses yeux gris et se rassit immédiatement, peu désireuse de lui laisser croire une telle chose.

— Pas vraiment.

— Hmm…

Il planta les dents avec appétit dans son sandwich au beurre de cacahuète, et la considéra avec un mélange de circonspection et d'ironie.

— Vous évitez pourtant de rester seule avec moi.

Il but une gorgée de soda, et Dimi songea que son repas était diablement plus appétissant que le sien.

— Et vice versa.

A contrecœur, elle mâcha une bouchée de carottes râpées.

— Vous mangez toujours cette nourriture pour lapins ?

Lorsqu'elle le vit plonger la main dans un paquet de chips, Dimi pesta contre sa nature par trop généreuse.

— Vous allez vous boucher les artères, remarqua-t-elle d'un ton pincé.

— Moi, je crois plutôt que vous êtes jalouse.

Il lui tendit le paquet de chips, qu'elle refusa d'un signe de tête.

— A votre guise.

Il enfourna une poignée de chips, les mâcha avec ostentation, et se lécha les doigts.

Dimi contempla avec désespoir son assortiment de carottes, de chou et de céleri râpés.

— D'accord, mais juste une seule.

— Non, dit-il, en plaquant le paquet contre son torse. Trop tard.

— Donnez-m'en une !

Il eut un sourire machiavélique.

— Que ferez-vous en échange ?

Elle sentait déjà le goût du sel sur sa langue, et cette sensation de gras si réconfortante. Il fallait qu'elle en mange au moins une. Elle aurait fait n'importe quoi pour ça. Jusqu'à ce qu'elle décèle une lueur de triomphe dans les yeux gris de Mitch.

— Allez, dit-il d'un ton charmeur. Il y a sûrement quelque chose que vous pourriez faire. Vous pourriez… oh, je ne sais pas… Par exemple, vous pourriez m'expliquer à quoi vous jouez avec moi.

Dimi ouvrit de grands yeux innocents.

— Je ne vois pas de quoi vous parlez.

— Allons, il y a bien une raison à ce déploiement soudain de charme. Remarquez bien que ça ne me dérange pas. Mais j'aimerais savoir.

— Il n'y a peut-être aucune raison.

— Je sais bien qu'il y en a une.

— Bon, d'accord ! Vous m'avez eue, j'avoue. C'est parce que vous êtes un homme facile. Et maintenant, donnez-moi ce fichu paquet.

Mitch le lui tendit et la regarda plonger la main dedans.

— Je ne suis pas toujours si facile.

— Mais oui ! C'est ça.

— Je vous assure.

— Mouais.

— Je le suis uniquement avec vous.

Elle scruta le visage de Mitch, cherchant à deviner s'il plaisantait, et jugea qu'il ne pouvait pas en être autrement.

— Mais bien sûr, chantonna-t-elle, je vous crois.

Avait-elle imaginé la lueur de désarroi qui ternit un instant son beau regard sombre ?

Sans aucun doute.

Ils se retrouvèrent à déjeuner le jour suivant, et le lendemain, et chaque fois Mitch se montra charmant, drôle et plein d'esprit.

— Demain, je vous invite au restaurant, annonça-t-il, le quatrième jour.

Dimi se sentit soudain inquiète.

— Rien que nous deux ?

— Oui.

— Vous voulez dire, comme une sorte de rendez-vous ?

— Absolument.

— Mais… Nous ne sortons pas ensemble.

Il l'observa en silence, une étrange lueur dans le regard.

— Il n'en est pas question ! affirma-t-elle.

— Je ne vous demande pas de finir vos jours avec moi, Dimi, juste de partager un repas. Ne me dites pas que vous ne l'avez jamais fait.

A la façon dont elle tremblait, telle une adolescente à son premier rendez-vous, on aurait pourtant pu croire le contraire.

— C'est-à-dire…

— Oui, ou non ?

— Eh bien… Euh… Bon, d'accord.

Elle aurait toute la vie pour le regretter, songea-t-elle.

Mais tout se déroula le plus naturellement du monde.

Ils déjeunèrent ensemble. Puis il y eut un dîner. Suivi de trois autres.

— Ce n'était pas un vrai rendez-vous, déclara-t-elle, à l'issue du quatrième dîner.

De nouveau, Mitch eut ce regard indéchiffrable.

— Il n'y a absolument rien entre nous, affirma-t-elle, alors qu'il la déposait chez elle après le septième dîner.

Et il se contenta de sourire.

La robe portefeuille était une idée de Suzie, et il fallut un moment à Dimi pour draper autour d'elle la magnifique pièce de soie aux motifs chatoyants.

— Splendide ! déclara Suzie, en reculant d'un pas pour mieux admirer le résultat. Mais tu ferais mieux de faire un double nœud, ajouta-t-elle, en désignant le lien qui s'enroulait autour de la taille et maintenait l'ensemble.

— Si je fais un double nœud, je n'arriverai pas à me déshabiller.

Elles étudièrent toutes deux le reflet de Dimi dans le miroir. C'était une tenue originale et classique à la fois qui mettait en valeur sa poitrine, grâce à un profond décolleté en V, et sublimait ses jambes par un subtil jeu de cache-cache.

— Fais quand même attention, dit Suzie, avec un dernier regard vers le lien noué sur sa hanche.

Funestes paroles !

***

Une demi-heure plus tard, alors qu'elle expliquait , avec un débit de mitraillette, comment disposer les différentes couches qui allaient former ses lasagnes à la florentine, Dimi heurta le coin du comptoir.

Juste au niveau de la hanche.

La catastrophe redoutée par Suzie venait de se produire. Le nœud un peu trop lâche s'était pris dans une fente du carrelage, et sa robe venait de s'ouvrir en direct, devant des milliers de téléspectateurs.

Un plat dans les mains, elle restait pétrifiée, les yeux écarquillés d'horreur, n'osant songer au prochain article dans la presse locale.

Tournant le dos à la caméra, elle posa le plat sur le comptoir et entreprit de se rhabiller, tandis qu'elle entendait Mitch annoncer une coupure publicitaire.

— Tu t'en sors ?

Dimi n'avait pas le courage de se retourner et d'affronter le regard de Mitch. Luttant contre les larmes qui lui brûlaient les paupières, elle acheva de batailler avec sa robe et fit un triple nœud à la ceinture.

Deux mains chaudes se posèrent doucement sur ses épaules, et le souffle de Mitch caressa ses cheveux.

— Si tu te mets à rire, je te jure…, commença-t-elle, d'un ton menaçant.

— Je t'assure que je n'ai aucune envie de rire.

Mitch laissa retomber ses mains et s'assura lui-même de la solidité du nœud.

— Je suis bien trop embarrassé pour ça.

— Je ne vois pas pourquoi. Ce n'est pas toi qui t'es

montré à la Terre entière en sous-vêtements de coton blanc moches à pleurer.

— Tes sous-vêtements n'ont vraiment rien de moche. Tu peux me croire sur parole.

— Personne ne s'est rendu compte de rien, annonça Ted, les yeux vissés sur le moniteur où défilait la bande de la séquence précédente. J'ai senti venir la catastrophe, et j'ai eu la présence d'esprit de changer de plan.

— C'est vrai ? Oh, Ted, j'ai envie de t'embrasser ! déclara Dimi.

Le visage de Ted s'illumina, puis il intercepta le regard ombrageux de Mitch.

— Hmm, il vous reste une minute avant la fin de la pub, les enfants.

Mitch acheva de draper la robe de Dimi de façon qu'elle soit parfaitement décente, puis il plongea son regard sombre dans les yeux de la jeune femme, avec une intensité qui la fit frissonner.

— Ce soir, je viens chez toi.

L'intonation était basse, intime, et un chaos d'émotions la submergea. Ce soir, il allait se passer quelque chose de décisif, elle le savait. Et cette certitude l'emplissait de peur et d'excitation.

— J'ai des choses à faire, dit-elle, en veillant à ce que son frémissement intérieur ne se communique pas à sa voix.

— Quel genre de choses ? Tu dois réfléchir à de nouveaux moyens subtilement pervers de me torturer ?

— Non, j'avais simplement prévu de me laver les cheveux.

Mitch secoua lentement la tête.

— Il faut que nous parlions.

— Tu veux parler ?

Ça, elle pouvait le faire. Enfin, peut-être.

— Pourquoi pas ? dit-elle avec un détachement qu'elle était loin d'éprouver. Mais tu es sûr que tu ne veux vraiment que parler ?

— Dans un premier temps.

Sur ces mots, il s'éloigna, laissant la jeune femme abasourdie.

Dimi sentit ses forces lui manquer, tandis que le sol semblait se dérober sous ses pieds. Heureusement, le rebord du comptoir lui offrait un secours providentiel, et elle s'y agrippa de toutes ses forces, cherchant à retrouver un équilibre dans un univers où les lois de la gravité semblaient ne plus avoir cours.

Chapitre 10

Où étaient passées ses bonnes résolutions ?

Appuyé contre sa moto, Mitch contemplait les fenêtres illuminées de la maison en essayant de comprendre quand exactement il avait changé d'avis.

Une chose était sûre, il n'était pas venu pour parler.

Même si son départ était annoncé dans moins d'une semaine, il allait entrer dans cette maison, prendre Dimi dans ses bras et céder enfin à cette passion qui les dévorait depuis des jours et des jours.

Après, il pourrait partir sans regrets.

Dimi allait et venait dans la cuisine, déployant une énergie qui n'était rien d'autre que de la panique.

Elle lissa une nouvelle couche de glaçage sur le gâteau au chocolat, et ne put s'empêcher de lécher le couteau avant de le jeter dans l'évier, où il alla rejoindre un monticule de couteaux sales.

Elle ouvrit le tiroir et en sortit un autre. Le dernier.

Comment était-ce possible ?

Elle refusa d'admettre qu'elle avait léché vingt-trois fois

le glaçage sur la lame, et se préoccupa encore moins de calculer le nombre de calories qu'elle venait d'ingurgiter.

Elle s'interdit par la même occasion de vérifier de nouveau l'heure, compte tenu du fait qu'elle avait consulté la pendule toutes les dix secondes, ou presque, jusqu'à s'en rendre folle.

Elle y jeta quand même un coup d'œil, en prétendant vérifier si Brownie allait bien.

7 heures.

Si Mitch avait réellement eu l'intention de venir, il aurait dû être là depuis longtemps.

Et s'il déboulait tout à coup, avec cette aura de charme et de sensualité, s'il avait en tête autre chose qu'une discussion amicale ?

Le simple souvenir du baiser qu'ils avaient échangé suffisait à lui faire tourner la tête. Jamais on ne l'avait encore embrassée de cette façon. Jamais un homme ne lui avait communiqué son désir aussi violemment. Et s'il était doué pour embrasser, elle n'osait imaginer les talents de Mitch dans d'autres domaines. Des choses que la plupart des hommes accomplissaient à la va-vite, pressés d'arriver au but.

Quelque chose lui disait que Mitch était du genre à prendre son temps.

Elle porta la main à son cœur pour essayer d'en maîtriser les battements désordonnés, et macula son chemisier de chocolat.

Quelle idée aussi de faire de la pâtisserie tout en pensant à cet homme !

Elle hocha la tête et apporta une touche de finition au gâteau.

Un coup frappé à la porte de derrière la fit sursauter. Elle laissa tomber son couteau et se tint immobile, les oreilles aux aguets.

Toc, toc.

Le cœur battant à tout rompre, elle se rua vers la porte et posa la main sur la poignée. Il n'y avait aucune raison de se mettre dans un état pareil quand il s'agissait probablement de Cami, venue lui emprunter quelque chose.

— Dimi ?

La voix profonde et basse avait quelque chose d'insupportablement familier.

Mais elle n'offrait pas la moindre ressemblance avec celle de Cami.

Elle fit un bond en arrière, puis elle posa de nouveau la main sur la poignée, et attendit, indécise.

— Dimi ? Tu me laisses entrer ?

Oui. Non. Oui.

— Je ne sais pas.

Il laissa échapper un son. D'amusement ? De frustration ?

Finalement, elle se décida à tourner le bouton de porte.

— Je pensais que c'était Cami, expliqua-t-elle. Puis, je me suis dit : non, Cami ne viendrait pas aussi tard, surtout avec Tanner pour lui tenir compagnie. Et, du coup, toute cette nourriture que j'ai achetée va être gâchée. Ou alors, je vais devoir tout manger, et je vais encore grossir…

Ça y est ! Voilà qu'elle recommençait à raconter n'importe quoi. Heureusement, Mitch la fit taire en la poussant à l'intérieur, avant de plaquer un baiser sur sa bouche.

Sans chercher à résister, elle s'abandonna à cette étreinte. Leurs corps se réunissaient, et chacun devinait la chaleur de l'autre à travers l'étoffe des vêtements. Les lèvres de

Mitch étaient douces, tendres, tièdes, et la butinaient avec une délicieuse habileté. Autour d'elle, tout semblait avoir disparu. Le monde se résumait à cet homme incroyablement séduisant.

Longuement, les yeux fermés, presque sans bouger, ils s'embrassèrent, goûtant la joie de se retrouver, puis Mitch s'écarta et lui sourit.

— Tu sens le chocolat. Tu as fait un gâteau ?

S'approchant du comptoir, il observa son chef-d'œuvre, trempa l'index dans le glaçage, et le porta à sa bouche.

— Hmm, délicieux ! Mais pas autant que toi.

Mitch la fixait avec une telle intensité, qu'elle se mit à frissonner sous son regard soudain assombri.

— Viens un peu ici, Dimi.

L'air lui manqua soudain, et elle recula d'un pas.

— Je suis toute poisseuse de chocolat, il faut que j'aille me changer.

— Ça ne me dérange pas.

— Tant mieux, parce que ta chemise est dégoûtante. Je suis vraiment désolée. Excuse-moi, je reviens.

Tandis qu'il baissait les yeux pour constater les dégâts sur sa chemise, elle en profita pour s'esquiver et courut jusqu'à la salle de bains.

Elle était partie en retard, ce matin, et la pièce était affreusement en désordre. Ses produits de maquillage étaient étalés un peu partout sur le plan autour du lavabo. Sa serviette de bain gisait abandonnée sur le sol, un mouchoir sale traînait, le tube de dentifrice n'était pas rebouché. La situation lui fit penser à ce que Cami lui répétait sans cesse quand elles habitaient ensemble : elle serait mieux dans le rôle du mari que de l'épouse.

Ce qui n'était pas plus mal, finalement, puisque personne ne semblait vouloir d'elle pour femme.

Le miroir au-dessus du lavabo lui renvoya l'image d'une femme aux joues rosies, aux yeux brillants, aux lèvres gonflées.

— Qu'as-tu l'intention de faire ? demanda-t-elle à cette inconnue qui la fixait.

— Ce que nous attendons tous les deux depuis des semaines.

La voix de Mitch dans son dos la fit sursauter. Quelle idiote ! Elle n'avait pas pensé à verrouiller la porte.

Leurs regards se croisèrent dans le miroir, et Mitch lui sourit.

— Je suis occupée, protesta-t-elle faiblement.

— Je vois ça.

Il s'approcha, son torse lui frôla le dos, et elle sentit une vague de chaleur lui traverser le ventre. Désir, puissance dix, estima-t-elle.

Mitch lui caressa doucement les cheveux, provoquant en elle une envie irrésistible de ronronner, puis il écarta la masse soyeuse et se pencha pour lui embrasser la nuque.

Dimi vacilla et s'agrippa au rebord du lavabo.

— Mitch…

Ses mains glissèrent jusqu'aux hanches de la jeune femme, la plaquèrent contre lui.

Percevant la preuve infaillible de son désir pour elle, elle essayait de reprendre son souffle, quand elle sentit ses doigts remonter vers son chemisier, en défaire habilement les boutons, et ouvrir son soutien-gorge, dont l'agrafe se trouvait devant.

— Mais je suis toute collante, répéta-t-elle bêtement, tout en observant les gestes de Mitch dans le miroir.

Elle le regarda faire glisser le chemisier le long de ses bras, puis son soutien-gorge, jusqu'à ce qu'elle soit nue jusqu'à la ceinture. Parcourue d'un violent frisson de plaisir, elle sentit la paume brûlante frôler les globes durcis de ses seins, se refermer dessus, en agacer les pointes.

S'abandonnant à ses mains expertes, elle se cambra contre lui, avide, frémissante, et ferma les yeux.

— Regarde-moi, murmura-t-il, en dévorant son épaule de baisers humides, tandis que ses doigts poursuivaient leur torture jusqu'aux limites du supportable.

— Il faut vraiment que je prenne une douche, protesta-t-elle faiblement.

— Plus tard.

Le bruit de la fermeture à glissière déchira le silence, et sa jupe tomba à ses pieds, révélant une grande culotte de coton blanc, qui fit aussitôt naître un sourire sur le visage de Mitch.

Elle essaya de se couvrir de ses mains, mais il les écarta avec douceur.

— Tu es la femme la plus séduisante que j'aie jamais rencontrée, et j'adore tes culottes en coton.

La lueur qui brillait au fond de ses yeux, faite de tendresse et de désir, transperça Dimi.

— Mais, maintenant, je crois qu'il est temps de l'enlever.

— Je…

Rien d'autre ne sortit de sa gorge, à l'exception peut-être d'un gémissement sourd, tandis qu'il faisait doucement glisser la culotte le long de ses jambes.

Ce qui la laissa bientôt nue face à un miroir, étreinte

par un homme entièrement habillé dont les caresses la rendaient folle.

Elle s'attendait à être embarrassée, intimidée sous la brûlure de ses yeux, mais il n'en fut rien. Etrangement, elle éprouva une fierté teintée de défi. Sous le regard de Mitch, elle se trouvait belle, et avait envie de lui offrir cette beauté.

Ses mains merveilleusement habiles glissaient autour de sa taille, épousaient le relief de son ventre, tandis que ses lèvres lui butinaient le cou, les épaules.

Le temps se suspendit lorsque ses doigts trouvèrent le point sensible entre ses cuisses, exactement là où elle les attendait. Leur mouvement habile ne tarda pas à lui arracher des gémissements rauques.

Eperdue, elle se raccrocha à la tablette au-dessus du lavabo, et fit tomber une boîte de tampons, qui se répandirent partout sur le sol.

Fixant les dégâts d'un air consterné, elle revint brutalement à la réalité.

Mitch rit doucement, et lui releva le menton.

— Comme ça, tu utilises des tampons ? Et alors, c'est le cas d'une femme sur deux.

Comme elle grommelait, il rit de nouveau et l'embrassa.

Il l'embrassa à perdre haleine.

Il l'embrassa jusqu'à ce qu'elle accomplisse l'exploit de faire tomber quelques produits de maquillage.

— Et en plus, tu es terriblement maladroite, observa-t-il, sans s'émouvoir.

Jetant un regard autour de lui, il parut tout à coup s'apercevoir du désordre.

— Et je vois que tu possèdes un horrible bonnet de douche.

Doucement, il lui prit le visage entre les mains.

— Mais je m'en moque, Dimi. Ce que je veux, c'est toi. Je veux me perdre dans ton corps, sentir tes jambes enroulées autour de mes hanches, t'entendre crier mon nom.

Ses mains glissèrent sur son corps, ranimant aussitôt la flamme, et il la souleva pour l'asseoir sur le plan à côté du lavabo.

— Dis-moi que tu me désires, murmura-t-il, les lèvres au creux de son épaule.

Bras et jambes noués autour de lui, traversée par un long frisson, elle n'eut aucun mal à lui obéir.

— J'ai envie de toi, dit-elle d'une voix étranglée.

Ses mains se crispèrent sur la veste de cuir.

— Pourquoi faut-il que tu portes autant de vêtements ? gémit-elle.

Il s'en défit d'un mouvement d'épaule.

Puis, comme les doigts fébriles de Dimi s'attaquaient aux boutons de la chemise, il lui vint en aide. En quelques secondes, il fut nu devant elle, et Dimi resta pétrifiée devant tant de beauté.

Elle se perdit alors en caresses sensuelles, laissant ses mains courir sur son torse à la musculature parfaite, sur ses épaules, sur son ventre plat et musclé, en évitant toutefois cette partie de son anatomie à la rigidité impressionnante. Parce que, franchement, tout ça la rendait terriblement nerveuse.

Les caresses audacieuses de Mitch eurent tôt fait de l'enfiévrer. Mais, quand elle le vit se pencher pour prendre un préservatif dans la poche de sa veste, elle revint une fois encore à la réalité.

Il y avait si longtemps qu'elle n'avait pas fait l'amour. Et le souvenir qu'elle en gardait n'avait rien d'exceptionnel.

Et voilà qu'un homme se tenait devant elle dans toute la splendeur de sa nudité. Une nudité particulièrement impressionnante, il fallait bien l'avouer.

— Je sais à quoi tu penses, dit-il en ouvrant la pochette d'aluminium.

Elle ne pouvait détacher les yeux de son sexe dressé, tandis qu'il y déroulait le préservatif.

— Ça m'étonnerait, dit-elle, en songeant qu'il y avait quelque chose d'indécent à regarder un homme accomplir ce geste.

Mitch lui souleva doucement le menton et déposa un baiser léger sur ses lèvres.

— Tu n'as aucune raison d'avoir peur.

Elle déglutit avec peine, hocha la tête et se prépara mentalement.

Mais les doigts de Mitch glissèrent sur son corps, s'aventurèrent dans la région la plus secrète de sa féminité, s'y frayèrent un passage, l'embrasèrent par de savants mouvements, jusqu'à ce que Dimi oublie ce qui la faisait hésiter.

Alors, les mains larges et chaudes de Mitch vinrent se poser sur ses hanches, et il se fondit lentement en elle.

C'était tellement délicieux qu'elle s'agrippa à ses épaules, les yeux fermés, attendant qu'il se décide à bouger, qu'il l'entraîne vers les sommets de l'extase.

Mais il restait immobile.

— Dimi ?

« Je t'en supplie » était la dernière pensée cohérente qui occupait son cerveau, et elle ne l'entendit pas.

— Dimi ?

Au prix d'un réel effort, elle ouvrit les yeux.

— Ça va ?

Si ça allait ? Il ne voyait donc pas qu'elle se consumait de désir ? Bon sang ! Elle n'avait aucune envie de parler. De l'action, que diable !

— Je ne te fais pas mal ?

— Oh, par pitié ! s'écria-t-elle. Arrête de discuter et fais-le !

Surpris, il la dévisagea une fraction de seconde, puis une lueur amusée passa dans ses yeux gris.

— Avec plaisir.

Ils se laissèrent alors entraîner au rythme frénétique de leur passion. Le plaisir monta en elle, irrésistible, et la tête renversée, elle l'exprima sans retenue dans un long cri.

Une partie de son esprit embrumé percevait les halètements de Mitch, et son gémissement sourd lorsqu'il s'abandonna au vertige d'un bonheur trop longtemps attendu, mais il fallut à Dimi un moment pour revenir à la réalité. Elle le vit alors penché sur elle, les muscles frémissants, le souffle altéré.

Sans réfléchir, elle dit la première chose qui lui passait par la tête.

— Finalement, cette histoire de célibat forcé, c'était vraiment ridicule. J'ai bien l'intention de me remettre à fréquenter des hommes.

— Quoi ?

Mitch se redressa et lui lança un regard horrifié.

Elle redescendit alors très vite sur terre. Ou plutôt, elle s'y écrasa.

Et sans air-bag !

— Rien, dit-elle d'un ton sec.

Pour rien au monde elle ne répéterait ce qu'elle venait de dire. Même sous la torture. En tout cas, pas tant qu'il continuerait à la regarder comme si elle avait assassiné toute sa famille.

— Absolument rien.

Elle sauta à bas du plan de toilette, donna un coup de pied dans les vêtements répandus au sol, tout en sachant très bien que la moitié lui appartenait, puis elle ouvrit la porte de la salle de bains.

— J'aimerais que tu me laisses, maintenant.

— Dimi…

Il essaya de lui saisir le bras, mais elle s'empara de la première arme venue pour le menacer : son sèche-cheveux.

— Sors, je te dis !

— Il faudra qu'on en parle.

— Compte là-dessus !

Puis, aussi peu élégant que ce fût, elle poussa brutalement dehors cet homme absolument splendide, et claqua la porte.

Qu'elle prit soin de fermer, cette fois.

Puis, elle se laissa tomber sur le rebord de la baignoire, et songea à ce qu'elle venait de faire.

Quel dommage que personne n'ait jamais songé à installer de congélateur dans les salles de bains !

Parce que, à cet instant précis, elle aurait bien eu besoin d'une glace au chocolat.

Chapitre 11

— Cami !

Dimi crispa un peu plus les doigts autour de son téléphone portable.

— Je sais qu'il est encore très tôt, excuse-moi de te déranger.

— Que se passe-t-il ? coassa sa jumelle, visiblement mal réveillée. Ça doit être grave. On ne sort pas les gens du lit d'aussi bonne heure pour un détail sans importance.

— J'ai fait peur à un homme hier soir, dans ma salle de bains.

— En te montrant affublée de ton bonnet de douche ?

— Je n'ai pas envie de rire !

Dimi poussa un soupir, s'inséra dans la circulation, et prit la direction du studio, avec une impression terrible de mal au ventre.

— J'ai dit à Mitch que je n'avais plus envie de me passer des hommes. Tu aurais dû le voir ! Il est devenu vert, comme s'il avait envie de vomir. C'est flatteur, non ?

— Tu l'as dit avant ou après l'avoir jeté au tapis ?

— Qui a parlé de quelque chose de ce genre ?

— Oh, ça va, je t'en prie ! Dans la salle de bains…

Qu'auriez-vous pu faire d'autre tous les deux là-dedans ? Alors, ça s'est passé où ? Sous la douche ?

— Sur le lavabo.

Tandis que sa sœur ricanait, Dimi se passa une main sur le visage, d'un geste las.

— Ecoute, tu es complètement à côté de la plaque.

— Pas du tout. Tu as renoncé à ton vœu de célibat dans un moment de passion. C'est tout à fait compréhensible. Pas une femme sur cette planète ne te jetterait la pierre. Mais les hommes ne réagissent pas comme ça. Ils ne veulent pas entendre ce genre d'arguments alors qu'ils sont encore écumants comme un cheval de course sur la ligne d'arrivée. Il faut qu'ils mettent de l'ordre dans leurs sentiments. Et ça, ma chérie, ça leur demande un certain temps. Ce ne sont que des hommes, après tout.

— Génial ! En attendant, je fais quoi ? A part me sentir idiote ?

— Tu peux encore tout arranger. Il suffit de continuer à le harceler physiquement. Arrange-toi pour lui coller ton corps sous le nez sans arrêt, et il oubliera vite ses petites frayeurs.

— C'est quand même très embarrassant.

— Fais-moi confiance, petite sœur. Jusqu'à présent, mes conseils t'ont plutôt bien réussi, non ?

Lorsque Dimi parvint au studio, elle en était arrivée à penser de la même manière que sa sœur. Pour la raison majeure qu'elle n'avait pas envie de ressasser éternellement son humiliation. Elle devait trouver quelque chose à faire pour s'occuper, et continuer à rendre la vie impossible à Mitch n'était pas une plus mauvaise idée qu'une autre.

S'il pensait qu'elle allait mettre une sourdine à sa passion pour le bien de l'émission, il se mettait le doigt dans l'œil. Elle avait désormais parfaitement conscience de son pouvoir de séduction, et elle avait bien l'intention de lui rendre la monnaie de sa pièce.

Après tout, elle avait été à bonne école !

Sa détermination retomba comme un soufflé lorsqu'elle entra sur le plateau et capta la fin d'une conversation au sujet de Mitch. Il partait dans deux jours.

Deux jours !

Bon, tant mieux ! Elle ne serait plus en permanence sur le qui-vive, à se demander s'il allait la regarder, la toucher, la rendre folle de frustration.

Elle n'aurait plus à se poser de questions sur leur avenir parce que, à l'évidence, il n'y avait rien entre eux qui donne à Mitch l'envie de rester.

Pas de problème !

Elle se mit en place pour l'émission du jour, et lorsque Mitch vint la rejoindre à la dernière minute, elle grimaça un sourire.

« Quelle poule mouillée ! » décida-t-elle, ce qui lui remonta étrangement le moral. Après tout, s'il avait peur d'elle, c'est qu'il n'était pas aussi indifférent qu'il le prétendait.

Elle attendit le compte à rebours et, à la quinzième seconde, elle vint se coller contre lui. Puis elle posa une main sur son épaule et se hissa sur la pointe des pieds pour lui murmurer quelque chose à l'oreille.

Aux yeux des techniciens, cela pouvait passer pour

une instruction de dernière minute, mais le message était d'un tout autre ordre.

— Je ne porte pas de culotte blanche, aujourd'hui.

Quand elle le sentit se figer, elle ajouta d'un ton innocent :

— Je ne porte pas de culotte du tout.

Mitch tourna brusquement la tête, et leurs visages se frôlèrent.

Dimi s'écarta, un doigt sur les lèvres, en se délectant de sa mine abasourdie.

— Ce sera notre petit secret.

— *Cinq secondes !*

La partie inférieure de leurs corps était dissimulée par le comptoir, et elle se risqua à faire glisser la main le long de la colonne vertébrale de Mitch, s'attardant sur ses fesses, qu'elle pinça.

Mitch sursauta et la regarda comme si elle était une extraterrestre.

Elle lui adressa un petit clin d'œil. Puis elle remarqua le renflement caractéristique qui déformait son pantalon, et un large sourire de victoire illumina son visage.

— C'est à vous ! cria le réalisateur, en abaissant la main.

— Bienvenue à tous, commença Dimi, en faisant un pas pour contourner le comptoir.

Au passage, elle prit la main de Mitch et tenta de l'entraîner avec elle, mais il lui opposa une ferme résistance.

C'était la première fois qu'elle le voyait dans l'incapacité de se contrôler, et elle ne put résister à pousser plus loin la plaisanterie.

— On est timide aujourd'hui, Mitch ? C'est un peu étrange après tout ce que nous avons fait ensemble…

— elle marqua une pause à peine perceptible — dans cette émission.

Totalement muet, pour une fois, il resta cramponné au comptoir, étudiant les ingrédients disposés à l'avance.

Refoulant son hilarité, Dimi s'adressa à la caméra.

— Aujourd'hui, nous allons faire des boulettes de viande à la friture, annonça-t-elle. Mais, avant, nous devons préparer le glaçage de notre gâteau pour qu'il ait le temps d'épaissir.

Sans prêter la moindre attention à Mitch, elle prit un grand saladier, y versa les ingrédients nécessaires, et s'empara d'un fouet à main.

— Pour une fois, j'ai décidé de ne pas utiliser le robot, expliqua-t-elle, d'un air innocent. Tous les moyens sont bons pour éliminer quelques grammes, n'est-ce pas ?

Elle se mit à battre vigoureusement la préparation, offrant à Mitch une vue imprenable sur le mouvement évocateur de ses hanches.

— Qu'en pensez-vous, Mitch ? demanda-t-elle, en lui jetant un coup d'œil moqueur par-dessus son épaule.

Elle lut la confusion dans le regard assombri qui la fixait. Mais il y avait aussi une lueur qui la mettait en garde, lui promettant de lui faire regretter son attitude.

Elle se détourna et commença à malaxer dans un saladier le mélange de viande hachée, de farce, et d'herbes aromatiques, en essayant d'oublier la présence hostile de Mitch derrière elle.

— N'oubliez pas de faire chauffer la friteuse pour les boulettes.

Mitch émit un petit grognement, et leva un sourcil.

« Ne rougis pas ! s'ordonna Dimi, et savoure ta revanche. »

— Vous n'y allez pas de main morte, souligna Mitch, tandis qu'elle malaxait la viande hachée pour la mettre en forme.

— Roulez chaque boulette dans la farine, plongez-les dans l'œuf, et laissez-les égoutter sur l'assiette. Puis, passez-les dans la chapelure.

Mitch se pencha par-dessus son épaule.

— Pauvres petites choses, vous n'avez pas honte de les torturer comme ça ?

— Et enfin, continua Dimi, sans se laisser décontenancer, plongez-les dans l'huile bouillante.

— Aïe ! Quelle horreur !

— Laissez-les frire deux à trois minutes, jusqu'à ce qu'elles prennent une jolie couleur dorée.

— Qu'est donc devenue la tendresse en ce bas-monde ?

— Servez-les immédiatement, ou elles perdraient tout leur craquant.

Mitch éclata de rire, et ce fut la dernière image que reçurent les téléspectateurs avant la coupure de publicité.

— Je trouve tes commentaires franchement déplacés, protesta aussitôt Dimi.

— Et moi, je trouve le choix de cette recette franchement déplacé. Des boulettes de viande ? Il y a un message caché, là-dedans ? Et qu'est-ce qui t'a pris de te trémousser comme ça en préparant le glaçage ? Tu as l'intention de me rendre dingue ?

— Le plus gros du chemin est déjà fait.

— Ah oui ?

— Oui !

— Quel est ton problème, exactement ?

— Mon problème ?

Ils étaient face à face et s'époumonaient.

— Tout va bien, je n'ai aucun problème.

— Les apparences sont plutôt trompeuses, alors.

— Très bien ! Que penses-tu de ça : quand, au juste, avais-tu prévu de me parler de ton départ ? Peut-être après m'avoir raccompagnée chez moi pour voir ce que tu pouvais te mettre sous la dent ?

Cette diatribe le laissa quelques secondes sans voix.

— J'avais l'intention de te le dire hier, mais tu m'as pris au dépourvu.

— Parce que je t'ai fait entrer de force dans la salle de bains pour abuser de toi ?

— Tu ne m'as pas exactement repoussé non plus. En tout cas, pas avant d'avoir eu ce que tu voulais.

Un silence total régnait sur le plateau, tandis que l'équipe assistait médusée à leur dispute, mais ni l'un ni l'autre ne s'en rendirent compte.

— Alors, reprit Mitch, c'est ça qui te gêne. Ce qui s'est passé la nuit dernière.

— Oh, mais tu comprends vite ! On peut au moins te reconnaître cette qualité, monsieur le sauveur d'émissions en péril.

Fascinée, elle vit la colère monter dans ses yeux, jusqu'à ce qu'ils deviennent pareils à deux lacs noirs. Quand il la saisit brutalement par le bras, elle sut qu'elle était allée trop loin. Mais il était trop tard. Il l'attira violemment à lui, et elle sentit son souffle sur ses joues. Une ivresse étrange s'empara d'elle. Sous les doigts qui l'étreignaient, sa peau semblait soudain électrifiée, et son cœur se mit à battre follement.

— Bon sang, Dimi…

Il la libéra, passa une main dans ses cheveux, et parut finalement se rendre compte qu'ils n'étaient pas seuls.

— La nuit dernière, reprit-il à voix basse, tu t'es débarrassée de moi comme d'un panier de linge sale.

— Que voulais-tu que je fasse ? Quand je t'ai dit que je renonçais au célibat, j'ai cru que tu allais t'évanouir.

— Mais c'est parce que tu paraissais tellement sûre de toi. Je comptais justement sur cette fichue décision pour simplifier les choses entre nous. Parce que nous savons tous les deux comment ça va finir. Il faut que je retourne à Los Angeles, et toi… Il s'interrompit et poussa un soupir de frustration. Ce n'était vraiment pas le moment de m'annoncer ça.

— C'est sorti comme ça. Peut-être parce que c'était le bon moment pour moi. Mais toi, pourquoi ne m'as-tu pas dit que tu partais ?

Il la regarda avec une telle tendresse, une telle chaleur, qu'elle sentit la respiration lui manquer.

— Ce n'est pas si facile…

— Alors, hier soir c'était un au revoir ? demanda-t-elle d'une voix haut perchée qui trahissait son désarroi.

— Hier, nous ne pouvions pas faire autrement, tu le sais très bien.

— Oui, et puis tu croyais être à l'abri d'un sentiment plus sérieux.

— D'accord, je le reconnais.

Dimi eut l'impression qu'on lui assenait un coup de poing à l'estomac. Dieu que la vérité faisait mal !

— Tu es un goujat !

— Oh, très bien ! Maintenant, voilà que je suis un goujat.

Il agita les mains en l'air.

— Ce n'est pas possible, je ne peux pas continuer avec toi.

— Je ne suis quand même pas si difficile à vivre.

— Tu veux rire ?

Il énuméra ses reproches sur le bout de ses doigts.

— D'abord, tu ne veux pas d'homme, et puis tu en veux un. Tu aimes jouer les grandes dames, mais tu aimes aussi être un sex-symbol. Regarde-toi, aujourd'hui, tu es…

Il désigna d'un geste de la main son tailleur-pantalon très chic et très ajusté.

— Avec cette apparence-là, tes gestes pour remettre tes cheveux en place ou t'humecter les lèvres, et ton commentaire sur ton absence de culotte, comment veux-tu que j'arrive à me concentrer ? Tu m'as même pincé les fesses.

— Je ne l'avais pas prémédité.

— Mais tu l'as fait quand même.

— Je sais, répondit-elle, en arborant une mine contrite.

— Je ne peux pas le supporter, Dimi. Je ne le peux pas, c'est tout.

Elle avait voulu le tourmenter et jouer avec lui autant qu'il l'avait fait à ses débuts dans l'émission, et elle avait à l'évidence parfaitement réussi.

Et maintenant ?

Elle n'avait pas la moindre idée de ce qu'elle allait faire, mais elle ne pouvait pas rester ainsi.

Cami ! Elle allait appeler Cami. Elle au moins aurait une solution à lui proposer.

— Attends, dit-elle à Mitch, je dois m'absenter une seconde.

— Maintenant ?

— C'est important.

Dimi se rua hors-champ, et s'empara du portable de Suzie. Dieu merci, Cami décrocha à la première sonnerie.

— Bon, écoute bien, murmura-t-elle, en se bouchant l'autre oreille avec l'index. Je suis tenue par le temps, alors essaie de réfléchir vite. J'ai fait comme on a dit, et le voilà aussi frustré et enfiévré que moi.

Elle jeta un coup d'œil à Mitch par-dessus son épaule, et s'empressa de détourner la tête. Il l'observait avec une intensité grandissante qu'elle ne savait comment affronter.

— Qu'est-ce que je dois faire ? gémit-elle dans le téléphone. Aide-moi.

Avant que Cami n'ait eu le temps de répondre, Mitch s'empara du téléphone, coupa la communication, et le mit dans sa poche.

— Tu es toute seule maintenant. A toi de te débrouiller.

Comme elle baissait la tête, il lui prit le menton et l'obligea à lui faire face.

— Regarde-moi ! Regarde-moi, et dis-moi ce que tu attends de moi. Je suis en pleine confusion, et j'ai besoin qu'on me donne un indice.

Elle plongea les yeux dans ses prunelles sombres, où vibrait une lueur d'espoir. Et soudain, elle sut ce qu'elle voulait.

Cette constatation l'emplit de stupéfaction.

Elle voulait que Mitch l'aime, du même amour qu'elle éprouvait pour lui.

— *L'antenne dans deux secondes !*

Mitch attendait toujours sa réponse.

Ils s'observèrent en silence, chacun cherchant à déchiffrer les attentes et les désirs de l'autre. Le regard empli d'espoir, Mitch restait sur sa réserve. Et si elle lui demandait de rester ?

Il n'avait jamais été aussi beau, constata Dimi avec amertume. Mais il allait partir et il n'avait cherché à satisfaire avec elle qu'un désir purement physique.

Sauvée par l'annonce de la reprise, elle alla se placer sur ses marques, bien décidée à reprendre le cours normal de sa vie.

Chapitre 12

C'était une réaction typiquement masculine, Mitch en avait conscience mais il ne pouvait chasser de son esprit le fait que Dimi ne porte pas de sous-vêtements.

Et cela le hantait depuis presque deux jours.

Il mourait d'envie de lui demander si elle avait dit vrai, ou mieux encore de le découvrir par lui-même. Mais, étant donné l'expression sombre et indignée qui ne manquait pas d'apparaître sur son visage chaque fois qu'il risquait un coup d'œil dans sa direction, il doutait que ce fût une bonne idée.

En réalité, tout ce qui la concernait était une mauvaise idée. La faire renoncer à son sérieux, lui imposer des vêtements beaucoup plus audacieux, lui faire prendre conscience de la passion qui couvait sous la surface… Tout cela n'aurait jamais dû avoir lieu.

Aujourd'hui, le moindre de ses gestes ne faisait qu'attiser le désir qu'il avait d'elle. Chaque regard, chaque mot. Il se sentait réduit à l'état de pantin, complètement sous l'emprise de ses sens.

Etrange situation pour un homme qui croyait avoir tout

vu, tout fait, et n'aurait jamais pu imaginer que la vie lui réservait encore quelques surprises.

Il avait essayé de se persuader qu'il n'attendait rien d'autre de Dimi qu'une aventure plaisante, mais il voulait bien autre chose. Il voulait partager ses espoirs, ses rêves. Et, par tous les diables, il voulait se voir offrir une dernière chance de la tenir dans ses bras, de lui faire l'amour passionnément.

L'amour.

Quel sentiment étrange ! Il voulait bien le faire, mais quant à le vivre…

Car c'était bien ce que Dimi voulait, n'est-ce pas ?

Dans le doute, il s'était tenu aussi éloigné d'elle que possible, une fois l'émission terminée.

Et elle lui avait fait la grâce de lui retourner cette faveur.

Il aurait dû être heureux de pouvoir quitter Truckee sans rien avoir détruit, sans faire de promesses inutiles, avec cette tranquillité d'esprit que donne l'assurance d'avoir accompli son travail comme on l'attendait de lui.

D'où lui venait alors ce sentiment d'inachevé ? Tout s'était pourtant déroulé comme il l'avait prévu. Il avait présenté sa dernière émission, l'équipe l'avait invité à la pizzeria pour fêter son départ, et il achevait de faire ses adieux à chacun.

Il avait fait la bise à Grace.

Il avait serré avec cordialité la main de Ted.

Il avait souri jusqu'à en avoir les mâchoires douloureuses.

Et maintenant venait le tour de Leo.

Il s'apprêtait à lui tendre la main, mais l'impétueux décorateur lui passa un bras autour du cou.

— C'était un plaisir de travailler avec vous, dit-il, au bord des larmes. Nous ne vous oublierons jamais.

Mitch commençait à se demander avec effroi s'il allait devoir passer toute la nuit à réconforter Leo en lui tapotant le dos, mais Suzie vint le libérer.

— Alors, vous partez vraiment ?

Elle le dévisagea avec attention, hocha la tête, puis le serra dans ses bras.

— Merci d'avoir sauvé l'émission, et mon emploi par la même occasion. Merci pour tout, et spécialement pour cette petite flamme que vous avez fait naître dans les yeux de Dimi.

— Je n'en suis pas responsable. Ça vient d'elle.

Suzie se rejeta en arrière, et son visage se rembrunit.

— C'est dommage de vouloir à tout prix nier l'évidence.

Elle se rassit à la table et engloutit un énorme morceau de pizza.

Il ne restait donc plus que Dimi.

Personne ne semblait pressé de quitter le restaurant, comme s'il était absolument nécessaire qu'ils aient, une fois de plus, un public. Apparemment, aucun d'entre eux n'avait la moindre notion de ce que pouvait être l'intimité. En fait, ils tendaient même le cou pour mieux voir ce qui allait se passer.

Dimi lui sourit. Très gentiment, il devait bien le reconnaître. Mais il la connaissait assez bien maintenant pour savoir qu'elle lui jouait la comédie.

Soudain, tout s'effaça autour d'eux, les conversations dans la salle se fondirent dans un lointain brouillard, et il lui sembla que le temps s'arrêtait.

— Bon, dit-il à voix basse.

— Alors, ça y est, murmura-t-elle. C'est fini.

— Oui.

— Au revoir, Mitch.

— Tu vas me manquer.

Elle hocha la tête.

— Ici aussi, ton départ va faire un vide.

— Mais toi, tu vas me regretter ?

Dimi sembla hésiter, puis elle le regarda droit dans les yeux.

— Evidemment.

Elle se pencha tout à coup pour lui effleurer les lèvres d'un baiser.

Et, avant qu'il ait eu le temps de réaliser, elle avait disparu.

Il se rua comme un fou vers la porte, mais il n'y avait trace d'elle nulle part. Malgré l'envie qui le dévorait de partir à sa recherche, il s'en abstint.

Qu'aurait-il bien pu lui dire ?

— Vous êtes trop bêtes tous les deux.

Surpris, Mitch tourna la tête et découvrit Suzie à son côté.

Il grommela quelque chose d'inintelligible, et s'en fut à son tour.

Mal à l'aise, persuadé qu'il avait oublié de faire quelque chose d'important, il gagna le motel où la chaîne lui avait loué une chambre durant son séjour, et emballa ses affaires.

Ce ne fut pas bien compliqué : tout tenait dans un sac de voyage.

Voilà qui en disait long sur sa vie.

Un coup frappé à sa porte vint l'arracher à ses sombres pensées. Il était tard, il avait fait ses adieux à tout le monde, et ne se sentait pas d'humeur à faire encore la conversation.

La surprise fut totale quand il ouvrit la porte.

— Ce n'est que moi, annonça Dimi, avec un sourire mal assuré.

Elle se tenait sous la lumière blafarde de la coursive, vêtue d'un jean et d'un sweat-shirt. Sans maquillage, dans cette tenue qui lui donnait l'air d'une adolescente, elle avait l'air si vulnérable qu'il sentit son cœur se serrer.

— Qu'est-ce que tu veux ?

— C'est toi qui as appris à mon hamster à réclamer sa nourriture ?

Et lui qui croyait qu'elle était venue le supplier de rester.

— Oui, pourquoi ?

— Ça fait deux ans que je l'ai, et Brownie n'a jamais rien fait d'autre que de me fixer d'un air songeur.

— Je suppose qu'il faut un minimum de talent pour changer les habitudes de quelqu'un.

— Mouais.

Elle fixa la pointe de ses chaussures, puis chercha de nouveau son regard.

— Je peux entrer ?

Il s'écarta, et lorsqu'elle passa devant lui, l'odeur fleurie qui émanait de sa chevelure dénouée provoqua en lui un tel émoi qu'il faillit en oublier de fermer la porte.

— Je voulais juste mettre certaines choses au point avant que tu ne partes.

Elle fit quelques pas dans la pièce, puis se retourna vers lui.

— Pour commencer, je suis désolée.

— Mais de quoi ?

— D'avoir voulu me venger de cette tension sexuelle que tu maintenais entre nous. Je sais bien que tu ne faisais ça que pour donner plus de piment à l'émission. Je voulais te rendre la monnaie de ta pièce, mais je réalise maintenant combien c'était puéril.

— Ce n'est pas la peine de t'excuser.

Il fit un pas vers elle, plus heureux qu'il ne l'aurait cru possible de se voir accorder une dernière chance de la revoir.

— C'est vrai ? Mais alors, que veux-tu que je te dise ?

— Ça, c'est vraiment la question à un million de dollars, non ?

Il pencha la tête et fit mine de réfléchir.

— Voyons, qu'est-ce que je veux ? Hmm… J'ai peut-être envie de savoir si tu as aussi peur que moi que tout soit fini.

— Je…

Il réduisit en quelques pas la distance qui les séparait encore, et posa les mains sur ses hanches.

— Et j'ai peut-être également envie de savoir si tu es vraiment venue pour t'excuser.

— C'est-à-dire…

— Et si c'est vrai que tu ne portais pas de culotte l'autre jour. D'ailleurs, est-ce que tu en portes une, maintenant ?

Les yeux de la jeune femme s'allumèrent, elle passa les bras autour de son cou et, avant de lui laisser le temps d'ajouter quoi que ce fût, elle plaqua un baiser sur ses lèvres.

Il voulait lui dire qu'il n'avait aucune envie de partir. Cela avait l'air d'une plaisanterie, mais il voulait vraiment rester dans cette petite ville de province, et devenir ce genre d'homme qui espionne ses voisins et met son nez partout.

Mais son baiser se faisait de plus en plus exigeant et fiévreux et, la tête vide de toute pensée, il se laissa emporter dans un flot de sensations éblouissantes.

Dans un enchaînement de gestes qu'elle ne contrôlait déjà plus, elle tira sur la chemise noire, glissant ses mains sur la peau nue et tiède. Puis, elle s'attaqua aux boutons, enfouit son visage dans le col ouvert et se mit à caresser des lèvres le torse musclé. Elle trouva ensuite la boucle de sa ceinture, la défit fébrilement, et fit descendre la fermeture à glissière de son pantalon.

En quelques secondes, il fut nu devant elle, incapable de parler, et encore moins de réfléchir.

— Et voilà ! dit-elle, en laissant courir sur lui un regard fasciné. C'est toi qui es nu le premier, cette fois. Et je crois que ça me plaît énormément.

Avec un gémissement sourd, il la saisit dans ses bras et ils roulèrent sur le tapis. Il ne lui fallut guère plus de temps pour la débarrasser de son jean et de son sweat-shirt, et découvrir qu'elle ne portait rien en dessous.

Un sourire béat illumina le visage du pauvre fou qu'il était.

— Tu n'as pas quelque chose d'autre à me proposer que ce sourire, Mitch ?

— Tu plaisantes ?

Au cas où elle n'aurait pas encore remarqué la force de son désir, il se plaqua étroitement contre elle.

— Qu'est-ce que tu as l'intention de faire, avec ça ?

— Tu verras bien.

— Pourrais-je te suggérer de faire vite ?

— Suggestion adoptée.

Enfin, il se glissa en elle, s'immergeant dans la merveilleuse chaleur de son corps.

Palpitante, elle noua ses longues jambes autour des reins puissants, et ils recherchèrent le plaisir avec la même ardeur, la même intensité, aussi affamés, aussi insatiables l'un que l'autre.

Mitch se laissa aller sur le dos et contempla le plafond, tandis que Dimi se blottissait contre lui, encore frissonnante.

— Bon, cette fois nous sommes vraiment à égalité, remarqua-t-il.

Elle se hissa sur un coude pour le regarder et ses cheveux lui balayèrent le visage. Il souffla pour les écarter, mais les longues mèches blondes revinrent lui chatouiller le nez.

Il pensa que ce ne serait pas désagréable de sentir ses cheveux sur son visage pour le reste de ses jours, et il eut envie de le lui dire. D'ailleurs, c'est exactement ce qu'il allait faire.

Mais elle le regardait avec perplexité.

— Que veux-tu dire par « nous sommes à égalité ? »

— Eh bien, j'ai tout mis en œuvre pour te faire changer de style, tu es d'accord ?

— Tu veux dire que tu m'as tourmentée, que tu t'es moqué de moi, et que tu as fait de ma vie un véritable enfer ?

— Mouais. Mais ton émission est devenue très populaire, tu as obtenu un nouveau contrat, et une belle augmentation de salaire. Et tu as aussi découvert que tu aimais ce nouvel aspect débridé de ta personnalité, pauvre agneau innocent dont on a abusé. Tout comme tu as aimé te laisser tourmenter, embrasser et caresser, n'est-ce pas ?

Elle lui adressa un regard outré qui le fit éclater de rire.

— Ne me regarde pas comme ça ! Parce que toi aussi tu as utilisé les moyens les plus vils pour me rendre fou. Donc, nous sommes à égalité. Et maintenant…

Il lui caressa le dos, ému de la sentir de nouveau proche de lui.

— Et maintenant, il est temps de trouver un compromis pour éviter de nous tuer l'un l'autre.

— A quoi bon, puisque tu t'en vas ?

— Justement, c'est là que le compromis intervient.

Chapitre 13

Dimi se redressa avec brusquerie. Elle devinait déjà ce qui allait suivre. Mitch allait lui annoncer qu'il retournait quand même à Los Angeles, mais qu'il la voulait disponible et prête à le rejoindre au premier claquement de doigts.

Ou alors, il débarquerait ici pour un oui pour un non, chaque fois plus séduisant, et capable de la réduire à l'état de loque avec un sourire.

Et elle ne saurait pas lui résister.

Elle était vraiment pitoyable.

Tout à coup, elle eut une conscience aiguë de sa nudité et, mal à l'aise, elle se mit à chercher ses vêtements. La première chose qu'elle trouva, ce fut la chemise de Mitch, et elle décida que cela ferait bien l'affaire.

Mitch se releva à son tour et lui caressa la joue.

— Tu l'as mise à l'envers.

Cette définition aurait pu s'appliquer à son cœur. Complètement chamboulé. Bon sang, comment tout cela était-il arrivé ? Comment avait-elle pu tomber amoureuse d'un homme qui était incapable de la prendre au sérieux ?

— Dimi…

Il lui prit les mains et l'obligea à se tenir tranquille.

— Je t'ai fait peur, en te parlant de compromis ?

— Bien sûr que non !

D'un brusque mouvement d'épaules, elle se libéra et ramassa son jean.

Mitch le lui prit aussitôt des mains.

— Tu as l'intention de me répondre ?

— Tu ne me fais pas peur.

— Mais l'idée d'avoir à faire des compromis, sûrement.

Il la prit par les épaules et la força à le regarder en face.

— Qu'est-ce que tu t'imagines, au juste ?

— Il faut que j'y aille.

Il hocha la tête d'un air bienveillant.

— Je comprends. Je connais bien ce genre de réaction. Dès que quelque chose ne va pas, ou qu'un événement risque de te blesser, ou que tu te trouves face à une décision cruciale, ta seule réponse, c'est de prendre la fuite. J'ai fait ça pendant deux ans, moi aussi.

— Je ne m'enfuis pas !

— Menteuse !

D'une poigne douce mais ferme, il l'empêcha de bouger.

— Pourquoi tu ne m'écoutes pas, d'abord ? Tu peux au moins faire ça ?

Non. Grands dieux, non !

— A quoi bon, puisque tu t'en vas ?

Sans un mot, il l'entraîna vers le lit et la força à s'asseoir à côté de lui.

Ses épais cheveux noirs étaient ébouriffés — comme si quelqu'un avait passé la main dedans, et ce quelqu'un c'était elle évidemment. Elle préférait oublier qu'il était nu devant elle, avec ce corps merveilleux qui savait si bien épouser le sien. Il lui semblait qu'elle ne pourrait jamais se rassasier de ce désir fou qu'elle éprouvait pour lui. C'était pour ça qu'elle avait trouvé le courage de venir chez lui. Mais, peut-être aurait-elle mieux fait de se contenter de leurs adieux au restaurant ?

Maintenant, elle était là, et elle n'avait pas d'autre choix que d'écouter ce qu'il avait à lui dire. Ses sourcils se rejoignaient en une ligne soucieuse, et ses yeux gris trahissaient une expression mélancolique qui n'augurait rien de bon.

— Je ne sais pas ce qui se passe dans cette petite tête-là, dit-il, en lui tapotant gentiment le front. Mais on dirait que ton chien vient de se faire écraser par un camion.

Dimi sentit la boule qui obstruait sa gorge grossir dans des proportions démesurées. Où était-elle censée trouver la force de l'écouter lui dire au revoir, sans lui faire comprendre combien la situation la rendait malheureuse ?

Elle ne pouvait pas. C'était tout simplement impossible. Les larmes jaillirent de ses yeux sans qu'elle pût rien faire pour les contrôler.

— Oh, Dimi !

Il serra très fort les paupières et, lorsqu'il les rouvrit, ses yeux brillaient plus fort que de coutume.

— Je ne suis pas doué pour ce genre de choses, commença-t-il. Mais je voulais te dire que je n'ai pas envie de partir. Aussi bizarre que cela puisse paraître, j'adore cette fichue petite ville, je me suis attaché à l'émission, aux personnes qui y travaillent… Mais surtout, il y a toi, Dimi.

Elle cilla sous l'effet de la surprise, et une grosse larme roula sur sa joue, qu'elle écrasa d'un revers de main impatient.

— Moi ?

— Eh bien, oui. J'espérais que tu serais prête à accomplir la moitié du chemin dans cette affaire.

— Quelle affaire ?

— Tu sais bien… Ce truc qu'il y a entre nous. Ecoute, je crois que tu pourrais peut-être m'apprendre comment être un peu sérieux de temps en temps. De mon côté, je crois que je t'en ai assez appris comme ça. Je suis au milieu de la route, là, essaie de m'y rejoindre.

Un espoir immense envahit la jeune femme, mais elle eut peur d'avoir mal compris, d'en vouloir plus qu'il n'était prêt à lui offrir.

— Ça veut dire que nous nous rendrons visite à tour de rôle ?

— Ça veut dire que je ne pars pas.

Dimi retint un cri de surprise. Une telle chose était-elle possible ? Est-ce que ça pouvait marcher ?

— Ce n'est pas vraiment un compromis si tu fais tous les efforts.

— Oui, je sais.

Il prit doucement sa main entre les siennes.

— Ce n'est pas de la grandeur d'âme, bien au contraire. Si j'étais à Los Angeles, je n'aurais jamais le temps de te voir, tandis qu'ici… Je ne nous imagine pas vivre ailleurs que dans cet endroit merveilleux.

Nous. Oh, Seigneur, il venait de parler d'eux comme d'un vrai couple.

— Rassure-toi, il y a quand même un effort à faire de ton côté.

Le regard empli d'espoir, Mitch restait sur sa réserve.

Et si finalement elle n'était pas capable de lui donner ce qu'il espérait tant ?

Hésitant, il abattit sa dernière carte.

— Voilà comment ça marche : je te dis que je suis follement, passionnément, désespérément amoureux de toi, et tu me réponds que tu vas essayer de m'aimer un petit peu.

— Tu veux dire…

— Je t'aime, Dimi. Et je veux partager le reste de ma vie avec toi, malgré ta salle de bains en désordre et tes sous-vêtements de coton blanc. Je veux tout de toi.

Il reprit son souffle avec prudence.

— Et maintenant, dis-moi vite quelque chose. Je t'en prie. Tu vas me faire mourir d'angoisse à me regarder avec ces grands yeux écarquillés.

— Puisque tu sembles y tenir, je veux bien te dire quelque chose.

Une lueur de panique traversa le regard de Mitch.

— D'accord, vas-y.

— Je t'aime.

Elle sourit à travers ses larmes.

— Et ça tombe bien que tu acceptes mon désordre, parce que je n'ai pas l'intention de ranger ma salle de bains.

Le visage illuminé, Mitch l'attira dans ses bras et la serra très fort contre lui.

— Encore une petite chose. Tu m'as demandé de t'apprendre à être un peu plus sérieux. Et je crois que la première leçon va porter sur ta façon de faire l'amour.

Il s'écarta et lui adressa un regard surpris.

— Quelque chose ne va pas ?

— Il serait temps que tu apprennes à le faire dans un lit.

— Je crois que c'est dans le domaine du possible, dit-il, en la renversant sur le matelas. En fait, le mieux c'est de passer directement aux exercices pratiques.

Il eut un sourire particulièrement coquin.

— Seulement, ça risque de prendre un peu de temps.

— J'y compte bien, rétorqua Dimi.

Son imagination déjà en marche, elle se blottit contre lui.

— Peut-être toute la nuit ? demanda-t-elle, pleine d'espoir.

Mitch rit doucement et déposa un baiser fugitif sur ses lèvres.

— Disons plutôt toute notre vie.

— Quel beau programme, plaisanta Dimi.

Grâce à lui, qui avait su apaiser ses doutes, effacer ses complexes, une nouvelle femme était née, et une nouvelle existence commençait pour elle.

Elle n'alla pas plus loin dans ses pensées car les mains de Mitch entamaient déjà un ballet fervent sur son corps, tandis que leurs lèvres s'unissaient dans un long baiser brûlant.

DÈS LE 29 OCTOBRE

L'éveil d'une passion - Nora Roberts

Quelles mystérieuses raisons ont poussé Lindsay Dunne, danseuse étoile adulée du public, à quitter New York pour venir vivre à Cliffside, une paisible bourgade du Connecticut ? Est-ce simplement afin d'y ouvrir une école de danse et transmettre son savoir à de jeunes ballerines ? Seth Bannion, architecte réputé récemment installé à Cliffside, ne croit guère à cette explication. Séduit par la jeune femme depuis le premier jour où il l'a croisée, fasciné par sa grâce et sa beauté, il est bien décidé à faire tomber les murailles qu'elle semble avoir érigées pour protéger les secrets de son cœur.

Aimer, danser passionnément… Un roman intense, bouleversant, signé par la référence incontournable de la littérature féminine.

Petits secrets et grand mariage - Louise Allen

Elinor se fiche bien que la saison batte son plein à Londres. Pendant que les autres filles dansent dans les salons en espérant y ferrer un mari, elle trouve son bonheur à la campagne et dans la peinture… Jusqu'à sa rencontre avec le séduisant lord Ravenhurst, qui se moque de ses airs revêches et l'attire par sa drôlerie et sa conversation. Sans compter que, grand amateur d'art comme elle, il est à la recherche d'un objet précieux qu'on lui a volé. Et ça, se lancer dans une folle aventure pleine de rebondissements avec un jeune gentleman juste un peu débauché et vraiment très séduisant, l'intrépide Elinor n'est pas sûre de pouvoir y résister !

Tasse à thé, mousseline, redingote et gossip. Tout l'esprit de la Régence anglaise hérité de Jane Austen.

***Coup de foudre sous la neige* -**

Sarah Morgan et Kate Hoffmann

Evie n'avait pas prévu de mettre son patron sur sa liste au Père Noël : le prince charmant milliardaire qui embrasse la femme de chambre, il y a longtemps que ça ne se fait plus, si ? Mais quand un paparazzi les photographie ensemble et qu'Evie se retrouve au bras de son irrésistible patron à jouer la comédie des fiançailles sous le sapin, elle se met à rêver du plus beau des cadeaux : l'amour…

Une romance façon « Coup de foudre à Manhattan ».

Pendant ce temps, Julia, elle, a décidé que l'amour, Noël et autres illusions, on ne l'y prendrait plus. Mais Sam, son fils de huit ans, veut sa part de magie : il se lance, tout seul, à la recherche du Père Noël, et se cache dans un petit avion en partance pour le Grand Nord… Un coup de fil furieux prévient Julia : à l'autre bout de la ligne, le pilote — il vient de trouver Sam et somme Julia de venir immédiatement récupérer son fils…

Un très joli conte de Noël entre deux personnages que tout oppose.

***Un prince charmant, s'il vous plaît !* - Jill Shalvis**

Se lancer dans une véritable relation ? Trop risqué, merci ! **Cami** préfère accepter les blind-dates organisés par sa mère, déterminée à la caser…, et se consacrer à son job de décoratrice. Pour l'aider, elle vient d'embaucher un entrepreneur, Tanner James. Le hic, c'est que celui-ci la regarde avec un petit sourire en coin chaque fois qu'elle se pomponne pour ses rendez-vous arrangés… et qu'il a l'air habile de ses mains pour un tas d'autres choses que le bricolage…

« Les hommes, c'est terminé ! » lance **Dimi**, excédée par sa vie amoureuse… avant de se rendre compte de sa gaffe : elle est déjà à l'antenne et les milliers de téléspectateurs de sa célèbre émission de cuisine l'ont entendue. Y compris le nouveau directeur des programmes, Mitch Knight, qui a un tout autre avis sur la question : pour relancer l'audience, il exige au contraire que Dimi ajoute deux ingrédients à ses recettes – de l'humour… et une bonne pincée de sexe.

La comédie sentimentale contemporaine telle qu'on l'aime : tendre, mutine et sexy.

GRAND FORMAT - 9,50€ LE ROMAN

Dans la même collection

Par ordre alphabétique d'auteur

LOUISE ALLEN	*Petits secrets et grand mariage*
KATE HOFFMANN	*Noël en Alaska* (dans le volume *Coup de foudre sous la neige)*
SARAH MORGAN	*Un Noël dans ses bras* (dans le volume *Coup de foudre sous la neige)*
NORA ROBERTS	*L'éveil d'une passion*
JILL SHALVIS	*Un prince charmant, s'il vous plaît !*

Composé et édité par les

éditions HARLEQUIN

Achevé d'imprimer en Allemagne
par GGP Media GmbH, Pößneck
en septembre 2013

Dépôt légal en octobre 2013